Uni-Taschenbücher 937

UTB

Eine Arbeitsgemeinschaft der Verlage

Birkhäuser Verlag Basel und Stuttgart
Wilhelm Fink Verlag München
Gustav Fischer Verlag Stuttgart
Francke Verlag München
Paul Haupt Verlag Bern und Stuttgart
Dr. Alfred Hüthig Verlag Heidelberg
Leske Verlag + Budrich GmbH Opladen
J. C. B. Mohr (Paul Siebeck) Tübingen
C. F. Müller Juristischer Verlag – R. v. Decker's Verlag Heidelberg
Quelle & Meyer Heidelberg
Ernst Reinhardt Verlag München und Basel
K. G. Saur München · New York · London · Paris
F. K. Schattauer Verlag Stuttgart · New York
Ferdinand Schöningh Verlag Paderborn
Dr. Dietrich Steinkopff Verlag Darmstadt
Eugen Ulmer Verlag Stuttgart
Vandenhoeck & Ruprecht in Göttingen und Zürich

Helmut Heuer

Grundwissen der englischen Fachdidaktik

Ein Repetitorium in Frage und Antwort

Quelle & Meyer · Heidelberg

Dr. Helmut Heuer
Professor für englische Sprache und ihre Didaktik.
Fachbereich Sprach- und Literaturwissenschaften
Pädagogische Hochschule Ruhr
Dortmund

CIP-Kurztitelaufnahme der Deutschen Bibliothek

Heuer, Helmut:
Grundwissen der englischen Fachdidaktik: e. Repertorium in Frage u. Antwort / Helmut Heuer. — Heidelberg: Quelle und Meyer, 1979.
(Uni-Taschenbücher; 937)
ISBN 3-494-02105-8

Satz und Druck: Druckerei Keller KG, Heidelberg.
Umschlagentwurf: Alfred Krugmann, Stuttgart.

Inhaltsverzeichnis

Einleitung

Folgende Ziele sollen durch die Zusammenfassung des Grundwissens der englischen Fachdidaktik angestrebt werden:

1) Das Buch ist gedacht als *Studienhilfe und Arbeitsmittel* für den Studenten im Hauptstudium und für den Lehramtsanwärter. Zusammen mit den Didaktiken und Einführungen in die englische Fachdidaktik soll das Arbeitsbuch ein Nachschlagewerk für die leitenden Probleme und Begriffe der Englischdidaktik sein.

2) Die Übersicht im Sinne des Grundwissens soll die englische Fachdidaktik in ihren *Hauptfragestellungen,* in ihren wichtigsten Untersuchungsverfahren und in den allgemein akzeptierten Erkenntnissen darstellen. Das *Grundwissen* soll als *Lehre* vermittelt werden und einen Bereich für den Studiengang des Englischlehrers bilden. In einer Zeit, in der die Lehramtsstudiengänge von Universitäten und Pädagogischen Hochschulen sich annähern und integriert werden, ist es wichtig, daß das Gebiet der anglistischen Fachdidaktik in seiner Gesamtheit und in seinen Einzelaspekten abgebildet wird. Neuere grundlegende Publikationen zur englischen Fachdidaktik, wie das Reallexikon von SCHRÖDER/FINKENSTAEDT (1977), haben das Fachgebiet abgegrenzt und in Diskussionsstand und Kernbegriffen strukturiert. Darüber hinaus kann festgestellt werden, daß seit ungefähr fünfzehn Jahren die Didaktik der englischen Sprache an Pädagogischen Hochschulen institutionalisiert ist und ihre Vertreter die theoretische Fundierung des Englischunterrichts vorangetrieben haben. Im Hinblick auf die zukünftige Entwicklung und Fortsetzung der Praxisorientierung in den Studiengängen für die englische Lehramtsprüfung ist die *Förderung und Pflege der englischen Fachdidaktik* an den Universitäten erforderlich.

3) Eine weitere wichtige Aufgabe des Buches liegt in der Vorbereitung auf die erste und zweite Lehramtsprüfung. Als Repetitorium soll die Zusammenfassung des Grundwissens *Sicherheit in der Vorbereitung der Prüfung* und in der Einschätzung des eigenen Wissens vermitteln. Der Examenskandidat soll in seiner positiven Einstellung gegenüber den Sachfragen in der Prüfung gestärkt werden. Er soll mehrere Stufen der Präsentation des Wissens kennenlernen. Auf der Grundlage eines soliden Faktenwissens und der Fähigkeit zur Reproduktion soll er dazu geführt werden, selbständige Urteile abzugeben, Sachverhalte zu bewerten und persönliche Stellungnahmen zu formulieren. Außerdem soll er die Bedeutung der wissenschaftlichen Methoden als Instrumente zur Problemlösung erkennen. Darüber hinaus soll er die Fähigkeit entwickeln, vorhandenes Wissen auf neue Situationen anzuwenden, gleiche Merkmale an unterschiedlichen Phänomenen zu erkennen und von konkreten Fällen und Beispielen zu Einsichten und Erkenntnissen mit steigendem Abstraktionsgrad zu gelangen.

Die Anlage des Buches soll dem Examenskandidaten helfen, ihm gestellte Aufgaben und Fragen durch Begriffsdifferenzierungen, Rückgriffe auf die geschichtliche Entwicklung, Abgrenzungen gegenüber anderen Problemen und Darstellung von Beispielen sinnvoll zu lösen. Die erlernte Fähigkeit, sein Wissen zu aktivieren, wird ihm helfen, auch Prüferfragen, die durch Thematik, Fachtermini und komplexe Sätze schwierig sind, als Aufforderung und Anregung zur eigenen Äußerungsaktivität anzusehen.

Die in dem Repetitorium vorgelegten Fragen und Aufgaben variieren. Der Leser des Buches wird neben der Kurzbeantwortung und der zusammenhängenden Äußerung auch zur Textanalyse geführt. Er soll die von ihm erarbeitete Literatur in ihrem Stellenwert erkennen, den Autor einordnen, die Thesen herauspräparieren, den Inhalt raffen und die Gesamtaussage mit anderen Positionen vergleichen können. Er soll seinen Weg zu den Quellen reflektieren und die Form seiner Informationsgewinnung erörtern können. Darüber hinaus müßte er zur Relevanz des Themas für das Studiengebiet der englischen Fachdidaktik Auskunft geben können und durch *eigene Fragestellungen* die Produktivität seines Denkens zeigen.

4) Das Buch folgt durch die Aufteilung in *Fragestellungen und Antwortrahmen* einem spezifischen motivations- und lernpsychologischen Ansatz. Die Frageform soll beim Leser das Bedürfnis nach tieferer Durchdringung des Stoffes wecken. Die Antworten und Literaturhinweise sollen ihn zum eigenen Weiterstudium motivieren. Die variierten Frage-Antwort-Strukturen sollen zur abwechslungsreichen Durchdringung des Grundwissens führen. Die *Kurzfragen* rufen konkretes Sachwissen ab. Die *Aufforderungen zur Stellungnahme und zur Bewertung* setzen eigenes Urteilen voraus. Die *Textanalysen* führen zur größeren Nähe gegenüber den Quellen und zur sorgfältigen Durchleuchtung des Schrifttums und der Geschichte des Englischunterrichts. Die Aufgaben zur Planung des didaktisch-methodischen Handelns führen ins Praxisfeld und schlagen die Brücke von der theoretischen Reflexion zur *unterrichtlichen Gestaltung.*

Noch ein Wort zur Prüfung selbst. Der sich auf Prüfungen vorbereitende Student oder Referendar wird sich auf *unterschiedliche Fragetypen* einstellen müssen. Die vorliegende Aufbereitung des Grundwissens trägt dem dadurch Rechnung, daß die Frage- und Antwortformen in mehreren Typen erscheinen:

a) Offene Frage mit weitem Antworthorizont: *Oberfrage eines Komplexes.* (Der Prüfling kann weit ausholen oder exemplarisch vorgehen und einen einzelnen Aspekt präzisieren).

b) Geschlossene Frage mit enger Reaktionsmöglichkeit: *Unterfrage eines Komplexes.* (Der Prüfling kann kurz und bündig antworten oder von sich aus die Sachlage erweitern).

Die Fragen des Repetitoriums sind so aufgebaut, daß sie im Schwierigkeitsgrad, in der Informationsmenge und in ihrer Länge und Komplexität unterschiedlich sind. Auf Standardfragen als “*Grundlagen*“ (Begriffsbestimmung, geschichtliche Dimensionierung, Beispielfindung, Literaturbezüge) folgen Spezialfragen als *„Erweiterungen"*. Einige Fragen werden umfangreich beantwortet (mit *Überblick*, *Literatur* und *Zitat)*, andere nur kurz. Antworten zu den speziellen Erweiterungsfragen bleiben oft ganz dem Leser überlassen. Bei der Formulierung der eigenen Antwort sollte der Benutzer des Repetitoriums daran denken, daß ein guter Prüfer auf die Antworten des Prüflings eingeht und aus ihnen Elemente und Anregungen für weiterführende Frageimpulse erhält. Eine solche *gegenseitige Steuerung* des Gesprächs belebt und bereichert die Prüfung. Die echten Fragen nehmen zu, die didaktischen ab. Das Grundwissen des Faches wird nicht abgefragt, sondern befragt.

Die Prüfung ist ein Handlungsbereich der Didaktik. Sie sollte auch Erkenntnisgegenstand sein und vermehrt untersucht und erforscht werden (FLECHSIG 1977).

Fragebereich

(Anmerkung: Nur solche Fragen, deren Verweisziffern eingekreist sind, werden im Antwortbereich behandelt)

1. Grundlagen und Theorie

1.1. Wissenschaftsmethodologie und Hilfsmittel

① Beschreiben Sie den Untersuchungsgegenstand der englischen Fachdidaktik.

Aus welchen Teilgebieten setzt sich das Gebiet der englischen Fachdidaktik zusammen?

② Erörtern Sie den Begriff „Englischdidaktik" bzw. „Fachdidaktik".

Welche Unterschiede sehen Sie zwischen Fachdidaktik und Sprachlehr- und -lernforschung?

Wie unterscheiden sich Fremdsprachendidaktik und Englischdidaktik?

Wie können Sie den Begriff „Didaktik" pädagogikgeschichtlich und fachgeschichtlich einordnen?

Sind nach Ihrer Meinung Didaktik und Methodik neben- oder untergeordnete Begriffe?

③ Begründen Sie die Zuordnung von Fachwissenschaft und Fachdidaktik zuerst aus fachwissenschaftlicher und dann aus fachdidaktischer Sicht.

Wie läßt sich begründen, daß die Fachwissenschaft ihre eigene Fachdidaktik hervorbringt?

Wie läßt sich begründen, daß die Fachwissenschaft einer mit anderem Erkenntnisinteresse auftretenden Fachdidaktik bedarf?

Wie läßt sich begründen, daß die Fachdidaktik das Schulfach Englisch mit der Fachwissenschaft verknüpft?

Nennen Sie einige wichtige Verbände und Organisationen der anglistischen Fachwissenschaft und Fachdidaktik.

④ Geben Sie eine Übersicht über die wichtigsten Arbeitsmittel für das Studium der anglistischen Fachdidaktik.

Wie verfahren Sie, wenn Sie für ein englischdidaktisches Thema den Stand der Forschung ermitteln wollen?

Beschreiben Sie eine abgeschlossene und eine laufende Bibliographie.

Beurteilen Sie englischdidaktische Begriffswörterbücher.

Geben Sie eine kritische Würdigung einiger Methodiken.

Charakterisieren Sie wichtige Fachzeitschriften.

Welche Wörterbücher und Grammatiken benutzen Sie für Stundenvorbereitungen?

⑤ Unterscheiden Sie zwischen historisch-hermeneutischer und empirischer Methode fremdsprachendidaktischer Erkenntnisgewinnung.

⑥ Nehmen Sie Stellung zum Forschungsansatz, der der englischen Sprache im Lehr- und Lernprozeß folgende drei Funktionen zuweist:

a) Das Englische als Lerngegenstand (Fertigkeiten und Wissen)
b) Das Englische als unterrichtsmethodisch vorgegebenes Medium für die Lehr- und Lernprozesse
c) Das Englische als Kommunikationsmittel zur Gestaltung der sozialen und emotionalen Beziehungen der Schüler

⑦ Welche weiteren Untersuchungsvariablen außer dem Lerngegenstand „englische Sprache" können Sie nennen?

⑧ Wie würden Sie sich Informationen über aktuelle fremdsprachendidaktische Forschungsfragen und Forschungsverfahren beschaffen?

⑨ Nennen Sie Publikationen, in denen der Erkenntnisgang nach folgenden drei Stufen gegliedert ist:

a) Entwicklung der Untersuchungsfrage (möglichst mit einer Hypothese) aus dem Zusammenhang des Forschungsstandes
b) Bearbeitung der Untersuchungsfrage mit Hilfe empirischer Methodologie
c) Ergebnissicherung im Rahmen der Untersuchungsfrage mit möglichen Implikationen für größere Zusammenhänge

⑩ Welche Bedeutung hat das Theorie-Praxis-Problem für das Gebiet der Englischdidaktik?

Was ist die Praxis der Wissenschaft, was die Theorie des Unterrichts?

Welche Vorstellungen haben „Theoretiker" und „Praktiker" von der eigenen und der anderen Gruppe?

Welche Gründe hat die oft beklagte Kluft zwischen unterrichtlichem Handeln und wissenschaftlicher Reflexion?

Nehmen Sie Stellung zu der Frage, ob die Prüfung in der englischen Fachdidaktik primär in einem akademischen Gespräch oder „vor Ort, in der Schulklasse, in actu" (REISENER 1972 :794) erfolgen soll.

⑪ Welche Aussagen macht der folgende Text, und wie ordnen Sie ihn ein?

Kommen wir aber zu den fremden Sprachen, so soll nach allgemeiner Ansicht dieselbe Art Schulgrammatik, dieselbe grundverkehrte Schriftlehre, das Wunder wirken, dem Schüler die Sprache zu übermitteln! Nein, und abermals nein! Und wenn es euch gelänge, ihm die beste Grammatik und das umfassendste Wörterbuch in den Kopf zu schaffen, so hätte er noch immer keine Sprache gelernt! „Die Sprache besteht aus Lauten, und nicht aus Buchstaben", sage ich mit dem berühmten Sprachforscher Sayce

(„How to learn a language" *in* „Nature" *1879), und ehe diese Thatsache gründlich zum Bewußtsein gekommen ist, braucht man nicht zu erwarten, daß die Sprachen jemals richtig betrieben würden. Ferner wird die Sprache gebildet und geformt durch die unbewußte Thätigkeit des Ganzen und ist wie das Leben der Gesellschaft beständig im Wechsel und in der Entwicklung begriffen. Folglich kann man die Grammatik einer Sprache nicht in eine Reihe starrer Regeln zwängen, die, einmal vom Grammatiker abgefaßt, so unabänderlich sind wie die Gesetze der Meder und Perser. Im Gegenteil, Grammatik ist, was die Gesellschaft daraus macht; was gestern im Schwang war, ist heute vergessen, und was heute richtig ist, wird morgen falsch sein. Aber vor allem besteht die Sprache, die Zwecke des Lexikographen ausgenommen, nicht aus Wörtern, sondern aus Sätzen. Man wird nie eine fremde Sprache dadurch sprechen lernen, daß man einfach lange Listen von abgerissenen Wörtern dem Gedächtnis überliefert. Kennt man selbst alle Regeln der Grammatiker noch dazu, so wird man, wenn es drauf und dran kommt, mit dem Aneinanderreihen der Worte und dem Verstehen von dem, was uns erwidert wird, gar bald zu Ende sein.*

⑫ Lesen Sie den nächsten Text unter folgenden Fragestellungen:

a) Welche Textmerkmale fallen auf?
b) Welche Forschungsfragen werden angesprochen?
c) Was bedeuten *performance analysis, syllabus, approximative system, intralingual, pedagogical grammars?*
d) Welcher Textsorte könnte der Textabschnitt angehören?

*The relevance of performance analysis to the designing of syllabuses is based on the notion that there is some 'natural' sequence of elaboration of the approximative system of the second-language learner and that when/if this can be well established it would provide a psychological logic to the ordering of material in a syllabus (*Corder, *1967).* Nickel *(1973) flies a controversial kite when he suggests that the language-teaching materials should reflect the sequence of approximative systems of the learner to the point of actually teaching 'incorrect forms': 'If intralingual steps in a system of* états de dialecte *are necessary steps within the process of language acquisition, then one would in theory even have to consider the problems of error being built into the language material of any kind whatsoever.' This is at least the principle which lies behind the teaching of ITA. Up till now little experimental work has been done in actually trying out teaching sequences in the light of error analyses. An exception is* Valdman *(1975*a*), who reports on a pilot study of teaching a course in French interrogatives based upon error analysis. He too is sympathetic to Nickel's proposals and is prepared at least to teach forms which offend the prescriptive and linguistic purist.*

As far as the design of pedagogical grammars is concerned, the effectiveness of the presentation and practising of linguistic materials must ultimately depend upon what is discovered about the actual processes and strategies of language learning, that is, on performance analysis. For further discussions of this problem, see Allen *(1973). Meanwhile there do exist pedagogic grammars based upon error analysis. Probably the foremost amongst these is* Burt *and* Kiparsky *(1972) for English. This is designed for remedial teaching. Another excellent example of such a grammar is* Zydatiss*(1974*b).

1.2. Linguistik und die englische Sprache

Grundlagen

① Versuchen Sie, die Ziele und Methoden der linguistischen Wissenschaft zu umreißen. Stellen Sie dabei die Unterschiede zur englischen Fachdidaktik heraus.

② Stellen Sie die Einflüsse von Sprachwissenschaft und Linguistik auf den Fremdsprachenunterricht dar. Berücksichtigen Sie dabei auch die Entwicklung des Fremdsprachenunterrichts.

Welche fremdsprachendidaktischen Akzente setzte die neue Wissenschaft der Phonetik um die Jahrhundertwende?

Inwieweit trafen sich linguistische und fremdsprachendidaktische Erkenntnisinteressen bei der Erstellung von Sprachminima?

Inwieweit wirkte sich der Kontextualismus auf den situativen Fremdsprachenunterricht aus?

Welche Übungstypen hat der Strukturalismus gefestigt?

Welchen Einfluß übt die Pragmalinguistik auf die Verwirklichung des Lernzieles der Kommunikationsfähigkeit aus?

③ Welche Fragestellungen und Verfahren kennen Sie für die Analyse der englischen Sprache als Lerngegenstand des Fremdsprachenunterrichts?

Welche Hauptformen der Weltsprache Englisch lassen sich unterscheiden?

Auf welchen Ebenen kann das Englische als unterrichtliche Zielsprache beschrieben werden?

④ Welches linguistische Grundwissen sollte ein Englischlehrer für seine Unterrichts- und Berufskompetenz besitzen? Nennen Sie Grundbegriffe und geben Sie Beispiele.

Analysieren Sie die Bedeutung von „*may*" im Satz
Just before half-time, Leeds United may have scored a goal.

Welche Antwort geben Sie, wenn die Schüler Sie folgendes fragen?

a) Warum sprechen die Amerikaner *can't* und *half* ganz anders aus als die Engländer?
b) Heißt es *who* oder *whom* im Satz *Who/whom did you meet at the party?*

c) Ist die doppelte Verneinung in *I haven't got no money* eine Bejahung oder nicht doch eine klare Verneinung und somit nicht falsch?

d) Warum wird die Vergangenheit von *to go* mit einem ganz anderen Wort gebildet?

e) Warum heißt das „w" auf Englisch *double u*?

f) Warum wird das „th" in der phonetischen Umschrift durch ein "so komisches" Zeichen wiedergegeben?

⑤ Reproduzieren Sie den Inhalt des folgenden Textes:

By 'Expanded Form' (cf. Jespersen 1924:277), which seems a more neutral term than Continuous or Progressive Form, I understand the verbal structure also described informally as be + ing. *I do not want to make any other pronouncement in the 'character' or 'origin' of this form (cf. Nehls 1974 as the most recent diachronic study). This performance analysis (PA) is confined to the use of the EF in present-day English. The Expanded Form (EF) is, of course, to be distinguished from 'adjectival' or 'gerundial' constructions which are superficially very much alike:* One of my baby teeth is missing *or:* José's great love is playing football. *The EF stands in formal opposition to the Simple Form (SF).*

The EF is certainly one of the elements within the English language whose syntax and semantics remained rather elusive concepts for most learners of E as foreign language. This is particularly true for students whose mother tongue (L_1) is G, since there is no direct structural counterpart for the EF in their own language. We can expect the EF to be one of the most resistant language points as regards approximation to native speaker's competence, even with very advanced learners of E. (ZYDATISS 1976:352)

a) Erörtern Sie folgende Fachtermini: *diachronic, performance, opposition, approximation.*

b) Welcher Unterschied besteht zwischen den Bezeichnungen „*expanded form*" auf der einen Seite und „*continuous*" und „*progressive form*" auf der anderen Seite?

c) Welche Funktion hat die vorangehende Forschung (Jespersen, Nehls)?

d) Weisen Sie an beispielhaften Textstellen das „subjektive" und „objektive" Sprechen des Autors nach.

e) Wie würden Sie den Text einordnen?

Erweiterungen

6 Laut und Buchstabe sind genau zu unterscheiden. Erklären Sie, warum diese Unterscheidung in der Geschichte des Sprachunterrichts nicht immer in Erscheinung trat und welche linguistischen Erkenntnisse für die Trennung dieser beiden Begriffe gegeben sein mußten.

7 Inwieweit stimmt die Behauptung, daß der britische Kontextualismus kompatibel mit dem situativen Fremdsprachenunterricht sei.

8 Welche lernpsychologischen Theorien haben sich mit dem taxonomischen Strukturalismus und der generativen Transformationsgrammatik verbunden?

Bestimmen Sie Grenzen und Möglichkeiten von *pattern practice.*

Welche Kritik üben die Vertreter des Kognitivismus an der *pattern practice?*

9 Erläutern Sie die Bedeutung der Pragmadidaktik für den heutigen Englischunterricht.

Wie beurteilen Sie den Innovationsansatz der Pragmadidaktik?

Welche Probleme ergeben sich bei der Abstimmung von Situation, kommunikativer Zielsetzung und Redemitteln?

Stellen Sie sich die Situation „*in a bank*" vor. An welche unterschiedlichen kommunikativen Handlungen läßt sich denken?

10 Inwieweit stimmt die Ansicht, daß eine wesentliche Aufgabe der Englischdidaktik die Auswahl und Stufung von Sprachinventaren sei?

Geben Sie einen Überblick über die fachdidaktischen Bemühungen zur Beschränkung der Wortschatzmenge. Gehen Sie dabei geschichtlich vor und beurteilen Sie die heute benutzten Wortschatzlisten.

Welche linguistischen Probleme ergeben sich, wenn die Grammatik der englischen Sprache zu Lernzwecken reduziert werden soll?

Wie stehen Sie zu der Ansicht, daß leistungsschwächere Schüler nur ein Elementar-Englisch als Reduktionssprache lernen sollen?

Inwieweit kann man aus der Lernersprache Rückschlüsse auf Sprachminima ziehen?

Was leistet eine unterrichtsbezogene Sprachwissenschaft für die Textreduktion?

11 Wenn die Englischdidaktik linguistische Begriffe und Kategorien eklektizistisch auswählt und nach jeweiliger didaktischer Brauchbarkeit einsetzt, ergeben sich Hilfen aus der linguistischen Bezugsdisziplin. Können Sie einige nennen?

Nach welchen linguistischen Klassifikationen können Lernziele eingeteilt werden?

Inwieweit können Progression und Komplexitätsgrade linguistisch bestimmt werden?

Welche englischdidaktische Verwendung können Sie den Beschreibungsebenen des Phonems, Morphems und Lexems zuordnen?

Welche satzübergreifenden Formanten lassen sich für den Lernprozeß verwerten?

Wie groß ist der Anteil der Linguistik als Hilfswissenschaft für die Erstellung von Unterrichtsmaterialien?

Konkretisieren Sie den manchmal gehörten Vorwurf, daß die „Linguistisierung der Didaktik“ dem Unterricht abträglich sei.

12 Welche Aufgaben ordnen Sie einer pädagogischen bzw. didaktischen Grammatik zu?

Wo liegen die Grenzen der kontrastiven Linguistik bei der Erstellung einer pädagogischen Grammatik?

Welche Bedeutung haben Schülerfehler für die Erstellung von didaktischen Schwerpunkten?

Geben Sie Beispiele zur Systemhaftigkeit von Lernersprachen.

1.3. Psychologie und Fremdsprachenlernprozeß

Grundlagen

① Welche psychologischen Fragestellungen erachten Sie als wichtig für die Fremdsprachendidaktik?

Welche Bedeutung haben Begriffe der allgemeinen Psychologie wie Persönlichkeit und Intelligenzquotient für den Fremdsprachenerwerb?

Wie würden Sie pädagogische Psychologie und Unterrichtspsychologie auf den Englischunterricht beziehen?

Wie können Sie Ergebnisse der Motivationspsychologie auf das Erlernen fremder Sprachen anwenden?

Welche Erkenntnisse erbringt die Entwicklungspsychologie über die Bedeutung der Altersstufe für die Methoden des Fremdsprachenunterrichts?

Welche Faktoren bestimmen die Fremdsprachenfähigkeit *(proficiency)?*

② Es ist davon auszugehen, daß von den psychologischen Teildisziplinen die Lernpsychologie und die Sprachpsychologie (Psycholinguistik) den Englischunterricht am stärksten beeinflußt haben. Versuchen Sie, aus Ihren Unterrichtserfahrungen und fachdidaktischen Kenntnissen Überlegungen über die lern- und sprachpsychologischen Fragestellungen und Forschungsergebnisse anzustellen.

Diskutieren Sie Phänomene des Behaltens und Vergessens beim Englischlernen.

Inwieweit ist das Problem des massierten und verteilten Übens relevant?

In welcher Beziehung stehen Muttersprache und Fremdsprache zueinander, und welche Probleme ergeben sich für den Lernprozeß?

Inwieweit ist das Konzept des Wortschatzfeldes bei der Einführung neuer Wörter wichtig?

Wie können Sie das Problem der Fehlerverursachung aus psychologischer Sicht angehen?

③ Diskutieren Sie folgende Beispiele des Lehr- und Lernprozesses unter psychologischen Gesichtspunkten:

a) In einer Reihenübung wird der Satz *I would be glad if you could come* mehrere Male richtig produziert. Bei der 8. Reproduktion sagt ein Schüler *I would be glad when you could come.*

b) Auf die Lehrerfrage *What colour is this toy car* antwortet ein Schüler *The colour is red.*

c) Ein Schüler soll den Satz *It's an English policeman* nachsprechen. Wie ist seine Artikelverwendung in *It's a English policeman* zu erklären?

d) Bei welchem Wort des Satzes *He has a blue uniform* ist die Auftretenswahrscheinlichkeit einer phonetischen Interferenz sehr groß?

e) Was erkennen Sie hinsichtlich der Schwierigkeit bei der Sprachproduktion, wenn ein Schüler den folgenden Satz nur mit Pausen und einem Abbruch hervorbringt: *The English policeman has a... blue...*

f) Auf den Lehrerimpuls *Who would like to be the driver. Will you try, Peter?* reagiert ein Schüler mit *Lieber policeman.*

g) Wie erklären Sie die Schülerreaktion *I'm driving the car* auf den Lehrerstimulus *I'm driving the car. What am I doing?*

Erweiterungen

4 Nennen Sie psychologische Fragestellungen, die für die Entwicklung und Geschichte des Englischunterrichts bedeutsam geworden sind.

5 Erörtern Sie das Problem des Verhältnisses von Ausgangssprache und Zielsprache im Lernprozeß.

Geben Sie Beispiele für phonetische, grammatische und lexikalische Interferenz.

Inwieweit ist die Diskussion über die einsprachige Methode mit dem Transferproblem zu verknüpfen?

Inwieweit kann die Methode des freien Assoziierens zur Erforschung der Lernersprachen bzw. Interimsprachen eingesetzt werden?

6 Legen Sie die Bedeutung der Altersstufe für die Lernvoraussetzungen und didaktisch-methodischen Verfahren dar.

Welche Möglichkeiten besitzt der Englischunterricht auf der Primarstufe?

Wodurch erklären sich Schwierigkeiten des Fremdsprachenunterrichts in der Mittelstufe (7. bis 10. Schuljahr)?

Welche altersbedingten Voraussetzungen muß die Didaktik des Erwachsenenunterrichts einbeziehen?

7 Inwieweit ist die Sequentialität, die Beziehung zwischen alten und neuen Lernelementen, ein entscheidendes Merkmal des fremdsprachlichen Lernprozesses?

Inwieweit ist das Prinzip der Ausbaufähigkeit konstitutiv für erfolgreiches Lernen?

Wie kommen „Fossilisationen" beim Spracherwerb zustande?

Welche psychologischen Prinzipien wenden Sie bei der Verknüpfung der einzelnen Abschnitte einer Unterrichtsstunde an?

Nennen Sie Möglichkeiten des Wechsels der Unterrichtsverfahren.

Geben Sie Beispiele für die Verwendung folgender Modi:
schriftlich/mündlich, reproduktiv/produktiv; akustisch/optisch; frontal/individuell.

8 Können Sie die unterrichtliche Relevanz für die Kontiguitätstheorie, die Reinforcementtheorie und die Mediationstheorie nachweisen?

9 Inwieweit ist die Transfer- und Integrationsproblematik der fremdsprachlichen Lernprozesse in psychologischer Dimension zu sehen?

10 Erörtern Sie das Problem der grammatischen Bewußtmachung und erläutern Sie die Regelfindung unter psychologischen Gesichtspunkten.

Hat das Lernphasenmodell eine obligatorische Phase der Kognitivierung?

Welche Gründe gab es, für den Englischunterricht der Volksschüler die S-R-Lernpsychologie und das Imitationslernen zu empfehlen?

11 Welche „Übungsgesetze" kennen Sie, die für das Fremdsprachenlernen relevant sind?

12 Nennen Sie einige Grundbegriffe der empirisch arbeitenden Psychologie, die auch für die empirischen Untersuchungen zum Fremdsprachenunterricht wichtig sind.

Was ist bei einer Hypothesenbildung zu beachten?

Welcher Unterschied besteht zwischen einem Faktor und einer Variablen?

Geben Sie Zahlenbeispiele für unterschiedliche Streuungen.

Was ist eine Korrelation? (Was bedeutet z. B. + 0,5?)

Erklären Sie folgende Begriffe: signifikant, repräsentativ, zufällig.

1.4. Erziehungswissenschaft und das Schulfach Englisch

① In welchem Verhältnis stehen Erziehungswissenschaft und Englischdidaktik?

② Nennen Sie wichtige Impulse, die die Englischdidaktik von der Erziehungswissenschaft erhalten hat.

Inwieweit erbringt eine Theorie der Schule und ihrer Fächer Ergebnisse zur Formulierung des Bildungswertes von Fremdsprachen?

Welche allgemeinen Lernziele sind aus der Erziehungswissenschaft in die Fachdidaktik übertragen worden?

Gehen Sie dem Begriff der Lernzieloperationalisierung in erziehungswissenschaftlicher und fremdsprachendidaktischer Perspektive nach.

③ Welche allgemeindidaktischen Modelle der Unterrichtsplanung kennen Sie, die für den Fremdsprachenunterricht Bedeutung erlangt haben?

Worin liegen die Unterschiede zwischen dem bildungs- und lerntheoretischen Unterrichtsmodell?

Welche Faktoren bestimmen die Bedingungs- und Entscheidungsfelder des lerntheoretischen Modells?

④ Welche Innovationen hat die Curriculumtheorie für den Englischunterricht erbracht?

Erläutern Sie die Möglichkeiten und Grenzen der Einteilung der Lernziele in Richt-, Grob- und Feinziele.

Welche Inhalte und Bereiche des Fremdsprachenlernens werden durch eine starre Form der Operationalisierung nicht erfaßt?

⑤ Welche Bedeutung hat die pädagogische Methodenforschung für die Englischdidaktik?

⑥ Greifen Sie das Problem der einsprachigen Unterrichtsmethode unter dem Gesichtspunkt der Kommunikation und Emanzipation auf.

⑦ Welchen Einfluß übt die pädagogische Unterrichtsforschung auf die englischdidaktische empirische Forschung aus?

Welche grundlegenden Forschungsparadigmata spielen eine Rolle?

Stimmt nach Ihrer Meinung der Anspruch, daß für den Fremdsprachenunterricht die angemessene Untersuchungsform die Handlungsforschung *(action research)* sei?

1.5. Geschichte des Englischunterrichts

Grundlagen

① Können Sie zu einigen ausgewählten Problemen des heutigen Englischunterrichts die geschichtliche Entwicklung umreißen?

Welche Gründe haben dazu geführt, daß Lehrpläne und Lehrwerke noch immer dem British Standard den Vorrang geben, obwohl das Zahlenverhältnis von Muttersprachlern des American und British Standard 3:1 ist?

Welche Gründe haben zur Einführung des Englischunterrichts an den Volksschulen geführt? (Ministerpräsidentenbeschluß von 1964)

Warum werden im Englischunterricht des Gymnasiums formalgrammatische und literatursprachliche Merkmale der englischen Sprache mehr betont als in der Hauptschule? Versuchen Sie, Ihre Stellungnahme geschichtlich zu vertiefen.

Welche historisch bedingten Auffassungen haben dazu beigetragen, daß es bis heute noch nicht gelungen ist, daß jeder Englischlehrer mindestens ein Jahr im englischsprachigen Ausland verbracht hat?

② Geben Sie einen Überblick über die Entwicklung des Englischunterrichts von den Anfängen bis zur heutigen Stellung im Fächerkanon.

Welche Voraussetzungen waren im 18. Jahrhundert für die Aufnahme des Englischunterrichts in die deutschen Bürgerschulen und Ritterakademien gegeben?

Wie unterschieden sich die Lehrverfahren der Sprachmeister des 18. Jahrhunderts und der neuhumanistisch gebildeten Philologen des 19. Jahrhunderts?

Für welche didaktischen Prinzipien stritten die Vertreter der Neusprachlichen Reformbewegung, wie z. B. Viëtor oder Wendt?

Welches englischdidaktische Konzept brachte die Kulturkundebewegung der 20er Jahre hervor?

③ Nehmen Sie Stellung zu folgendem Satz aus dem *Reallexikon der englischen Fachdidaktik:*

„Der Wert einer Beschäftigung mit der Geschichte des Englischunterrichts im Rahmen der Lehrerausbildung liegt in der Tatsache begründet, daß Wechselwirkungen zwischen pädagogischer Theorie, Ausbildungsplanung, Sprachen- und Kulturpolitik sowie allgemeiner Ideologie in historischer Perspektive klarer hervortreten als im Rahmen einer bloßen Gegenwartsanalyse." (SCHRÖDER/FINKENSTAEDT 1977: 62-3).

Ist die bessere Gegenwartsanalyse mittels der historischen Perspektive eine „Tatsache", wie es im Zitat heißt, oder eine näher zu begründende geschichtsphilosophische Prämisse?

Welchen Kriterien muß eine wissenschaftliche Erforschung der Schul- und Fachgeschichte entsprechen?

④ Welche primären Quellen zur Geschichte des Englischunterrichts haben Sie studiert und welche Erkenntnisse haben Sie dabei gewonnen?

Welchen Textformen würden Sie die von Ihnen gelesenen Quellen zuordnen?

⑤ Der Englischunterricht wurde in seiner Entwicklung von prestigestarken Wissenschaftsdisziplinen beeinflußt. Schildern Sie solche Einflußnahmen.

Wie wirkte die Altertumswissenschaft des 19. Jahrhunderts auf Zielsetzungen des Englischunterrichts?

Welche Wirkung übte die Phonetik auf den englischen Anfangsunterricht aus?

Wie lassen sich Einflüsse des sprachwissenschaftlichen Strukturalismus in Lehrwerkgestaltung und Unterrichtsmethodik nachweisen?

⑥ Der Englischunterricht bewegt sich zwischen den Polen Sprachpraxis und Geistesbildung. Stellen Sie diese Spannung in den Epochen der Neusprachlichen Reformbewegung, der Kulturkundebewegung und in der heutigen Zeit dar.

Wie wirkte die Bildungsidee einzelner Schultypen bzw. Schulformen auf die didaktische und methodische Ausgestaltung des Englischunterrichts?

Erklären Sie die A/B/C-Differenzierung des Englischunterrichts der Hauptschule in NRW nach Einführung der Richtlinien von 1967.

Wie läßt sich das Prinzip der „Fertigkeitsorientierung" im Englischunterricht der Realschule geschichtlich ableiten?

Inwieweit stehen Begriffe wie „Textanalyse" und „Bewußtmachung" in gymnasialer Fremdsprachentradition?

Welche Wechselwirkungen zwischen Bildungskonzeptionen der Gesamtschule und unterrichtspraktischen Ausprägungen des Englischunterrichts können Sie für die Zeit nach Erscheinen der Gesamtschulempfehlungen des Bildungsrats von 1969 darstellen?

Wie hat sich die pädagogische Orientierung von der Schul*form* zur Schul*stufe* in Titeln und Inhalten von Methodiken und Lehrwerken niedergeschlagen?

⑦ Schildern Sie die Veränderung der sozialen Stellung des Englischlehrers vom Sprachmeister des 18. Jahrhunderts bis zum professionalisierten Fachlehrer unserer Zeit.

Welche Entwicklung nahm der Allgemeine Deutsche Neuphilologenverband (ADNV) bis zum heutigen Fachverband Moderne Fremdsprachen (FMF)?

⑧ Interpretieren Sie den folgenden Text und ordnen Sie ihn ein:

Die *Methode* ist klar, naturell und exact, und bestehet in zwanzig *Capiteln*, deren das

I. *Handelt, von dem Caractere und Benennung, Eintheilung und Außsprache der Buchstaben.*
II. *Von dem Accent.*
III. *Von den Abreviationen und von der Ortographia.*
IV. *Von dem Nomine Substantivo und Adjectivo insgemein.*
V. *Von der Declination, Articulo und Formatione Pluralis.*
VI. *Von den Adjectivis.*
VII. *Von der Derivirung und Transmittirung der Nominum in Adjectiva und Adverbia.*
VIII. *Von der Comparation der Adjectivorum.*
IX. *Von den Pronominibus.*

X.	*Von Verbis.*
XI.	*Von der Conjugation derselben.*
XII.	*Von denen Temporibus, Participiis und Gerundiis.*
XIII.	*Von den Adverbiis.*
XIV.	*Von den Præpositionibus.*
XV.	*Von den Conjunctionibus.*
XVI.	*Von den Interjectionibus.*
XVII.	*Von der Construction.*
XVIII.	*Folgen einige Englische Wörter die eine Anverwandschafft haben, aber wohl distinguirt werden müssen.*
XIX.	*Die Anglicismi.*
XX.	*Die Proverbia.*

Dann folget ein vermehrtes Wörter-Buch. *Item, gantz neue nützliche Gespräche. Dann folget ein* Wegweiser *aller Curiositäten* in Londen *und gantz* Engeland. *Artige und auserlesene* Brieffe, *mit gewissen Formulen selbige anzufangen, zu schließen, und zu connectiren. Letztlich, ein Zusatz von etlichen* Fabelne Æsopi.

Wann nur ein *Scholar* Fleiß anwenden will, so kan er innerhalb zweyer Monats Frist, auß dieser *Grammatick* gar leicht hinter die Sprache kommen, so daß er in Compagnie unter *Engelländern* nicht stum sitzen darff; er kan die Zeitung in vierzehen Tagen mit der Hülffe eines guten Meisters lesen und verstehen: und in sechs Wochen einen Authorem expliciren lernen.

Erweiterungen

9 Nennen Sie einige ausgewählte historische Fakten und ordnen Sie diese in einem größeren Zusammenhang ein.

Welche fremdsprachenpolitischen Konsequenzen hatte die Machtausdehnung Spaniens, dessen einer König gesagt haben soll, daß in seinem Reich die Sonne nicht untergehe?

Die französischen Maitres waren häufig Refugiés oder auch Vaganten. Welche soziale Bedeutung leiten Sie daraus für den Sprachmeisterstand ab?

Nennen Sie Gründe dafür, daß die 1747 gegründete Universität Göttingen ein Vorreiter der englischen Studien in Deutschland werden konnte.

Was schließen Sie daraus, daß der am Braunschweiger Carolinum tätige Shakespeare-Übersetzer Eschenburg eine sechsstündige Lehrveranstaltung „Deutsch für Engländer“ hielt?

Welche Konsequenzen hatte die Einführung der Preußischen Lehramtsprüfung 1810 für die Methodik des Englischunterrichts?

Welche Bedeutung für den Streit zwischen den Humaniora und Realia hatte 1859 die Einführung des Englischen als Pflichtfach an Real- und höheren Bürgerschulen in Preußen?

Wie erklären Sie die Tatsache, daß Hamburg schon 1870 Englisch als Unterrichtsfach an Volksschulen einführte?

Obgleich der Reichsschulausschuß 1921 Englisch als 1. Fremdsprache vor Französisch empfahl, wurde Englisch erst 1937 die Hauptsprache in Preußen. Erklären Sie dieses Phänomen.

Nehmen Sie Stellung zu Flechsigs Aussage, daß der „Englischunterricht ein Kind des 18. Jahrhunderts“ sei. (FLECHSIG 1965: 10)

Was bedeutet die Formulierung Blättners, daß man von einem „vollen ideologischen Sieg des humanistischen Gedankens“ bei der um 1900 erreichten Gleichstellung der Reifezeugnisse von Oberrealschule und Gymnasium sprechen müsse? (BLÄTTNER 1962: 9)

1.6. Fremdsprachenpolitik

① Nennen Sie einige Entscheidungsbereiche, in denen die Fremdsprachenpolitik in Erscheinung tritt.

Nehmen Sie Stellung zu Veränderungen im Tätigkeitsfeld des Fremdsprachenlehrers.

Welche Leitsprachen und welche Nachbarsprachen spielen neben der Nationalsprache Deutsch im schulischen und außerschulischen Ausbildungswesen der Bundesrepublik eine Rolle?

Wie haben sich die Stundentafeln und Bildungsabschlüsse im Fremdsprachenunterricht der Bundesrepublik seit 1945 verändert?

Vergleichen Sie die Leitlinien des Fremdsprachenunterrichts in den USA, in Großbritannien, in der UdSSR und in der DDR.

② Schätzen Sie die Zahl der Englischlehrer und Englischschüler in der BRD.

Wie verteilen sie sich auf die einzelnen Schulformen?

Wie ungefähr werden sich Bedarf und Nachfrage entwickeln?

③ Nehmen Sie Stellung zu der Frage, ob in der Europäischen Gemeinschaft eine bzw. zwei internationale Sprachen als offizielle Leitsprachen gelten sollen oder die Vielsprachigkeit erhalten bleiben soll.

Wie könnte der Wahlpflicht-Kanon der 2. und 3. Fremdsprache aussehen, wenn Englisch als 1. Fremdsprache beibehalten wird?

In welchem Umfang sind „Tertiärsprachen“ (Weltsprachen wie Spanisch, Russisch und Chinesisch, Nachbarsprachen wie Niederländisch und Polnisch) in das Ausbildungswesen aufzunehmen?

Welche Chancen geben Sie dem Esperanto?

Welche didaktisch-fremdsprachenpolitischen Ziele würden sich durch „frühbeginnende“, „normalbeginnende“ und „spätbeginnende“ Sprachkurse erreichen lassen?

Welche unterschiedliche Bedeutung müßten produktive und rezeptive Fertigkeiten in einem System multi-lingualer Sprachpolitik erhalten?

④ Stellen Sie Grundverhaltensweisen der Sprachbenutzer bei der internationalen Kommunikation dar.

Welche Probleme ergeben sich, wenn zwei Sprecher sich einer dritten Sprache als Kommunikationsmittel bedienen?

Auf welche Weise verständigt sich der deutsche Tourist im Ausland?

Wie lösen die Gastarbeiter in der Bundesrepublik ihre Sprachprobleme?

⑤ Wie können im Englischunterricht Fähigkeiten zur Begegnung im Sinne internationaler Kommunikation entwickelt werden?

Mit welchen Mitteln kann die Kommunikationsbereitschaft gefördert werden?

Welche Beziehung besteht zwischen internationalem Prestige einer Sprache und der Sprachlernbereitschaft ihrer Angehörigen?

Auf welche Weise lassen sich Vorurteile verändern?

Wie erklärt sich die Entstehung von Sympathien und Antipathien bei der Klangaufnahme fremder Sprachen?

Welche Rolle spielt die Gruppenzugehörigkeit für Prestige und Glaubwürdigkeit der Kommunikatoren?

Inwieweit ist der „Kulturschock" zugleich ein „Sprachschock"?

⑥ Welche Einsichten in sprachliche „Universalien" können im Englischunterricht vermittelt werden?

Wie wirken sich Sprachverwandtschaften erleichternd, aber auch erschwerend auf die Kommunikation aus?

Welches soziolinguistisch bestimmte Verhältnis besteht zwischen Sprachstandard und Dialekten/Soziolekten?

⑦ Welcher fremdsprachenpolitischen Situation ordnen Sie folgenden Text zu? Ist die im Text dargestellte dialektische Bildungsproblematik des Fremdsprachenunterrichts auf die heutige Zeit anwendbar, in der Gymnasiallehrer den Rückgang des Fremdsprachenunterrichts bedauern, Hauptschullehrer jedoch den für alle verbindlichen Englischunterricht aufzugeben bereit sind?

Die Fremdsprachler verfechten mit aller Energie die Ansicht, daß die fremden Sprachen ein unentbehrliches Bildungselement sind. Wer nun aber von dem unermeßlichen Bildungswert der Fremdsprachen überzeugt ist, dem muß es naturgemäß am Herzen liegen, möglichst weiten, ja allen Kreisen des Volkes diese Bildung angedeihen zu lassen. Wir sehen in unserem Bildungswesen eine ganz andere Tendenz, nämlich eine Übersättigung der höheren *Schulen mit Fremdsprachen auf der einen Seite und ein peinliches Fernhalten alles fremdsprachlichen Unterrichts von der Volksschule auf der anderen Seite. Hier liegt ein Widerspruch, den man bisher überhaupt nicht erkannt hat, der aber in seinen Konsequenzen von ungeheurer Tragweite ist.* Entweder sind die Fremdsprachen wirklich ein unersetzliches Element der Bildung, dann haben die Volksschulen einen gerechten Anspruch auf diesen Bildungsfaktor. Oder aber sie sind es nicht, und dann ist die überragende Stellung der Fremdsprachen in der höheren Schule ein Bildungsunfug. *Ein Teil unseres Bildungswesens ist ganz zweifellos der betrogene, entweder die höheren Schulen, weil man ihnen zu viele Fremdsprachen gab, oder die Volksschulen, weil man ihnen gar keine gab. Es ist zum mindesten unlogisch, daß die Philologen, welche die Fremdsprachen als ausschlaggebenden Bildungsfaktor nicht genug rühmen können, wie z. B. Borbein, zugleich behaupten, daß unser Volksschulwesen, das überhaupt keinen Fremdsprachenunterricht kennt, das beste und vorbildlichste der Welt sei. Beide Tatsachen schließen sich gegenseitig aus.*

2. Curriculum

2.1. Lernziele und Lehrpläne

Grundlagen

① Analysieren und bewerten Sie Curriculumentscheidungen zu ausgewählten sprachpraktischen, linguistischen, literarischen oder landeskundlichen Lernzielen im Englischunterricht.

② Nehmen Sie Stellung zum Lernziel der Kommunikationsfähigkeit und erörtern Sie es unter historischen, curricularen und psychologischen Gesichtspunkten.

Wo liegen die Grenzen des Lernziels der kommunikativen Kompetenz aus der Sicht des *situational teaching*?

③ Das Hauptlernziel des Fremdsprachenunterrichts kann als „Sprachbeherrschung" gekennzeichnet werden. Welche Nebenlernziele gibt es im heutigen Fremdsprachenunterricht, und wie haben diese Nebenlernziele sich geschichtlich entwickelt?

Inwieweit ist das landeskundliche Nebenlernziel ein fachübergreifendes?

Welche Lernziele können mit dem Literaturunterricht der Sekundarstufe II erreicht werden?

Unter welchen Voraussetzungen kann der Englischunterricht allgemeine und „formalbildende" Ziele verfolgen?

④ Welche Gemeinsamkeiten und Unterschiede bestehen zwischen den Lehrplänen der verschiedenen Schultypen?

Können Sie für das 7. Schuljahr gemeinsame und unterschiedliche Ziele auf Grund der schulformspezifischen Lehrpläne aufzeigen?

Erweiterungen

5 Die Curriculumforschung hat einen erheblichen Einfluß auf die Lehrpläne und Lernziele des Englischunterrichts ausgeübt. Erörtern Sie das Verhältnis von allgemeindidaktischer und fachspezifischer Curriculumtheorie.

Definieren Sie „Curriculum".

Unter welchen Bedingungen ist die Präzisierung der Feinlernziele in Lehrplänen und in konkreten Unterrichtsstunden zu erreichen?

Welche Probleme ergeben sich bei der Ableitung der Inhalte aus den Lernzielen?

Warum ist das Legitimationsproblem das Hauptproblem der Curriculumentwicklung?

6 Versuchen Sie, die Leistungen von Schülern in Hinblick auf die einzelnen Fertigkeiten zu differenzieren.

Inwieweit können die rezeptiven Leistungen von den produktiven getrennt und gesondert gelernt werden?

Inwieweit beeinflussen die Subsysteme der Sprache (Phonetik, Grammatik, Lexik) die Differenzierung der Lernziele?

7 In welchen Formen sind die heutigen Lernziele kodifiziert?

Beschreiben Sie die Grundstruktur der Richtlinien und Lehrpläne.

Welcher Widerspruch ergibt sich zwischen dem Terminus „Rahmencurriculum" und der detallierten Form der beschriebenen Lernziele?

8 Welche Gruppen und Instanzen bestimmen die Grundlernziele des Englischunterrichts?

Inwieweit nehmen Landtage und Kulturausschüsse Einfluß auf den Fremdsprachenunterricht?

Mit welchen Mitteln beeinflussen die Wissenschaft der Fremdsprachendidaktik und ihre Vertreter die äußere und innere Gestaltung des Englischunterrichts?

9 Nennen Sie einige Konfliktbereiche der heutigen Lehrplanarbeit.

Welcher Wortschatzumfang ergibt sich für unterschiedliche Adressaten?

Sind das grammatische und das funktional-pragmatische Curriculum einander ausschließende Konzepte?

Warum sind die Differenzierungsmodelle umstritten?

10 Welchen Ansatz verfolgt die Lernzieltheorie des Europarates?

11 Welche Ziele verbinden sich mit dem Arbeitsbereich „English for special purposes"?

2.2. Lehrwerke und Unterrichtsmaterialien

Grundlagen

① Nehmen Sie Stellung zu der Ansicht, daß für den Schulalltag die Lehrwerke wichtiger sind als die Lehrpläne.

Aus welchen Gründen ist das Umsetzen eines Lehrwerkabschnittes in Unterrichtsaktion schwierig?

Geben Sie ein Beispiel für die unterrichtliche Aufbereitung einer Übung oder eines Lesetextes.

② Nennen Sie einige Lehrwerke und charakterisieren Sie ein Ihnen näher bekanntes.

Welche Stärken und Schwächen sehen Sie in dem von Ihnen beschriebenen Lehrwerk?

Aus welchen Elementen besteht der Lehrwerkverbund und aus welchen Teilen das Schülerbuch?

Welche Qualitätskriterien stellen Sie an ein Englisch-Lehrwerk?

③ Beschreiben Sie Form und Inhalt eines älteren Lehrbuchs.

Erweiterungen

4 Bestimmen Sie unterschiedliche Grundtypen von Lehrwerken.

Was sind die spezifischen Aspekte der audiovisuellen Lehrwerke?

Bewerten Sie zwei unterschiedliche Lehrwerke unter lehrwerkkritischen und unterrichtspraktischen Gesichtspunkten.

5 Welche Gesichtspunkte muß der Lehrer zwecks optimaler Verwendung des an seiner Schule eingeführten Lehrwerkes berücksichtigen?

Wie ist auf der Grundlage des Lehrwerkes ein Jahresplan zu erstellen?

Welche Verfahren müssen angewandt werden, damit das Lehrwerkangebot, das grundsätzlich ein Maximum darstellt, ein Optimum für die jeweiligen Einzelklassen ergibt?

Nehmen Sie Stellung zu der Auffassung, daß in der letzten Englischstunde des Schuljahres gleichsam die letzte Seite des Lehrbuches abgeschlossen sein müßte.

6 Welche Teile besitzt das Lehrwerk für die Wortschatzarbeit?

Beschreiben Sie unterschiedliche Vokabelverzeichnisse *(vocabulary, dictionary).*

Welche Methoden zur Ersteinführung und Semantisierung neuer lexikalischer Einheiten werden in den Lehrwerken angewandt?

7 Versuchen Sie, unterschiedliche Übungstypen der Lehrwerke zu beschreiben, und grenzen Sie sie durch Kriterien voneinander ab.

Welche Vor- und Nachteile haben Einsetzübungen?

Geben Sie Beispiele für rezeptiv und produktiv orientierte Lehrwerkübungen.

Welche Übungsformen zur Festigung von Satzbaumustern kennen Sie aus der Lehrwerkarbeit?

8 Wie verwirklichen die neueren Lehrwerke die Lernzielansprüche von Fundamentum und Additivum?

Wie müßten Lehrwerke konstruiert sein, die unterschiedliche Lernzielansprüche verwirklichen und gleichzeitig das Prinzip der Durchlässigkeit erfüllen?

9 Welche Forderungen sind im Hinblick auf Motivierung durch das Lehrwerk zu stellen?

Nennen Sie Kriterien, die für die Auswahl der Bilder (Illustrationen und Photos) wichtig sind?

Wie können Bilder im Lehrwerk für die unterrichtliche Arbeit nutzbar gemacht werden?

10 Auf welche Weise versuchen die neueren Lehrwerke das oberste Lernziel der Kommunikationsfähigkeit zu modellieren?

Welche Grenzen und Möglichkeiten gibt es bei der Arbeit mit Lehrwerkdialogen?

11 Entwerfen Sie einen Kurzdialog, der wichtige Redemittel für eine von Ihnen ausgewählte Sprechintention enthält.

12 Geben Sie Beispiele für unterschiedliche Textsorten der Lehrwerke.

Wie können die Textsorten der Instruktion und der Argumentation in Lehrwerken für den elementaren Englischunterricht dargestellt werden?

Welche Bereicherung, aber auch welche Begrenzung geht von „authentischen Texten“ aus?

13 Umreißen Sie, wie die Einführungsunit zu einem Lehrbuch aufgebaut sein sollte.

Nennen Sie Übungsformen, die während der Einführungsunit angewandt werden können.

14 Behandeln Sie das Problem der Landeskunde in Englischlehrwerken.

Stellen Sie Überlegungen an für die Verteilung der England- und Amerikakunde auf unterschiedliche Jahrgangsstufen.

Welche Vorurteile und Klischees kann das „Massenmedium Lehrbuch“ vermitteln?

Ist für die Darstellung der soziokulturellen Inhalte das Prinzip der Authentizität verpflichtend, oder sollten fiktive, idealtypische Elemente der England- bzw. Amerikakunde aufgenommen werden?

15 Welche Lernziele im Bereich der Aussprache und Intonation sollte der Anfangsband eines Lehrwerkes vorweisen?

16 In welcher Form sollen Lehrwerke grammatische Regelungen darstellen?

Geben Sie Beispiele für Regeln und Merksätze.

17 Wie sollten Lehrwerkdialoge aufgebaut sein?

Halten Sie die Unterscheidung zwischen natürlichen und didaktischen Dialogen (nach BLUDAU 1975) für gerechtfertigt?

Wie lassen sich in Dialogen konstante und variable Textteile/Redemittel unterscheiden?

Wie viele Dialogpartner sollten auftreten, und wie lang sollten ihre Äusserungen sein?

Lassen sich Dialogtypen nach dem Grade der Dominanz der Partner unterscheiden?

18 Welche Vorschläge können Sie für die permanente Verbesserung der Lehrwerke machen?

19 Skizzieren Sie unter Heranziehung der Geschichte des Fremdsprachenunterrichts die Entwicklung der Lehrwerke im 19. und 20. Jahrhundert.

Welche Teile der heutigen Lehrwerke können als die historisch ältesten angesehen werden?

Wie stellen Sie sich Lehrwerktypen und Lehrwerkverbreitung in der ersten Hälfte des 19. Jahrhunderts vor, in der der Englischunterricht noch nicht obligatorisches Schulfach war?

Welche Lehrwerkelemente erbrachte die Neusprachliche Reformbewegung?

Welche Lehrwerkteile und Lehrwerkschichten wurden in den 60er und 70er Jahren dieses Jahrhunderts in die Lehrwerkkomposition aufgenommen?

20 Überdenken Sie die Einflüsse der Bezugswissenschaften Linguistik, Psychologie und Curriculumtheorie auf die Lehrwerkstruktur. Beschreiben Sie allgemein und unter Anführung einzelner Beispiele ihre Wirkung.

Welche Voraussetzungen gibt es für die Forderung nach Kontextualisierung der Lehrwerktexte?

Welchen Einfluß hat die Forderung nach differenzierten Curricula auf die Lehrwerkkonstruktion ausgeübt?

Nach welchen Kriterien werden die Normen der in den Lehrwerken präsentierten Fremdsprache bestimmt?

21 Äußern Sie sich zu der Feststellung, daß Lehrwerke per Definition Lehrgänge sind und ihr wichtigstes Aufbauprinzip die Sequentialität ist.

Vertiefen Sie die Problematik der Sequentialität, indem Sie die Probleme der grammatischen Progression diskutieren.

Die These wird vorgebracht, daß pragmadidaktisch begründete Sprechakte und mit ihnen verknüpfte Redemittel in eine lernpsychologisch und linguistisch geordnete Progression gebracht werden können. Ist das theoretisch und praktisch zu realisieren?

Welche Alternativen gibt es zu Lehrgängen mit sequentiellen Aufbauformen?

22 Erörtern Sie den Einfluß der staatlichen Lehrwerkgenehmigung auf die Lehrwerkentwicklung.

2.3. Englisch in der Grundschule

Grundlagen

① Geben Sie eine ausreichende Begründung für den Englischunterricht in der Grundschule.

Welche Argumente der Entwicklungs- und Lernpsychologie sprechen für die Vorverlegung des Englischunterrichts?

Inwieweit übt die fremde Klanggestalt eine pädagogische Wirkung besonders auf junge Schüler aus?

Nehmen Sie Stellung zum Argument, daß die Imitationskraft der Schüler der Primarstufe größer sei als die der Schüler der Sekundarstufe.

Inwieweit stimmt die Annahme, daß durch einen frühen Fremdsprachenbeginn die Schüler zu größerer Toleranz gegenüber anderen Sprachgemeinschaften geführt werden?

② Welche Gründe sind dafür maßgeblich gewesen, daß der Englischunterricht ab 3. Klasse der Grundschule bislang nur in Schulversuchen institutionalisiert worden ist?

Nehmen Sie Stellung zur Behauptung einiger Pädagogen, daß der Englischunterricht in der Grundschule zu einer frühzeitigen Auslese führen könnte.

Welche Schwierigkeiten sind bei dem Übergang von der Grundschule in die weiterführenden Schulen im Hinblick auf die Lehrmaterialien zu überwinden?

Wie müßte die Ausbildung des Englischlehrers an der Grundschule erfolgen?

Würde nach Ihrer Meinung der ideale Englischlehrer der Grundschule der Klassenlehrer oder der Fachlehrer sein?

Warum muß die Aussprache des Grundschul-Englischlehrers vorbildlich sein?

③ Welchen Beitrag haben Entwicklungspsychologie, Neurophysiologie und Curriculumtheorie zur Begründung des Englischunterrichts in der Grundschule geleistet?

Erweiterungen

④ Können Sie einige ausgewählte Schulversuche zum Frühbeginn in der Bundesrepublik oder im Ausland skizzieren?

Schildern Sie die Anfänge, die Höhepunkte und den Niedergang der FLES-Bewegung in den USA.

Welchen Verlauf nahm das Projekt „French in the Primary School" in Großbritannien?

⑤ Präzisieren Sie die Unterrichtsformen beim Frühbeginn des Englischunterrichts.

Wie läßt sich ein schneller Wechsel der Verfahren erzielen?

Geben Sie Beispiele für den flexiblen Einsatz von visuellen und auditiven Medien.

Auf welche Weise lassen sich Emotionalität, Phantasie, Erlebnishunger und Motorik der Schüler in den Unterricht einbeziehen?

⑥ Nehmen Sie Stellung zu der Ansicht vieler Ministerialbeamter, daß der Englischunterricht auf der Primarstufe nur gerechtfertigt sei, wenn bis in die Mittelstufe der weiterführenden Schulen hinein eine Steigerung der Lerneffizienz belegbar ist.

Welche positiven Wirkungen kann der Frühbeginn im Bereich des Affektiven besitzen, die nicht meßbar sind?

⑦ Welche Argumente gibt es für die verbreitete Auffassung, daß das Schriftbild erst im 2. Lernjahr — im Regelfall also im 4. Schuljahr — in Erscheinung treten soll?

2.4. Schulformen und Schulstufen (Sek. I, Sek. II, Hochschule)

Grundlagen

① Welche Fragen ergeben sich bei der schulformübergreifenden und schulformspezifischen Darstellung des Englischunterrichts?

② Welche Unterschiede bestehen in der Differenzierung der Hauptschule, der Realschule und der gymnasialen Oberstufe?

③ Erörtern Sie die Abschlußprofile des Englischunterrichts an Hauptschulen.

④ Welche Aufgaben ergeben sich für den Englischunterricht an Gesamtschulen?

⑤ Führen Sie aus, welche Probleme der Englischunterricht an beruflichen Schulen zu lösen hat.

⑥ Welche didaktischen und methodischen Aufgaben hat der Englischunterricht in der Erwachsenenbildung (Volkshochschule)?

⑦ Entwickeln Sie aus eigener Erfahrung ein Modell zur optimalen Sprachförderung an Hochschulen und Universitäten.

Erweiterungen

⑧ Bestimmen Sie auf der Grundlage der Abschlüsse die fremdsprachlichen Zielvorstellungen von Hauptschule, Realschule, Gymnasium, Gesamtschule und beruflichen Schulen.

⑨ Welche Ergebnisse hat der Englischunterricht in Förder- und Orientierungsstufen erbracht?

⑩ Welche übergreifenden Lernziele besitzt der Englischunterricht der gymnasialen Oberstufe?

Welche Möglichkeiten ergeben sich für einen sprachübergreifenden Literaturunterricht?

Wie hat die Textwissenschaft den Literatur- und Landeskundeunterricht beeinflußt?

Wie beurteilen Sie die „Normen-Bücher"?

⑪ Erörtern Sie spezielle Probleme des Volkshochschulunterrichts.

Wie beurteilen Sie das Volkshochschulzertifikat im Hinblick auf die Operationalisierung von Lernzielen?

Welche Maßnahmen werden zur Motivationssteigerung bei erwachsenen Lernern ergriffen?

⑫ Nehmen Sie Stellung zu Sprechfertigkeitskursen innerhalb der Universität und Hochschule.

Wie würde ein optimales Auslandsstudium in sprachpraktischer Hinsicht aussehen?

Welche Vor- und Nachteile ergeben sich beim Immersionsmodell?

Auf welche Weise können englischsprachige Lektoren einen optimalen Lernfortschritt bewirken? Schildern Sie Organisationsformen.

2.5. Differenzierung und Durchlässigkeit

Grundlagen

① Welche Grundformen der Differenzierung kennen Sie?

Welches sind die Unterscheidungsmerkmale zwischen äußerer und innerer Differenzierung?

② Nennen Sie methodische Möglichkeiten der Binnendifferenzierung.

Welche Möglichkeiten und Grenzen ergeben sich bei der Gruppenarbeit im Fremdsprachenunterricht?

Wie verändert sich die Lehrerrolle in der Gruppenarbeit?

Geben Sie Beispiele für Partnerarbeit im Englischunterricht.

Individualisierung ist ein Schlagwort in der amerikanischen Pädagogik geworden. Wie könnten Sie fremdsprachliche Lernprozesse individualisieren?

Erweiterungen

3 Im Bereich der äußeren Differenzierung kann zwischen erweiternder und fortschreitender unterschieden werden. Diskutieren Sie die Unterschiede.

4 Erörtern Sie mögliche Kriterien zur Differenzierung.

Inwieweit ist die Fremdspracheneignung kein praktisches Differenzierungskriterium?

Ist der IQ ein brauchbares Differenzierungskriterium für den Fremdsprachenunterricht?

Welche Gründe sprechen dafür, die Fachleistung als Differenzierungskriterium zu nehmen?

5 Beschreiben Sie ein Ihnen zusagendes Modell der Durchlässigkeitsdifferenzierung.

Welche Lernziele bilden in Ihrem Modell das Fundament, d. h. die Basis für unterschiedliche Lerngruppen?

Welche Probleme der Durchlässigkeit ergeben sich beim größer werdenden Additivum des Wortschatzes und der Grammatik?

6 Wäre es möglich, eine didaktische Differenzierung zu erreichen, indem auf der Grundlage gleicher Themen differenzierte Lernziele für unterschiedliche Lerngruppen bestimmt werden?

Wie groß ist nach Ihrer Ansicht die Gefahr, daß die didaktische Lernzieldifferenzierung ein „Reduktionsenglisch“ für leistungsschwache Schüler vorprogrammiert?

7 Nehmen Sie Stellung zur Auffassung, daß das Differenzierungsproblem nicht mit organisatorischen Maßnahmen gelöst werden könne, sondern nur mit methodischen im Rahmen der Binnendifferenzierung.

8 Beschreiben Sie das englische System von *streaming* und *setting.*

9 Stellen Sie den Zusammenhang von Bildungspolitik und Differenzierungsmaßnahmen her.

2.6. Englisch für leistungsschwache Schüler

① Geben Sie soziale und bildungspolitische Gründe an für die Zunahme von Schülern, die als lern- oder leistungsschwach eingestuft werden, ohne Lernbehinderte im spezifischen Sinne der Sonderpädagogik zu sein.

② Definieren Sie den Begriff der Leistungsschwäche im Hinblick auf den Englischunterricht.

③ Nehmen Sie Stellung zu der Frage, ob die leistungsschwächeren Schüler zusammen mit leistungsstarken Schülern oder in homogenen Gruppen unterrichtet werden sollen.

④ Nehmen Sie Stellung zu der These, daß landeskundliche Inhalte für leistungsschwache Schüler einen Motivationsschub bedeuten.

Wenn der Erfolg in Sachfächern sehr stark vom Intelligenzprofil bestimmt wird, kann dann die Landeskunde mit ihren soziologischen, geographischen und geschichtlichen Elementen wirklich einen Leistungs- und Lernzuwachs im Sprachlichen auslösen?

⑤ Welche Argumente gibt es für und gegen das Programm „Englisch für alle"?

⑥ Umschreiben Sie konkrete Verfahren und Maßnahmen im Englischunterricht für leistungsschwache Schüler.

Geben Sie Beispiele für Lernspiele, und beschreiben Sie den positiven Effekt auf den Sprachlernprozeß.

Auf welche Weise kann die Forderung verwirklicht werden, „mündliche Sprache in einfachen Situationen" zu vermitteln.

Wie stehen Sie zur Behauptung, daß in leistungsschwachen Gruppen auf Schreiben und schriftlichen Ausdruck gänzlich verzichtet werden sollte?

Geben Sie Beispiele für das Prinzip der Toleranz im Hinblick auf Aussprache und Grammatik.

⑦ Begründen Sie Ihre Position im Hinblick auf die These, daß eine stark elementarisierte und reduzierte Zielsprache den leistungsschwachen Schülern vermittelt werden soll.

⑧ Glauben Sie, daß die Einstellung der leistungsschwachen Schüler zum Englischunterricht stabil und unveränderlich ist oder durch die Lehrerpersönlichkeit und seine Unterrichtsart positiv beeinflußt werden kann?

3. Sprachlehrmethodik

3.1. Spracherwerb

① Welche Gemeinsamkeiten gibt es bei der Erforschung des Erst- und Zweitsprachenerwerbs?

② Erörtern Sie Unterschiede zwischen dem mutter- und fremdsprachlichen Lernprozeß.

Inwieweit hat die Muttersprache eine andere Funktion für die sprachliche Lebensbewältigung als die Fremdsprache?

Worin unterscheiden sich die Lernsituationen des Erst- und Zweitsprachenerwerbs?

Inwieweit ist die Entwicklung der Erstsprache eine gleichsam biologische Notwendigkeit?

③ Welche Eigenschaften besitzt die englische Lernersprache deutscher Schüler?

Wie ist das Verhältnis von inter- und intralingualer Interferenz?

Wie wirkt sich der Verwandtschaftsgrad zwischen Ausgangs- und Zielsprache auf die Lernschwierigkeiten aus?

Ist koordiniertes Zweitsprachenlernen — Erst- und Zweitsprache werden in getrennter Umgebung gelernt — effektiver als kombiniertes Zweitsprachenlernen?

④ Nehmen Sie an, daß dem Erst- und Zweitsprachenerwerb ein allgemeiner Sprachfähigkeitsfaktor *(general language proficiency factor)* zugrunde liegt?

⑤ Nennen Sie Lernumstände des Erstsprachenerwerbs, die auch für das Fremdsprachenlernen günstig sind.

Wann lernt man Zweitsprachen in Realsituationen?

Was ist die Naturmethode?

3.2. Unterrichtsmethoden

Grundlagen

① Definieren Sie den Begriff „Methode“ und begründen Sie Ihre Begriffsbestimmung.

Grenzen Sie die Begriffe „Didaktik“ und „Methodik“ des Englischunterrichts gegeneinander ab.

② Welche grundlegenden Methoden würden Sie im Rahmen des gesteuerten Fremdsprachenunterrichts unterscheiden?

Der Begriff „Methode“ kann Verbindungen mit unterschiedlichen Adjektiven eingehen, wie „direkt“, „audio-visuell“, „imitativ“ oder „grammatisch“. Gibt es Kategorien für diese Wortverbindungen?

Welche Merkmale bestimmen die „direkte Methode“?

Welche Positionen sind mit der „vermittelnden Methode“ verbunden?

Wie unterscheiden sich die konventionelle Grammatikmethode und die audio-linguale Methode im Hinblick auf Ziele und Verfahren?

Wie könnte ein Kompromiß zwischen der (französisch)-audio-visuellen, der (amerikanisch)-audio-lingualen und der konventionellen Methode des deutschen Fremdsprachenunterrichts aussehen?

③ Welche methodischen Maßnahmen fördern den kommunikativen Umgang mit der Fremdsprache?

Mit welchen Verfahren lassen sich Übergänge zwischen reproduktiver und produktiver Sprachverwendung finden?

Mit welchen Verfahren können die Schüler zu kommunikativ relevanten Fragen geführt werden?

④ Welche Verfahren gibt es bei der einsprachigen Vokabeleinführung? Nennen Sie in diesem Zusammenhang einige Methodiken.

Geben Sie Beispiele für demonstrierende, illustrierende und verbalisierende Verfahren.

⑤ Das zugrundegelegte Lernziel des folgenden Unterrichtsabschnittes ist die Verwendung von *may*. Prüfen Sie bitte, ob die Unterrichtssituation in reproduktive und produktive Sprechweisen der Schüler eingeteilt werden kann oder nicht. Überlegen Sie sich weiterhin, ob die ersten Sätze (1.-5. Schüler) eine sekundäre Kommunikationssituation darstellen — *may* wird situativ gedrillt — und der letzte spontane Satz des Schülers *May I kill you now* eine primäre Kommunikationssituation repräsentiert.

Schüler 1: *May — may we smoke cigarettes in this room?*
Lehrer: *No, not in this room. You know there's a carpet. You may not smoke cigarettes here.*
Schüler 2: *May I go home now?*
Lehrer: *Not now, later.*
Schüler 3: *May I read a book?*
Lehrer: *When?*
Schüler 3: *Now.*
Lehrer: *Now? No, you may not.*
Schüler 4: *May we play our songs now?*
Lehrer: *Later.*
Schüler 5: *May Carol eat her lunch now?*
Lehrer: *Oh, not now, Carol. Not now.*

Schüler 6: *May I kill you now?*
Lehrer: *Come on, try it!*
(Gelächter)

Erweiterungen

6 Welche Positionen sind mit der „vermittelnden Methode" verbunden?

7 Welche charakteristischen Merkmale besitzen der amerikanische audiolinguale Fremdsprachenunterricht des Strukturalismus und der audiovisuelle Fremdsprachenunterricht der französischen CREDIF-Methode?

8 Unter welchen Bedingungen können Fremdsprachenkurse den Anspruch auf eine „Naturmethode" erheben?

9 Kennzeichnen Sie die organisatorischen und lernpsychologischen Grundlagen der „Immersionsmethode".

10 Skizzieren Sie die geschichtliche Dimension der Einsprachigkeitsproblematik.

Schildern Sie die Unterrichtswirklichkeit zur Zeit der Grammatik-Übersetzungs-Methodik.

Wie begründeten die Neusprachenreformer die direkte Methode?

Erläutern Sie die zehn Wiener Thesen Gustav Wendts unter grammatischen und einsprachigkeitsmethodischen Gesichtspunkten.

Welche Publikationen und Fachvertreter nach 1945 können Sie nennen, die für die Entwicklung der einsprachigen Methode bestimmend gewesen sind.

11 Führen Sie Gründe für das Prinzip der Einsprachigkeit an.

Welche Konsequenzen hat die Tatsache, daß die englische Sprache zugleich Unterrichtsziel und Unterrichtsmedium ist?

Stimmt der lernpsychologische Standpunkt, daß das sprachliche Verhalten des Menschen primär durch die Form seines sprachlichen Übens bestimmt wird?

12 Welche Bedingungen gibt es für die kalkulierte Einschränkung der Einsprachigkeit?

Welche Folgerungen leiten Sie aus der Gegebenheit ab, daß Psychogenese und Sprachgenese in der Erstsprache aufgebaut sind?

Wann müßten Interaktionen zwischen Schülern und Lehrer in der Muttersprache geführt werden?

Geben Sie Beispiele für Semantisierungsverfahren, in denen aus arbeitsrationellen und lernpsychologischen Gründen das muttersprachliche Äquivalent als Lernerleichterung eingesetzt werden sollte.

Wie stehen Sie zum Standpunkt, daß gelegentliche Wort- und Satzübersetzungen eine Lernkontrolle für Lehrer und Schüler sind?

Können Sie einige sinnvolle zweisprachige Übungstypen nennen?

Inwieweit sind Dolmetschübungen eine realistische Kommunikationssituation?

Nehmen Sie Stellung zum Argument der „Ununterdrückbarkeit der Muttersprache".

13 Welche Folgen hat die Differenz zwischen Methodentheorie und tatsächlicher Methodenpraxis für den empirischen Methodenvergleich?

14 Würden Sie einen Methodenpluralismus (wie im 18. und 19. Jhdt.) oder einen Methodenmonismus für Ihre zukünftige Unterrichtstätigkeit vorziehen?

15 Beschreiben Sie die zeitbedingten und überdauernden Inhalte einiger bekannter Methodiken.

Vergleichen Sie folgende Autoren: LADO (1967) und MACKEY (1965), GUTSCHOW (1964, 1978) und LORENZEN (1977a), SCHUBEL (1971) und NISSEN (1974).

16 Welche Erwartungen und Forderungen stellen Sie persönlich an eine Methodik des Englischunterrichts?

3.3. Unterrichtssprache

① Grenzen Sie den Gegenstandsbereich des Themas ab und versuchen Sie, einige Hauptprobleme zu formulieren:

Welche Fragestellung würde aus der Angewandten Sprachwissenschaft auf Sie zukommen?

Wie würde ein Psychologe den Komplex sehen?

Welche Probleme ergeben sich aus Allgemeiner Didaktik und Curriculumtheorie?

Welche Fragen würden Sie aus der Sicht der Fremdsprachendidaktik stellen?

② Inwieweit umgreift die Fragestellung der Unterrichtssprache auch die der Schülersprache?

Geben Sie Beispiele für grundlegende Redemittel des Schülers im Klassenzimmer.

③ Warum ist die Unterrichtsphraseologie des Lehrers so sehr fehlergefährdet, daß ein *classroom dialect* entstehen kann?

④ Stellen Sie sich die Sprechtätigkeit des Englischlehrers in typischen Stundensituationen vor. Versuchen Sie, sein sprachliches Verhalten zu klassifizieren.

Wie hoch schätzen Sie den Frageanteil an der gesamten Sprechtätigkeit des Lehrers ein?

Welche Äußerungsformen gebraucht der Lehrer außer der Fragestellung?

Unter welchen Bedingungen könnte oder sollte der Lehrer auf das Deutsche zurückgreifen?

⑤ Soll die Unterrichtssprache des Lehrers dem Niveau der Schülersprache entsprechen oder dem des *native speaker*?

In welchen Unterrichtsphasen muß der Lehrer seine Sprache dem Schülerstand kontrolliert anpassen, und in welchen kann er sie freier entfalten?

Wie stehen Sie zur Empfehlung, daß das Sprechtempo des Lehrers dem Kriterium *normal speed* entsprechen müsse?

⑥ Welche Aussprachenorm, die britische oder amerikanische, soll nach Ihrer Meinung ein Lehrer anstreben, der mit Engländern sowie mit Amerikanern Sprachkontakte pflegt?

⑦ Nennen und erklären Sie typische Fehler in der Unterrichtssprache?

Inwieweit verursachen Unterschiede im englischen und deutschen Schulwesen Schwierigkeiten in der Unterrichtssprache?

Welche semantischen Unterschiede ergeben sich bei folgenden Fragen:
Who cleans the board?
Who likes to clean the board?
Who'd like to clean the board?

⑧ Geben Sie unterrichtssprachliche Beispiele zur Verwendung von *phrasal verbs* und zur Verknüpfung von *to go* + Verb.

⑨ *Suchen Sie in folgenden Sätzen die sprachlichen Besonderheiten:*

(1) Would anyone like to . . .
(2) No prompting!
(3) Come on, have a try.
(4) I'am afraid you can't say that.
(5) Can you all hear him?
(6) Start half-way down the page.
(7) You got the intonation wrong there.
(8) Have a good look at the picture.

⑩ *Übersetzen Sie folgende Sätze ins Englische:*

(1) Setz dich neben Thomas.
(2) Zeig auf das Fenster.

(3) Sprich mir nach.
(4) Wir wollen diese Szene spielen.
(5) Was siehst du auf dem Bild?
(6) Wer kann dieses Tonbandgerät bedienen?
(7) Wo sind die Folien für den Tageslichtschreiber?
(8) Das wollen wir jetzt üben.
(9) Jetzt bist du dran.
(10) Paß auf dein „th“ auf.
(11) Schlagt Eure Bücher auf Seite 9 auf.
(12) Bearbeitet Nummer 3 und 4 als Hausarbeit.

⑪ Übersetzen Sie folgende Begriffe ins Englische:

Lehrerzimmer, Klassenarbeit, Sitzplan, Unterrichtsentwurf, Lückentext.

⑫ *Welche Schwierigkeit gibt es im Hinblick auf die Intonation?*

You know Mrs. Meyer, don't you?

⑬ *Identifizieren Sie die grammatischen Fehler in folgenden Sätzen:*

(Jeder Satz hat nur einen Fehler oder ist fehlerfrei)

(1) There's something wrong.
(2) Stop me for reading too fast.
(3) Tell what he said.
(4) Share the book with Peter.
(5) You mustn't come to school tomorrow.
(6) Let's go on a tour through London.
(7) Look to the blackboard.
(8) Take care!
(9) What's about you?
(10) What do you think the police would ask him?
(11) Do you really believe that?
(12) How do they look?
(13) Are there any new words of this story?
(14) If you would be able to do that . . .
(15) Can anyone of you tell me if . . .
(16) I want that you read the story.

⑭ *Identifizieren Sie die lexikalischen Fehler in folgenden Sätzen:*

(Jeder Satz hat nur einen Fehler oder ist fehlerfrei)

(1) I mean the picture on the right side.
(2) I think everybody can hear me.
(3) I'd like to control your worksheet now.
(4) Oh, what should that be?
(5) Who can work this tape recorder?

(6) After three or five questions . . .
(7) He said to him that . . .
(8) To my person, I'd like to say . . .

⑮ *Welcher Satz ist richtig?*

(1) Fill in the blanks in the text. — Fill in the blanks of the text.
(2) What is it called? — How is it called?
(3) Now, come to an end. — Let's finish now.
(4) I try to draw it on the board. — I'll try to draw it on the board.
(5) You see that there is missing a word. — You see that a word is missing.
(6) I think it's not very good. — I don't think it's very good.
(7) Open your books on page 12. — Open your books at page 12.

⑯ *Jeweils zwei ähnliche Sätze/Satzteile sollen auf der Bedeutungs- oder Stilebene verglichen werden:*

(1) Are you ready? — Have you finished?
(2) Who'd like to read? — Who reads?
(3) I'll give you a paper. — I'll give you a worksheet.
(4) What colour is it? — Which colour is it?
(5) Did you take the chalk? — Did you get the chalk?
(6) Come out here now. — Come here.
(7) That fits me well. — That suits me well.
(8) Now, look here. — Now look at me.
(9) Stop it now. — That's it for now.
(10) A picture like this — Such a picture
(11) In the picture — On the picture
(12) The unknown words — Words you don't know.
(13) teacher — schoolmaster
(14) My name is . . . — I'm . . .
(15) They've got a little dog. — They got a little dog.
(16) Do you wear socks? — Are you wearing socks?
(17) In the last few days . . . — In the last days . . .
(18) city — city centre

⑰ *Übersetzen Sie ins Englische:*

(1) Ein solches Poster ist geeignet.
(2) Verteilt bitte alle Blätter.
(3) Ich gebe euch jetzt Papier.
(4) Ich werde es kontrollieren.
(5) Oh, daran habe ich nicht gedacht.
(6) Wer kann die Wörter auflisten?
(7) Was steht da geschrieben?
(8) Didaktik
(9) Methodik
(10) Unterrichtsprobe

(11) Unterrichtsentwurf
(12) Einstieg
(13) Arbeitsanweisung
(14) Lernkontrolle

⑱ *Welchen sprachdidaktischen Fehler entdecken Sie in folgendem Planungsabschnitt für die Hauptschule zur Thematik „Pedagogical pop in a 6th form"?*

Lehrerfragen	*Vermutete Schülerantworten*
Do you like English songs?	Yes / No.
Why do you like them?	Because of their rhythm. English texts sound better than German ones. They make me dream.

⑲ *Geben Sie eine sprachliche Analyse der einzuübenden Verknüpfung von folgender Lehrerfrage und Schülerantwort:*

L: Do you like watching TV?
Sch: Yes (No), I like (I don't like) watching TV.

3.4. Lernmotivierung

Grundlagen

① Was verstehen Sie unter „Motivierung"?

Was bedeuten die Gegensatzpaare „intrinsisch — extrinsisch" und „überdauernd — aktuell"?

Würden Sie zwischen allgemeiner und fremdsprachenspezifischer Motivierung unterscheiden?

② Wovon hängt die Motivation im Englischunterricht ab?

Wie wirkt sich das Elternhaus aus?

Welche Rolle spielen die bisherigen Erfahrungen des Schülers?

Wie groß ist die Wirkung der Lehrerpersönlichkeit?

Welche Elemente der Unterrichtssituation beeinflussen die Motivation?

Welche Unterrichtsphasen besitzen einen stärkeren und welche einen schwächeren Motivierungscharakter?

③ Wie können Sie Schüler für den Englischunterricht motivieren?

Geben Sie Beispiele für motivierende Inhalte.

Schildern Sie Unterrichtssituationen, in denen Sie durch Medien und Methoden die Schüler motivieren können.

Wie kann eine Begegnung mit den englischsprachigen Ländern herbeigeführt werden?

Wie können Interesse und Aufmerksamkeit während einer Englischstunde aufrecht erhalten werden?

④ Wie können Sie Schülergruppen mit schwacher Motivationslage ansprechen und für den Unterricht gewinnen?

Inwieweit kann ein Gespräch in deutscher Sprache zur Standortgewinnung und Sinnfindung beitragen?

Geben Sie Beispiele für den Einsatz visueller Medien.

Wie kontrollieren Sie den Schwierigkeitsgrad der Lehrwerke und der Lehrersprache?

Beschreiben Sie Lernspiele für den Englischunterricht.

Unter welchen Bedingungen trägt Gruppenarbeit zur Motivierung bei?

Erweiterungen

5 Skizzieren Sie die Theorie der Motivierung.

Was bedeutet Motivierung durch Bedürfnisreduktion?

Was ist Funktionslust?

6 In der Heckhausen-Formel der Motivation erscheinen die Faktoren N (= Neuigkeit), A (= Anreiz durch Aufgabenstellung) und E (= Erreichbarkeitsgrad der Aufgaben). Wenden Sie diese Faktoren auf den Englischunterricht an.

7 Wie läßt sich die Einstellung der Schüler zum Englischunterricht erkunden und erforschen?

8 Welche Probleme ergeben sich aus der Kluft zwischen biologischem Alter und Fremdsprachenalter der Schüler?

9 Wie kann die Landeskunde als Motivationsfaktor eingesetzt werden?

10 Beurteilen Sie die Motivationskraft von Übungsformen wie *pattern practice* und *fill-in?* (z. B. Reihenspiel und Kreuzworträtsel).

11 Durch welche Faktoren können Lehrwerke motivieren?

Wie kann die Identifizierung der Schüler mit Personen und Rollen im Bereich der Unterrichtsmaterialien erreicht werden?

Welche Unterschiede bestehen in der Wirkung einer „Lehrbuchfamilie“ und einer *„peer group“* auf die Schüler?

Wie kann der Schüler mit seinem Erfahrungsbereich in die Arbeit mit dem Lehrwerk integriert werden?

Wodurch trägt die Authentizität der Lehrinhalte und Medien zur Motivierung bei?

12 Inwieweit spielt der Faktor des Schwierigkeitsgrades eine erhebliche Rolle?

Definieren Sie Steilheitsgrad und Wortdichte?

Wie wirken sich Satzlänge und Satzkomplexität aus?

13 Mit welchen Mitteln kann eine abwechslungsreiche Strukturierung der Unterrichtsstunde erreicht werden?

14 Welche methodischen und sprachlichen Möglichkeiten der Zuwendung, des Lobes und der Bekräftigung gibt es?

15 Inwieweit trägt eine gute Sprachbeherrschung des Lehrers zur Motivation der Schüler bei?

16 Nehmen Sie Stellung zur Behauptung, daß das Motivationsproblem in erster Linie ein Lehrerproblem sei und daß die Schüler so weit motiviert sind, wie der Lehrer selbst für das Fach motiviert ist.

3.5. Technische Medien

Grundlagen

① Was bedeutet der Begriff „Medien"? Was sind technische Medien?

② Klassifizieren und charakterisieren Sie wichtige technische Medien für den Fremdsprachenunterricht.

Welche Einsatzmöglichkeiten von Medien kennen Sie? Geben Sie Beispiele.

③ Beschreiben Sie die Methodik der Unterrichtsarbeit mit Kassetten/Tonbändern und mit Tageslichtschreiber.

Wie unterscheiden sich kommunikative und mechanische Tonbandübungen?

④ Welche Kriterien müssen beachtet werden, damit die Sprachlaborarbeit als allseitig nützlich angesehen wird?

⑤ Schildern Sie an einem technischen Medium Ihrer Wahl, welche Probleme sich bei der Integration in den fortlaufenden Unterricht ergeben.

Erweiterungen

⑥ Welche spezielle Unterrichtsform ergab die Kombination von Dias bzw. Filmstreifen auf der einen Seite und dem Tonbandgerät auf der anderen Seite?

⑦ Nehmen Sie Stellung zum gängigen methodischen Ratschlag, die Medien um jeden Preis einzusetzen.

⑧ Schildern Sie die Merkmale und ihre unterrichtlichen Auswirkungen der verschiedenen Sprachlabortypen.

⑨ Welche didaktischen und methodischen Überlegungen sind beim fruchtbaren Einsatz des Schulfunks und des Schulfernsehens anzustellen?

⑩ Wie würden Sie eine Mediothek ausstatten?

⑪ Wie beurteilen Sie das Verhältnis von Finanzierungsaufwand und didaktischem Nutzeffekt audio-visueller Medien.

3.6. Unterrichtsplanung

Grundlagen

① Welche Planungsmaßnahmen ergreifen Sie, wenn Sie eine neue Klasse im Fach Englisch übernehmen?

Wie verschaffen Sie sich am schnellsten einen Überblick über behandelte Grammatik und eingeführten Wortschatz?

Wie entwickeln Sie einen Lernziel- und Stoffverteilungsplan für das kommende Schuljahr?

Wie ermitteln Sie beliebte Arbeitsformen und Interessen und Bedürfnisse der Schüler?

Entwickeln Sie Vorstellungen, wie Sie phonetische und syntaktische Lernziele zu Beginn des neuen Schuljahres wiederholen können?

Wie würden Sie eine „englische Atmosphäre" in das Klassenzimmer bringen?

Welche Bereiche der Schule werden Sie sich ansehen, um eine fremdsprachendidaktische Bestandsaufnahme durchführen zu können?

② Welche Überlegungen stellen Sie bei der Planung einzelner Unterrichtsstunden an?

Inwieweit übt ein einmal ausgewähltes Thema bestimmte Zwänge aus?

Worin liegt die Schwierigkeit der Erstellung von Grob- und Feinlernzielen?

Warum besteht die Gefahr, zu schnell von der Sachanalyse zur didaktischen Analyse zu kommen?

Inwieweit können äußere Phänomene wie Tafelgestaltung, Medieneinsatz und Sitzordnung den Unterricht stark beeinflussen?

Warum ist die möglichst wörtliche Formulierung der Lehrersprache für die Planung des Unterrichtsverlaufs empfehlenswert?

Warum ist die Planung einer Hausaufgabe so wichtig?

③ Welche Gesichts- und Gliederungspunkte konstituieren einen Stundenentwurf?

④ Analysieren und bewerten Sie einen eigenen oder fremden Stundenentwurf.

Erweiterungen

⑤ Welche fachübergreifenden Faktoren sind bei einer Jahresplanung zu beachten?

Welche Querverbindungen bestehen zwischen dem Englischunterricht und anderen Fächern?

Welche Gesichtspunkte gibt es für die Differenzierung der Lernziele für leistungsstärkere und leistungsschwächere Schüler?

⑥ Stellen Sie an einem konkreten Fall die Einteilung eines Grobzieles in mehrere Feinziele dar.

Inwieweit verbinden sich in der Unterrichtsplanung fachunabhängige, fachübergreifende und fachspezifische Lernziele?

⑦ Stellen Sie an konkreten Fällen die Planung typischer Unterrichtsphasen dar.

Wie bauen Sie reaktivierende Übungen am Anfang der Stunde auf? („10-Minuten-Englisch“, „small talk“)

Welche Übungsformen können Sie für schriftliche Arbeitsphasen anwenden?

Wie entwickeln Sie Frage-Antwort-Ketten?

⑧ Welche Arbeitstechniken der Schüler planen Sie langfristig?

Wie führen Sie in die Benutzung eines Wörterbuches ein?

Wie lassen Sie *note-taking* üben?

Welche Verfahren kennen Sie für Gruppen- und Partnerarbeit?

⑨ Nennen Sie fachübergreifende und fachspezifische Unterrichtsprinzipien. Stellen Sie die Unterrichtprinzipien in Form einer richtigen und falschen Handhabung am Beispiel einer Unterrichtsplanung dar.

Ist Schüleraktivität „um jeden Preis“ zu erreichen?

Welche fachspezifischen Probleme ergeben sich im Hinblick auf die Altersangemessenheit?

Entwickeln Sie Beispiele für anschaulich vermittelte grammatische und lexikalische Lernziele.

Schildern Sie Situationen für die Verwendung der Muttersprache in einem sonst einsprachig geführten Unterricht.

Wo liegen die Grenzen des Primats des Mündlichen?

Geben Sie Beispiele für prägnante Stundeneinstiege.

Wie verbinden Sie das Prinzip des schülerorientierten Vorgehens mit Einzelmaßnahmen zur Binnendifferenzierung?

3.7. Unterrichtsanalyse und -beurteilung

Grundlagen

① Durch welche Vorurteile und Fehleinstellungen kann die Beurteilung einer Unterrichtsprobe verzerrt werden?

② Welche Kriterien können Sie für die angemessene Analyse einer Englischstunde angeben?

Welche Forderungen werden an die Sprachbeherrschung des Lehrers gestellt?

Inwieweit spiegelt sich die Motivationslage der Schüler in der Mitarbeit und Aufmerksamkeit?

Inwieweit ist das Primat des Kommunikativen entscheidend?

③ Nach welchen Gesichtspunkten sollte ein Bericht über das Fachpraktikum aufgebaut sein?

④ Beurteilen Sie die Schülerleistung unter dem Aspekt des Transfers in dem folgenden Interview zwischen Hochschullehrer und Hauptschülern. (WALTER 1978: 170)

(V = Verfasser des Artikels, S = Schüler)

1 V: *Do you remember a story which you particularly liked?*
2 S: . . . .
3 V: *Just one, an interesting one, there are so many . . .*
4 S: *In a hotel*
5 V: *Can you remember what it was all about?*
6 S: *A man is coming in a hotel and he want a room and the receptionist ask oh . . .*
7 V: *Go on . . . what did she ask?*
8 S: . . . .
9 V: *Does anyone remember what she asked?*
10 S: *What can I do for you?*
11 V: *And then?*
12 S: . . . .
13 V: *What happened next?*
14 S: *I booked a room a fortnight ago.*
15 V: *I see, and then he didn't get it?*
16 S: *No.*
17 V: *What happened at the end?*
18 S: *Because he . . . forgot to post it.*

Erweiterungen

5 Nennen Sie Kriterien für eine erfolgreiche didaktische Analyse.

Warum muß eine Stoff- und Sachanalyse der didaktischen Analyse vorangehen?

Ist die Begründung zur Auswahl des Unterrichtsgegenstandes jederzeit objektiv zu leisten?

Welche Verfahren gibt es, um die Angemessenheit des Themas und der Lernziele für die Klasse festzustellen?

Welche Konsequenzen hat eine unvollständige Schwierigkeitsanalyse für die Gestaltung des Unterrichts?

6 Erörtern Sie Kriterien für eine differenzierte Lernzielbestimmung.

7 Entwickeln Sie Kriterien für Stufung und folgerichtigen Aufbau.

Muß in jeder Unterrichtsstunde eine Lernzielkontrolle erfolgen?

Wie können Lernerträge zusammengefaßt und verankert werden?

8 Welche Möglichkeiten gibt es für die Korrektur der Schüler?

Geben Sie Beispiele für die sofortige Korrektur und für eine fehlerbündelnde Korrekturphase am Ende eines Unterrichtsabschnittes.

9 Welche Faktoren bestimmen das Lernklima in einer Englischstunde?

Welche Kriterien können Sie für eine optimale Interaktion der Schüler angeben?

3.8. Ausspracheschulung

Grundlagen

① Nennen Sie einige linguistische Termini für den Bereich der Aussprache und erörtern Sie diese.

Stellen Sie das Konzept des Phonems dar.

Analysieren Sie die Ausspracheunterschiede in *bad* und *bed*, ferner die unterschiedliche Aussprache des l in *mill* und *miller*. Wie behandeln Sie diese Unterschiede im Unterricht?

Welche Bedeutung hat das linguistische Prinzip der Opposition für den Ausspracheunterricht?

② Welche Lernerleichterungen bietet die Lautschrift?

Stimmt die Aussage, daß die aktive Beherrschung der Lautschrift nur für Lehrer erforderlich ist?

③ Transkribieren Sie den folgenden Text in die phonetische Umschrift.

Helga: *Do you like chocolate, Betty?*
Betty: *Yes, I do.*
Helga: *Good, I'll buy a bar of chocolate for you. I've got 40 p. - Here you are.*
Betty: *Oh, thank you. (English, H1, ³1973: 80)*

Anschlußfragen:

a) Wo tauchen Schwachformen auf?
b) Warum ist der Vokal in *bar* fehlergefährdet?
c) Wo werden deutsche Schüler wahrscheinlich Aussprachefehler begehen?
d) In welcher Großregion wird der Vokal in *thank* ungefähr wie deutsches a ausgesprochen?

④ Welche Elemente des englischen Lautsystems sind für deutsche Schüler besonders schwierig?

Wie beurteilen Sie die Schwierigkeit stimmhafter und stimmloser Verschlußlaute? Geben Sie Beispiele.

Können Sie aus der Aussprache mehrerer *native speakers* ableiten, warum der Englischlehrer toleranter im Hinblick auf den Vokalismus als den Konsonantismus sein kann?

Warum muß die Schwachform englischer Vokale ein spezifisches Lernziel sein?

⑤ Welche Hauptlernziele ergeben sich für die prosodischen Elemente wie Intonation und Betonung?

Wie erklärt sich die Schwierigkeit des *level stress* in Wörtern wie *Buckingham Palace* und *Picadilly Circus?*

Für welche Intonationsschwierigkeiten sind die folgenden beiden Sätze stellvertretend: *Where did he go? — Did you see him yesterday?*

⑥ Finden Sie die phonetischen Lernziele im folgenden Text für den Anfangsunterricht.

Ann: *Hello!*
Andy: *Hello! I'm Andy. Are you Peggy?*
Ann: *No, I'm Ann. This is Peggy.*
Andy: *Oh, hello Peggy.*
Ann: *Ssh! Mr. Johnson.*
Teacher: *Good morning. I'm Mr. Johnson. (Good English,* Bd. 1, 1975: 5)

Wie beurteilen Sie die Schwierigkeit der Opposition /e/:/æ/ und /ɔ/:/əu/?

Erörtern Sie auf der Grundlage des obigen Beispiels das Problem der Einbettung der phonetischen Lernziele in einem kontextualisierten Redezusammenhang.

⑦ Aus welchen Gründen ist auch schon im Anfangsunterricht größter Wert auf eine normale Sprechgeschwindigkeit des Lehrers zu legen?

⑧ Begründen Sie den Einfluß der Tonträger auf die Ausspracheschulung.

⑨ Welche Unterrichtsverfahren gibt es neben der Imitation?

Geben Sie Beispiele für bewußtmachenden Ausspracheunterricht.

Welche Bedeutung haben *minimal pairs* für das Aussprachetraining?

⑩ Geben Sie methodische Hinweise für Einführung und Einübung schwieriger Laute wie th, w und r.

⑪ Beschreiben Sie einige grundlegende Aussprachevarianten der Weltverkehrssprache Englisch.

Welche Hauptunterschiede bestehen in der Lautstruktur zwischen *British standard* und *American standard?*

Wie sollte das Problem der Aussprachenorm gelöst werden?

Welche Rolle spielen Dialekte und Soziolekte für das Hörverstehen im fortgeschrittenen Englischunterricht?

⑫ Erörtern Sie die Auswirkung dialektaler Besonderheiten der Muttersprache auf das fremdsprachliche Lautsystem der Schüler.

⑬ Erläutern Sie die Interferenz des Schriftbildes auf die Klanggestalt anhand ausgewählter Unterrichtsbeispiele.

Nehmen Sie Stellung zur Lehrmeinung, daß das Schriftbild erst eingeführt werden soll, wenn die Klanggestalt gefestigt ist.

⑭ Entwickeln Sie eine unterrichtliche Progression des englischen Lautsystems.

⑮ Welche Gesichtspunkte würden Sie für die Begründung der Aussprachetoleranz im Unterricht anführen?

Welchen Stellenwert hat die Aussprache unter dem Gesichtspunkt der Kommunikationsfähigkeit?

Welche Differenzierungen der Lernziele ergeben sich für unterschiedliche Zielgruppen?

⑯ Welche Maßnahmen würden Sie ergreifen, wenn Sie eine Klasse/Lerngruppe mit schlechtem Ausspracheband übernehmen müssen?

Erweiterungen

⑰ Entwickeln Sie die Geschichte der Phonetik und ihres Einflusses auf den Englischunterricht.

Welche Gründe gab es in der 2. Hälfte des 19. Jahrhunderts für das neue Interesse an der phonetischen Struktur der Wörter?

Welche Rolle spielte die Gründung der Association Phonétique Internationale und die Publikation des *English Pronouncing Dictionary* von Daniel Jones?

Welche Bedeutung hatte die Phonetik für die Neusprachliche Reformbewegung in Deutschland und Viëtors Aufsatz „Der Sprachunterricht muß umkehren"?

Wie unterscheiden sich Phonetik und Phonologie?

⑱ Entwerfen Sie ein psycholinguistisches Modell der Sprachproduktion und -rezeption, und erörtern Sie die phonetische Repräsentation.

3.9. Grammatische Lernziele

Grundlagen

① Der Begriff Grammatik ist äußerst komplex. Versuchen Sie, eine Definition zu geben.

Definieren Sie den Begriff Grammatik im engen und im weiten Sinne.

② Umreißen Sie einige Grammatiktheorien/Grammatikmodelle.

③ Hinsichtlich der lernpsychologischen Grundlagen des Grammatikunterrichts sind zwei unterschiedliche psychologische Konzepte einflußreich. Welche Konzepte sind es, und wie kommen sie im Grammatikunterricht zum Ausdruck?

Worin unterscheiden sich Konditionierung und Kognitivierung?

Können Sie Unterrichtsverfahren nennen, die stärker behavioristisch-einübend oder kognitivistisch-bewußtmachend sind?

④ Welche Bedeutungen liegen in dem Begriff „Regel"?

Nennen Sie einige metasprachliche Regeln als Handlungsanweisungen.

Was bedeutet der Begriff „*rule*" für die automatisch ablaufenden Sprachvorgänge?

⑤ Stellen Sie in Umrissen die Progression der grammatischen Lernziele im 5. und 6. Schuljahr zusammen.

Inwieweit unterscheiden sich die Lehrpläne der verschiedenen Schulformen hinsichtlich der grammatischen Progression in den ersten beiden Lernjahren?

Nehmen Sie Stellung zur Reihenfolge von *past* und *present perfect* in der Progression.

⑥ Geben Sie Beispiele zu ausgewählten grammatischen Lernzielen der Sekundarstufe I und deren unterrichtlicher Bewältigung.

Erweiterungen

7 Geben Sie einen Überblick über grammatische Lernziele mit hohem Schwierigkeitsgrad für die Sekundarstufe I.

Warum ist die Erlernung der englischen Aspekte besonders schwierig?

Welche interlingualen und intralingualen Schwierigkeiten gibt es hinsichtlich der *tenses*?

Inwieweit gebührt unter der obersten Zielsetzung der Kommunikationsfähigkeit dem Unterrichtsproblem der indirekten Rede ein besonderer Platz?

8 Geben Sie unterrichtsbezogene Beispiele zur Einführung folgender grammatischer Lernziele: *If*-Sätze, *any* und *some, for* und *since, past continuous, future.*

9 Nennen Sie Erkenntnisziele und Termini des taxonomischen Strukturalismus, des Kontextualismus und der generativen Transformationsgrammatik.

Welchen Einfluß haben Strukturalismus und Kontextualismus auf den Englischunterricht gehabt?

Inwieweit läßt sich die generative Transformationsgrammatik auf fremdsprachliche Lernprozesse anwenden?

Kommentieren Sie aus grammatischer Sicht die folgenden zwei Sätze: *John is eager to please: John is easy to please.*

10 Erörtern Sie die deduktive und induktive Grammatiklehrmethode.

Wie sah der alte Grammatik- und Übersetzungsunterricht aus?

Welche Argumente können Sie gegen isolierte „Grammatikstunden" anführen?

Wie üben Schüler grammatische Lernziele mit *pattern practice*?

Welchen Unterschied sehen Sie zwischen formaler und funktionaler Grammatik?

11 Welche Formen grammatischer Übungen kennen Sie?

3.10. Wortschatzarbeit

Grundlagen

① Erörtern Sie den Begriff „Wortschatz" im Zusammenhang mit dem Englischunterricht.

Welche Rolle spielen Worthäufigkeit und Wortwertigkeit für die Erstellung von Wortschatzminima?

Erörtern Sie das Problem des Wortschatzumfanges für die unterschiedlichen Schulformen.

② Wieviele neue Wörter (Lexeme) können Sie in einer Stunde des Anfangsunterrichts und des fortgeschrittenen Unterrichts einführen?

③ Welche Techniken zur Semantisierung neuer Wörter kennen Sie?

Welche linguistischen Probleme liegen in dem Begriff der Semantisierung?

Konkretisieren Sie die Worteinführung für die verbale und die demonstrierende Lehrtechnik.

Äußern Sie sich zum Problem der isolierenden und der kontextualisierenden Worteinführung.

Welche Standardfragen des Lehrers gibt es für Einführung und Gebrauch eines neuen Wortes?

Geben Sie Unterrichtsbeispiele für die Wortschatzarbeit.

Erweiterungen

4 Welche Erkenntnisse hat die Gedächtnispsychologie über das Lernen neuer lexikalischer Einheiten hervorgebracht?

Welche Gesetzmäßigkeiten zeigt die Vergessenskurve?

Inwieweit beeinflußt die Bedeutungshaltigkeit neuer lexikalischer Einheiten das Behalten?

5 Mit welchen Unterrichtsverfahren lassen sich der produktive und rezeptive Anteil des Wortschatzes erweitern?

6 Bestimmen Sie das Wort als linguistische Einheit, und vergleichen Sie es mit Konzepten wie Phonem und Morphem.

7 Bestimmen Sie die unterschiedlichen Zielsetzungen von Lexikographie und Lexikologie.

Welche Grundstruktur ergibt sich in Wörterbüchern zwischen den Lemmata und ihren Ableitungen und Komposita?

Welche Bedeutung haben semasiologische Wortfelder und onomasiologische Sachfelder für die unterrichtliche Aufbereitung des Wortschatzes?

Inwieweit besitzen die Funktionswörter mit ihren geschlossenen Inventaren eine besondere Bedeutung für den Lernprozeß?

8 Geben Sie Beispiele aus der Entwicklung des englischen Wortschatzes, und bereiten Sie diese mit Hilfe der Wortbildungslehre didaktisch auf.

9 Welche Lernschwierigkeiten ergeben die sog. *hard words* für englische und deutsche Schüler?

Nennen Sie Beispiele für Dissoziationen und ihre unterrichtliche Bewältigung?

10 Wie interpretieren Sie aus didaktischem Blinkwinkel die folgende herkunftmäßige Aufteilung des englischen Grundwortschatzes im *Advanced Learner's Dictionary* (ALD) und in WESTS *General Service List of English Words* (1953).

	ALD	West (1953)
Germanisch	24 %	50 %
Latein	24 %	9,5 %
Französisch	36 %	38 %

(SCHRÖDER/FINKENSTAEDT 1977:293)

11 Beurteilen Sie die Frequenzwörterbücher unter dem Gesichtspunkt der für ihre Erstellung benutzten Text- und Korpusgrundlage.

12 Welche Bedeutung hat der potentielle Wortschatz für die Ausbildung der Fähigkeit zur Wort- und Sinnerschließung?

13 Welche Gefahren und Verführungen zu Interferenzfehlern werden durch das Lernen von Synonymen und Antonymen verursacht?

Nehmen Sie Stellung zu den Antonymen *dry-wet, dry air — ? air.*

14 Wie beurteilen Sie folgende drei lexikalische Einheiten unter linguistischem und didaktischem Gesichtspunkt: *puppy, poodle, mongrel?*

15 Die Verwendung von *to make* und *to do* in Kollokationen ist für deutsche Lerner nicht einfach. Wie würden Sie die folgenden Kollokationsreihen lernen lassen: *to make a speech, to make music; to do the homework, to do a hundred miles an hour?*

16 Welche didaktische Verwendung gibt Ihnen die Wortbildungslehre hinsichtlich der ungebundenen und gebundenen Morpheme, wie z. B. im Wort *faithfulness?*

17 Welche Fragetypen können Sie bei der Worteinführung eines Gegenstandes im Anfangsunterricht verwenden? Geben Sie Beispiele.

Wo liegen die sprachlichen Schwierigkeiten in folgender Sequenz? (Vgl. CANAVAN 1972).

L.: This is a ball-pen. What's this?
Sch.: That's a ball-pen.

18 Die gesprochene Schülersprache im 5. bis 10. Schuljahr von Gesamtschulen in Nordrhein-Westfalen wurde tonbandmäßig dokumentiert und u. a. auf den Wortschatz hin analysiert. Die folgenden Fragen beziehen sich auf ein Korpus dieser Lernersprache (HEUER 1978)

Die Häufigkeitszählung der Vollverben, Substantive und Adjektive hat folgende durchschnittliche Frequenz pro Stunde ergeben: *to go* (5x), *to want* (3x), *house* (3x), *letter* (2x), *good* (2x).
Können Sie diesen Tatbestand analysieren?

Wie erklären Sie den Tatbestand, daß in dem genannten Korpus das Personalpronomen *he* vom 5. bis 9. Schuljahr ungefähr viermal so häufig erscheint wie *she*?

Wie erklären Sie das Phänomen, daß das Fragewort *why* in den ersten vier Lernjahren signifikant weniger häufig erscheint als *what* und *who*?

3.11. Fehlerkunde

① Nennen Sie weitere Begriffe, in denen das Wort „Fehler" erscheint.

Differenzieren Sie zwischen den Begriffen „Fehleranalyse", und „Fehlerbeurteilung".

② Definieren Sie den Begriff „Fehler".

Beschreiben Sie den Flüchtigkeitsfehler.

Könnten Sie zwischen Fehlern im Kompetenz- und Performanzbereich unterscheiden?

③ Können Sie aus geschichtlicher Perspektive den Wandel in der Einstellung zum „Fehler" umreißen?

Welche Sprach- und Unterrichtskonzepte bestimmen die Epoche, in der der Grammatikfehler als sog. Doppelfehler gewertet wurde?

Unter welchen schulorganisatorischen und lernpsychologischen Bedingungen konnte die Fehlertoleranz entwickelt werden?

Auf welche Weise hängen das Konzept der Kommunikation und der Begriff der durch einen kommunikativen Fehler verursachten Irritation zusammen?

④ Nennen Sie Probleme der Fehlerforschung.

Wie ist das Verhältnis von Fehler und Nicht-Fehler in Lernersprachen?

Welche Unterschiede gibt es bei der Fehleridentifikation durch deutsche Lehrer und *native speakers*?

Welchen Beitrag leistet die kontrastive Linguistik zur Fehlerkunde?

⑤ Welche Gründe können Sie für die Verursachung von Fehlern nennen?

Kann die Vermittlungsmethode als Ursache für Fehlerbildungen in Frage kommen?

Worin liegen die Unterschiede zwischen der interlingualen und intralingualen Interferenz?

Erklären Sie folgende Fehler:

I've seen them yesterday.
Who did go there?

Geben Sie Beispiele für falsche Analogieschlüsse.
Erklären Sie den Fehler in *He went by foot.*

⑥ Wie klassifizieren Sie die Fehler?

⑦ Welche methodischen Maßnahmen zur Fehlervermeidung kennen Sie?

Welchen Beitrag leistet die Schwierigkeitsanalyse bei der Stundenvorbereitung zur Fehlervermeidung?

Inwieweit übt die Mitschülersprache einen negativen Einfluß aus?

Wie kann der Lehrer vermeiden, daß der beim Sprechen plötzlich innehaltende Schüler einen Fehler produziert?

Inwieweit trägt die Fragestellung des Lehrers zur Vermehrung oder Verminderung von Schülerfehlern bei?

Beurteilen Sie das *trial- and- error*-Konzept für die Sprachproduktion der Schüler.

⑧ Welche didaktischen und methodischen Vorstellungen ruft der Begriff Fehlertoleranz bei Ihnen hervor?

Begründen Sie, warum das Konzept der Fehlertoleranz im Englischunterricht der Hauptschule entstand.

Geben Sie Beispiele für die Auswirkung der Lernziele und der mit ihnen verknüpften Ansprüche auf das Ausmaß der Fehlertoleranz.

⑨ Welche Maßnahmen zur Fehlerkorrektur durch den Lehrer kennen Sie?

Welche Vorteile und Nachteile hat die Sammlung von Fehlern während einer Unterrichtsphase und deren nachträgliche Berichtigung en bloc?

⑩ Erklären Sie die „pädagogische Tatsache", daß viele Schülerfehler während der Stunde unkorrigiert bleiben.

⑪ Erläutern Sie das Konzept der „relativen Fehlerhäufigkeit".

Beurteilen Sie das Verhältnis von fehlerhaften und richtigen Erscheinungen des gleichen Sprachitems.

⑫ Welche typischen Fehler können Sie auflisten? Unterscheiden Sie dabei nach den Teilsystemen der Sprache (Phonetik, Grammatik, Lexik) und den Lernstufen (Anfangsunterricht, fortgeschrittener Unterricht der Sekundarstufe I, Sekundarstufe II, Hochschulstufe).

3.12. Leistungsmessung

Grundlagen

① Definieren Sie den Begriff der Leistungsmessung unter besonderer Berücksichtigung der Teilbegriffe „Leistung“ und „Messung“.

Vergleichen Sie die Begriffe Leistungsmessung und Leistungsbeurteilung.

Nennen Sie weitere Bezeichnungen für den Begriff der Leistungsüberprüfung.

② Welche eigenen Erfahrungen haben Sie mit Leistungsfeststellungen und Leistungsmessungen gemacht? Geben Sie Beispiele aus Ihrer eigenen Unterrichtstätigkeit als Praktikant oder Lehramtsanwärter.

Was bedeutet Leistung im Englischunterricht im Hinblick auf das Kriterium der Kommunikationsfähigkeit?

③ Welche Funktionen hat die Leistungsfeststellung?

Inwieweit hat die Leistungsfeststellung diagnostischen Wert?

Wie groß ist der prognostische Wert der Leistungsfeststellung?

Unter welchen Voraussetzungen kann der Lehrer die Effektivität seines Unterrichts durch die Leistungsfeststellung ermitteln?

Welche Voraussetzungen müssen gegeben sein, damit der Schüler die Leistungsfeststellung als Bestätigung seines Erfolges im Lernprozeß erfährt?

Inwieweit ist die Leistungsfeststellung eine Methode der Ermittlung des jeweiligen Sprachstandes?

Geben Sie Beispiele dafür, daß die Leistungsfeststellung die Lernbarkeit von Lernzielen und Lerninhalten ermittelt.

④ Welche Rolle spielt die Leistungsmessung für die Festsetzung der Zensuren?

⑤ Welche Formen der schriftlichen Leistungsmessung kennen Sie?

Erörtern Sie Form und Funktion der standardisierten und informellen Leistungstests.

Welche typischen Teilaufgaben im Rahmen einer traditionellen Klassenarbeit können Sie beschreiben?

⑥ Was wird in den Lehrplänen zum Stellenwert der mündlichen Leistung gesagt? Referieren und beurteilen Sie die einschlägigen Passagen in den Richtlinien und Lehrplänen Ihres Bundeslandes.

Warum spielen die Leistungen im Schriflichen immer noch eine so große Rolle bei der Zensurengebung?

⑦ Welche typischen Beurteilungsfehler gibt es bei der globalen und intuitiven Bewertung mündlicher Leistungen?

Was ist der Halo-Effekt?

Geben Sie Beispiele für den „Serienfehler".

⑧ Welche traditionellen Formen zur Ermittlung der mündlichen Leistung gibt es?

Welchen Stellenwert in der Leistungsmessung darf das laute Lesen beanspruchen?

Vokabelabfragen ist zwar dem schriftlichen Bereich entzogen; dennoch aber ist es keine adäquate Beurteilungsform für die mündliche Sprachkompetenz. Warum nicht?

⑨ Welche neueren Formen zur Beurteilung der mündlichen Leistung im Hinblick auf das oberste Lernziel der Kommunikationsfähigkeit können Sie vorschlagen und beschreiben?

Wie lassen sich Interview-Situationen aufbauen?

Durch welche Verfahren läßt sich die Übertragung der in einer bestimmten Situation gelernten Redemittel auf eine andere Situation überprüfen? Geben Sie konkrete Unterrichtsbeispiele. Übernehmen Sie die Rolle des Lehrers und simulieren Sie die dazu erforderlichen Tätigkeiten einschließlich der Unterrichtssprache.

Inwieweit ist eine Frage-Antwort-Kette für die Bewertung heranzuziehen?

Welche Aufschlüsse über die Schülerleistung können Sie durch ein Rollenspiel erhalten?

Warum ist das Rollenspiel (Situationsspiel) eine günstige Kontrollform kommunikativer Sprechleistung?

Inwieweit lassen sich beim Rollenspiel auch soziale Komponenten des Sprachverhaltens erkennen?

Welche Möglichkeiten für die Beurteilung der mündlichen Leistung bietet das Sprachlabor?

Erweiterungen

⑩ Entwerfen Sie eine Typologie der Klassenarbeit.

Welche Elemente des fremdsprachlichen Könnens werden im Diktat ermittelt?

Was messen Sie durch eine Nacherzählung?

Welche linguistischen und psychologischen Probleme sehen Sie bei der Einsetzübung und der Satzvervollständigungsübung?

Inwieweit stellen *précis*, *comment* und *point-of-view* wichtige Formen der Textreproduktion dar?

Welche Vor- und Nachteile liegen in der Frage-Antwort-Übung?

Wo liegen die Grenzen der Bildbeschreibung und Bildverlaufsgeschichte?

Wie kann man zeitgemäße „Vokabelarbeiten“ erstellen?

Unter welchen Kriterien ist die „Grammatikarbeit“ zu vertreten? Geben Sie Beispiele.

Wie beurteilen Sie Klassenarbeiten generell?

⑪ Worauf bezieht sich die Kritik an den traditionellen Formen der Leistungsmessung?

Inwieweit stimmt die Auffassung, daß das intuitive Lehrerurteil nicht dem Kriterium der Objektivität entspricht?

Geben Sie Beispiele für traditionelle Klassenarbeitsformen, die nicht dem Kriterium der Validität entsprechen.

Welches Gewicht hat die Tatsache, daß Klassenarbeiten nur dem klasseninternen Maßstab entsprechen?

⑫ Welche Grundvariablen der Leistungsmessung kennen Sie?

Inwieweit wirkt sich das Alter auf die Formen der Leistungsfeststellung aus?

Erörtern Sie das Verhältnis von Zielbestimmung und Leistungsüberprüfung.

Welchen Einfluß üben Lehrwerk und Unterrichtsmethode auf die Leistungsüberprüfung aus?

⑬ Erläutern Sie die Begriffsunterschiede zwischen dem englischen und deutschen Wort *Test.*

⑭ Welche Unterschiede bestehen zwischen *achievement test, proficiency test* und *aptitude test?*

Inwieweit bestimmen die testtheoretischen und didaktischen Überzeugungen der Testkonstrukteure die Testitems und damit die Meßkriterien?

Stimmen Sie der Behauptung zu, daß Tests zwar eine Objektivierung der Leistungsfeststellung bedeuten, diese Objektivierung häufig aber die „Objektivierung der Subjektivität“ sei?

⑮ Wie unterscheiden sich standardisierte und informelle Tests?

Nennen Sie standardisierte Tests für den Englischunterricht.

Welche Schritte haben Sie bei der Erstellung eines informellen Tests zu vollziehen?

⑯ Beschreiben Sie einen informellen Test (Lehrertest) unter den Gesichtspunkten der Erstellung und der Auswertung.

Was bedeuten die Begriffe Testitem und Subtest?

Geben Sie Beispiele für *stem, option, key* und *distractor.*

Vergleichen Sie die Testtechniken *multiple-choice, true/false, matching, fill-in* und *transformation.*

Wie ermittelt man den Schwierigkeitsgrad und die Trennschärfe?

Welche Möglichkeiten und Grenzen sehen Sie bei den standardisierten Tests?

Beschreiben Sie Merkmale des EET 6+.

Was bedeutet der Prozentrangplatz?

⑰ Erörtern Sie die Gütekriterien der informellen und standardisierten Tests.

Was bedeuten Validität und Reliabilität?

Was ist der sog. Meßfehler?

⑱ Unter welchen Gesichtspunkten sind informelle Tests und standardisierte Tests zu vertreten, wenn die Kommunikationsfähigkeit als oberstes Leistungskriterium anerkannt wird?

Nehmen Sie Stellung zur These: „Objective tests may have a harmful effect on pupils".

Erläutern Sie den Widerspruch zwischen isolierenden Testaufgaben und dem Richtziel der Kommunikationsfähigkeit.

Wie können Leistungen nach dem Kommunikationserfolg und nicht der sprachlichen Korrektheit bewertet werden?

Inwieweit ist die Beurteilung durch *native speakers* wichtig, und unter welchen Gesichtspunkten müssen die evaluierenden *native speakers* ausgewählt werden?

⑲ Welche linguistischen und curricularen Kriterien sind für eine adäquate Beurteilung der Sprachkompetenz im mündlichen Gebrauch des Englischen bedeutsam?

Wie bewerten Sie das Kriterium der Sprachrichtigkeit in den Bereichen Phonetik, Lexik und Grammatik?

Welche Rolle spielen für Sie Kommunikationsbereitschaft, kommunikative Kraft und die Fähigkeit zur erfolgreichen verbalen und nonverbalen Kommunikation?

Welche Kriterien sind für Sie maßgeblich, wenn Sie eine mündliche Sprachleistung als nicht mehr akzeptabel beurteilen?

Wo liegen die Beurteilungsgrenzen bei Englischlehrern, deren Muttersprache Deutsch, und wo bei denen, deren Muttersprache Englisch ist?

⑳ Vergleichen Sie Leistungsmessung und Leistungsbeurteilung in der Bundesrepublik mit einem anderen Lande (z. B. England).

4 Didaktik der Literatur und Landeskunde

4.1. Lektüreunterricht

① Nennen Sie Kriterien, die Sie bei der Lektüreauswahl für eine bestimmte Klasse beachten sollten.

In welchen Klassenstufen würden Sie mit der Lektüre beginnen?
Wie groß muß der Wortschatz vor dem Einsatz einer Lektüre sein?
Welche formale Gestaltung der Lektüre ist zu bevorzugen?
Welche Motivationsfaktoren sollte eine Lektüre bieten?

② Wie würden Sie bei der Behandlung einer Lektüre vorgehen?

③ Worin liegt die prinzipielle Unterscheidung zwischen Lektürenunterricht und Lehrgangsunterricht?

④ Erörtern Sie Beispiele für den Lektüreunterricht unter dem Gesichtspunkt der Jahrgangsstufe und des Schultyps.

⑤ Erörtern Sie Probleme der Textarbeit auf der gymnasialen Oberstufe.

⑥ Welche Unterschiede bestehen zwischen Ganzschrift, Lektüre und Lesebogen?

Erklären Sie die Entstehung der Ganzschrift aus der geschichtlichen Situation.
Nennen Sie Materialien für die Arbeit im Leistungskurs der gymnasialen Oberstufe.

⑦ Was bedeutet der „Streit um den Lektürekanon“?

⑧ Erörtern Sie die Beziehungen zwischen dem Ziel der Kommunikationsfähigkeit und den unterschiedlichen Funktionen der Lektüre im Englischunterricht.

Inwieweit führt das Ziel der rezeptiven Kompetenz zur Aufnahme narrativer Textsorten in Lehrwerke?

Inwieweit besteht ein Widerspruch zwischen dem Globalziel der Sprechfertigkeit und ausgedehnter Lektürearbeit?
Würden Sie für die Didaktik der gymnasialen Oberstufe die Textarbeit stärker im Literatur- oder Landeskundeunterricht sehen?
Nehmen Sie Stellung zur Aussage von BOHLEN (1963 : 103), daß die Lektüre „Mittelpunkt und Höhepunkt des neusprachlichen Unterrichts“ sei.

⑨ Erörtern Sie die Argumente für und gegen die *simplified readers.*

⑩ Erörtern Sie Veränderungen der Lektüre-Editionen von den „Reformausgaben“ an bis zur heutigen Zeit.

Wie sehen ideale Verständnisüberprüfungsfragen innerhalb der Lektüren aus?

4.2. Literaturdidaktik

Grundlagen

① Umreißen Sie das Gebiet der Literaturdidaktik, und grenzen Sie es zu Nachbargebieten ab.

Wie gestaltet sich das Kooperationsverhältnis zwischen Literaturwissenschaft und Literaturdidaktik?

Inwieweit sind die Publikationen zur Didaktik der englischen Literatur von der germanistischen Literaturdidaktik beeinflußt?

Skizzieren Sie die Verbindung der Literaturdidaktik zur bildungs- und lerntheoretischen Didaktik.

Welche Strukturen ergeben sich bei der Anbindung der Literaturdidaktik an die Literaturwissenschaft für die didaktisch-methodische und die Sachanalyse?

② Begründen Sie die These, daß die leserorientierte Literaturdidaktik der empirischen Rezeptionsforschung bedarf.

③ Erörtern Sie Probleme, die sich bei der Behandlung Shakespeares im Unterricht ergeben.

④ Entfalten Sie die These, daß „poetisch gestaltete Welt" sinnvoll sei.

Erweiterungen

5 Entwickeln Sie die Didaktik der englischen Literatur in geschichtlicher Dimension.

Wie beeinflußte die Neusprachliche Reformbewegung den Literaturunterricht?

Welche Aufgaben stellten sich den Herausgebern von Schulausgaben und Chrestomathien zur Zeit der Neusprachlichen Reformbewegung?

Welche Auffassungen trugen dazu bei, daß die Literaturgeschichte im Sinne eines historischen Enzyklopädismus den Literaturunterricht bestimmte?

Welche curricularen Grundfragen warf der Streit über den Literaturkanon auf?

Welche Unterrichtsprinzipien bestimmten zur Zeit der Kulturkundebewegung den Literaturunterricht?

Welche Gegensätze ergaben sich zwischen philologischer Interpretation und Nationalerziehung im Fremdsprachenunterricht zwischen den Weltkriegen?

Inwieweit ist das Prinzip der werkimmanenten Interpretation und des ästhetischen Formalismus aus der politischen und gesellschaftlichen Situation nach dem Zweiten Weltkrieg verständlich?

Nehmen Sie Stellung zu der These, daß bis in die 60er Jahre der Literaturunterricht in den Fremdsprachen primär ein methodisches Problem darstellte.

Inwieweit brachte der Ansatz der Lernzielbestimmung neue Impulse für eine inhaltlich strukturierte Literaturdidaktik?

6 Welche Ansätze zu einem literaturdidaktischen Konzept können Sie entwickeln?

Beschreiben Sie den hermeneutischen Ansatz der Literaturdidaktik.

Geben Sie Beispiele für einen soziologischen Ansatz.

Welche Kriterien können Sie zur Definition der „wertvollen Literatur“ nennen?

7 Nehmen Sie Stellung zur Auffassung, daß der Literaturunterricht „geistige Wegzehrung“, „Lebenshilfe“ oder „unterhaltsamen Lesestoff“ biete.

8 Bestimmen Sie die Unterscheidungsmerkmale zwischen fiktionalen und expositorischen Texten.

9 Welche Textsorten/Texttypen würden Sie in einem textlinguistischen Modell unterscheiden?

10 Setzen Sie in einem semiotischen Textmodell folgende Faktoren in Beziehung: Referenz, Text, Sender, Empfänger.

11 Inwieweit stimmt die „Substrat-Theorie“, daß landeskundliche Elemente jedem Text unterliegen, so daß die literarische Interpretation eine parallel laufende soziokulturelle Analyse einschließen muß?

12 Inwieweit kann die emotionale Dimension menschlicher Existenz in die Literaturdidaktik eingebracht werden?

13 Inwieweit greift die Theorie der Freizeitkunde in Konzepte der Literaturdidaktik über?

14 Welche Aspekte müssen berücksichtigt werden, damit die Bestimmung von Lernzielen relevant für Auswahl und Behandlung von Literatur wird?

Inwieweit ist das Problem bedeutsam, daß der soziokulturelle *background* englischer Texte den deutschen Schülern nicht unmittelbar zugänglich ist?

Wie lassen sich Zielsetzungen des Literaturunterrichts, der Landeskunde und der Sprachpraxis miteinander verbinden?

15 Warum besteht die Gefahr, daß literarische Texte nur als „Sprachumsatzmaterial“ verwandt werden?

16 Beschreiben Sie wesentliche Merkmale der Literatursprache nach Wortschatz und Register.

17 Betrachten Sie das Gedicht *Introduction* von William Blake (Einleitung zu *Songs of Innocence*, 1789) unter literaturdidaktischem Horizont:

a) Lesen Sie das Gedicht und machen Sie sich mit seinen Inhalten und Formen vertraut.

Introduction

Piping down the valleys wild,
Piping songs of pleasant glee,
On a cloud I saw a child,
And he laughing said to me:

"Pipe a song about a Lamb!"
So I piped with merry cheer.
"Piper, pipe that song again;"
So I piped: he wept to hear.

"Drop thy pipe, thy happy pipe;
Sing thy songs of happy cheer!"
So I sang the same again,
While he wept with joy to hear.

"Piper, sit thee down and write
In a book that all may read."
So he vanished from my sight,
And I plucked a hollow reed,

And I made a rural pen,
And I stained the water clear,
And I wrote my happy songs
Every child may joy to hear.

b) Führen Sie die sprachliche Klärung des Wortschatzes herbei.

Welche Rolle spielt das Wortfeld *to pipe* und *piper?*

Durch welche Substantive wird die Natur assoziiert?

Wie erklären sich die nachgestellten Adjektive?

Geben Sie Beispiele für den einfachen Satzbau.

c) Welche Beobachtungen machen Sie und welche Eindrücke gewinnen Sie, wenn Sie gefragt werden, was Ihnen an dem Gedicht besonders auffalle?

Würden Sie die Überschrift *Introduction* als Thema ansehen?

Welche Erkenntnis leiten Sie aus dem zehnmaligen Vorkommen des Wortes *pipe* ab?

In welchen Vorstellungen und Bildern des Gedichtes läßt sich der Ansatz der Romantik herauslesen, daß die Natur gut sei, daß nicht die Feder am Schreibtisch entscheidend sei, sondern das Buch der Natur?

Wie erklären Sie das Bild des Kindes auf der Wolke, das Zwiegespräch des Dichters mit dem Kind, die Auftragserteilung durch das Kind und sein plötzliches Verschwinden?

d) In welchen politischen und literaturgeschichtlichen Kontext stellen Sie das Gedicht, und ist dieser für das Verständnis wichtig?

Welchen Einfluß übte die französische Revolution auf Blake aus?

Inwieweit abstrahiert sich der Gedanke der Rebellion zur Spiritualität?

Inwieweit gilt für das vorliegende Gedicht die romantische Auffassung der Subjektivität und Spontaneität *("spontaneous overflow of powerful feelings")*?

Entwickeln Sie Vorstellungen zum „poetischen Pantheismus".

e) Welche Lernziele und welche Schülergruppen würden Sie für das Gedicht auswählen?

Inwieweit bieten die Einfachheit auf der Oberfläche und die Komplexität in der Tiefe dieses Gedichtes besondere Verstehensschwierigkeiten?

Unter welchen Voraussetzungen wäre ein Einstieg über die Interpretationsidee einer geheimnisvollen Stimme möglich?

Inwieweit läßt sich durch die Einlesemethode das Gedicht vom Klang annäherungsweise erschließen?

Nehmen Sie Stellung zu der Auffassung, daß in der heutigen Welt der Rationalität und des Computers die Betonung sprachlich-musikalischer Werte im Bereich menschlicher Emotionalität ein pädagogisch wertvolles Gegengewicht bedeutet.

4.3. Landeskunde im Englischunterricht

① Unterscheiden Sie zwischen folgenden Begriffen: Landeskunde, Kulturkunde, Auslandskunde, Landeswissenschaft.

② Nennen Sie einige Themen der England- und Amerikakunde der Sekundarstufe I und unterscheiden Sie dabei im Hinblick auf unterschiedliche Leistungsniveaus.

Welche Themen sollten Ihrer Meinung nach in den Lehrwerken für die Hauptschule behandelt werden?

③ Skizzieren Sie einige grundlegende Konzepte zur Didaktik der Landeskunde.

Was bedeutet pragmatische Landeskunde?

Wie läßt sich eine sprachbezogene Landeskunde aufbauen?

Inwieweit sind landeskundliche Kenntnisse wichtig für Literatur- und Textinterpretationen?

Skizzieren Sie den Ansatz der sozial- und politikwissenschaftlichen Landeskunde.

④ Stellen Sie die Geschichte der Landeskunde im Englischunterricht des 19. und 20. Jahrhunderts dar.

Warum war die „Realienkunde" für die liberalen Neusprachenreformer sprachdidaktisch und politisch wichtig?

Welche Zielsetzungen verfolgte die Kulturkundebewegung nach dem ersten Weltkrieg?

Welche sprachdidaktischen und welche politischen Akzente erhielten England- und Amerikakunde in den 60er und 70er Jahren?

⑤ Welche Ansätze kennen Sie zur Begründung der Landeskunde als Wissenschaft?

Inwieweit ist das Englandbuch von Wilhelm Dibelius ein in sich abgeschlossenes Grundwerk?

Was spricht für die Konzeption von Paul Hartig, ein Englandkundebuch als Sammelwerk zu erstellen?

⑥ Geben Sie Beispiele für die implizite (immanente) und explizite (kognitive) Landeskunde.

Nennen Sie Beispiele für typische Fehler der landeskundlichen Darstellung in Englischwerken.

⑦ Sie werden gebeten, eine Reihe von ungefähr zehn schulbezogenen interessanten Fakten zusammenzustellen und in eine Formulierung zu bringen, die für die Schüler des 7. Schuljahres der Hauptschule verständlich und motivierend ist. Die einzelnen Fakten sollen in ihrer bewußtmachenden und mit dem deutschen Schulwesen kontrastierenden Form den Typ der „expliziten" Landeskunde darstellen.

⑧ Neben der „expliziten" Landeskunde steht die „implizite". In der impliziten Landeskunde wird die landeskundliche Information in einen Text eingewoben, bildet also nur den mit dem Text unbewußt aufgenommenen Hintergrund. Der Text selbst stellt sprachliche Lernziele in den Mittelpunkt. (↓Relativpronomen). Versuchen Sie bitte, in dem folgenden Beispiel die implizit vermittelte englandkundliche Information herauszuarbeiten.

Who stole the cup?

The school football cup isn't in its glass case in the school library.
Who stole it?
The headmaster is talking to the school.

Headmaster:	*The beautiful school cup which we won last year is missing. It's the cup which Major Walker gave for the best school football team. He said it was real silver.*
Mike Jones:	*Perhaps someone from outside the school stole it, sir.*
Headmaster:	*You could be right, Mike. But it was someone who knew about the cup. And he found the key which was behind the glass case, too. He didn't break the glass.*
Peggy Baker:	*It could be somebody who left school a few years ago.*
Headmaster:	*Hmmm. I wonder . . .*

A dustman comes into the school.

Dustman:	*I found this cup on top of a dustbin — round by the school kitchens. Do you want it?*
Headmaster:	*But this is the cup which is missing — and there's a note in it. Let's see what it says.*

I THOUGHT THIS CUP WAS SILVER, BUT IT ISN'T.
YOU CAN HAVE IT BACK.
AN OLD PUPIL WHO DIDN'T LIKE SCHOOL VERY MUCH.
(*Good English*, Bd. 3, Hauptschulausgabe, 1977: 57)

Antwortbereich

1. Grundlagen und Theorie

1.1. Wissenschaftsmethodologie und Hilfsmittel

① Definitionen zur Fachdidaktik Englisch schließen folgende Bereiche mit unterschiedlichen Betonungen ein: Fachwissenschaft(en), pädagogisch-psychologische Grundwissenschaften, Schulfach Englisch, Gesellschaft.

In einem Grundsatzartikel in *Neusprachliche Mitteilungen aus Wissenschaft und Praxis,* dem Organ des Fachverbandes Moderne Fremdsprachen, schreibt JUNGBLUT (1973: 66):

Fachdidaktik *muß verstanden werden als eine interdependente Instanz zwischen Gesellschaft, Schule und den Wissenschaften. In ihr verbindet sich die jeweilige* Fachwissenschaft *(die universitäre Disziplin, die mit einem in der Schule gelehrten Unterrichtsfach korrespondiert, z. B. Romanistik, Anglistik) mit den an der Erforschung von Lern- und Erziehungsprozessen ebenfalls beteiligten* Basiswissenschaften.
Fachdidaktik läßt sich nicht einfach als „Adaptions- und Vereinfachungsinstanz" definieren, denn sie hat eine Vielzahl von eigenständigen Aufgaben wahrzunehmen. Diese sind im einzelnen:

1. *über die Bedeutung und Funktion des jeweiligen Schulfaches im Bildungsprozeß unter soziologischen, politischen und pädagogischen Rücksichten zu reflektieren und die gewonnenen Kriterien jeweils neu in Frage zu stellen;*
2. *die fachwissenschaftlichen Inhalte im Einvernehmen mit der Erziehungswissenschaft (und anderen Basiswissenschaften) auszuwählen, die zum Erreichen der angestrebten Bildungs- und Ausbildungsziele beitragen können;*
3. *im Zusammenwirken mit Soziopsychologie, Lerntheorie und Schulpädagogik solche Vermittlungstechniken zu entwerfen, zu erproben und zu lehren, durch die diese Inhalte effektiv gemacht werden können;*
4. *die notwendige Rückkopplung von Praxis und Lehre herzustellen, durch längerfristige Beobachtung von organisierten Lernprozessen und durch gezielte Forschungsvorhaben.*

Eine Wissenschaft wird bestimmt durch ihren *Gegenstand,* ihre *Methoden* und die *Ergebnissicherung* in Form vermittelbaren Wissens. Zur Bestimmung des Gegenstandes der englischen Fachdidaktik werden im folgenden zwei Vorschläge gemacht. Ihnen können Sie auch die Strukturierung des Gesamtgebietes in Form von Teilgebieten entnehmen.

BLACK und BUTZKAMM (1977a) sehen in ihrem *Forschungsvorschlag* das Unterrichtsgeschehen als Untersuchungsgegenstand der Fremdsprachendidaktik. Diese enge Gegenstandsbeschreibung ergibt sich aus ihrem speziellen Ansatz zur Erforschung der Unterrichtsmethode:

Die „Krise der Neusprachlichen Didaktik" ist nicht nur eine Krise der Lehre und ihres Verhältnisses zur Forschung, sondern auch eine Krise der Forschung selbst. Der Grund dafür ist u. E. darin zu sehen, daß die fremdsprachendidaktische Forschung ihren eigentlichen Untersuchungsgegenstand noch nicht entdeckt hat. So wie das Forschungsobjekt der Linguistik die Sprache selbst ist, konkret: die Äußerungen von Sprechern, so müßte die Fremdsprachendidaktik ihr empirisches Basismaterial in den konkret erfaßbaren und erfahrbaren verbalen und nichtverbalen Interaktionen des fremdsprachlichen Lehr- und Lerngeschehens sehen. Analog zu linguistischen und psycholinguistischen Datenerhebungen (Fries: Telefongespräche; Weir: Einschlafmonologe) müssen fremdsprachendidaktische Korpora *zusammengestellt und analysiert werden. Bisher aber erscheint das Unterrichtsprotokoll in der Fachliteratur hauptsächlich als ein Ausschnitt geglätteter Realität, mit dem ein Vorschlag oder eine These demonstriert oder bewiesen werden soll.*

Konkret könnten folgende, auf die Unterrichtsmethode bezogene langfristige Wirksamkeiten in den Blick geraten:

1) *Die Häufigkeit und der Zeitaufwand für charakteristische Unterrichtsphasen und Übungsformen einer Methode werden meßbar.*
2) *Die Aufeinanderbezogenheit von Phasen der Präsentation, der Wiederholung, der Zwischenkontrolle usw., der Übung von Sprachmanipulation zur Kommunikation, kurz: der Aufbauprozeß innerhalb periodisch wiederkehrender Lektionszyklen kann sichtbar werden.*
3) *Der Zusammenhang von Lektionszyklen und das Vorhandensein methodischer Großformen ist überprüfbar.*
4) *Die allmähliche Herausbildung methodenrelevanter Lerngewohnheiten und Arbeitshaltungen wird beobachtbar.*
5) *Es kann untersucht werden, wie weit auch der emotionale Bereich und die Entwicklung von Gruppenbeziehungen als Aspekt der Unterrichtsmethode aufzufassen sind. (BLACK/BUTZKAMM 1977a: 158-159)*

Eine umfassendere Definition des Gegenstandes der Fremdsprachendidaktik gibt der Studienführer *Das Anglistikstudium: Eine praktische Einführung* von BARTH und HALFMANN, 1979. Ähnliche Grundstruktur: Positionspapier in der Sektion Fremdsprachendidaktik der „Gesellschaft für Angewandte Linguistik" (=GAL) von Christ und Heuer, ferner die Empfehlung zur Prüfungsordnung der Studienreformkommission „Sprach- und Literaturwissenschaften" des Landes Nordrhein-Westfalen. Im Studienführer *Das Anglistikstudium* heißt es:

Der Gegenstand der anglistischen Fachdidaktik ist der Englischunterricht als Institution und Prozeß. Die anglistische Fachdidaktik begründet die Theorie und Praxis des Englischunterrichts im Hinblick auf unterschiedliche Schulformen und Altersgruppen. Als Fachunterrichtswissenschaft untersucht sie die Lehr- und Lernprozesse beim Erwerb der englischen Sprache.

Die anglistische Fachdidaktik ist — wie jede andere Disziplin — bei der Erforschung und Darstellung ihres Gegenstandes auf Erkenntnisse von Bezugswissenschaften angewiesen. Zu diesen gehören die Linguistik, die Literatur- und Textwissenschaft sowie die Erziehungswissenschaft mit Allgemeiner Didaktik und Unterrichtspsychologie.

Die anglistische Fachdidaktik gliedert sich in folgende Gebiete:

1) *Die* Allgemeine Theorie des Englischunterrichts *befaßt sich mit der Geschichte und Entwicklung des Faches, mit seiner Rolle im Bildungssystem und in der Bildungspolitik und mit seiner Legitimation und Funktion im Fächerkanon von Schularten und Schulstufen. Des weiteren beschreibt sie auf wissenschaftsmethodologischer Basis das Verhältnis der Fachdidaktik zu den Bezugswissenschaften, besonders zur Sprach- und Literaturwissenschaft sowie zu den Erziehungswissenschaften.*

2) *Die* Theorie des Curriculums *und der Lehrprogramme behandelt die fachbezogene und fachübergreifende Bestimmung und Operationalisierung von Lernzielen sowie die Auswahl und Wertung von Lerninhalten. Unter dem Aspekt des Curriculums sind Rahmenrichtlinien, Lehrpläne, Kurskonzepte und Lehrgänge (Stufung, Abschlüsse, Berechtigungen) zu erörtern. Unterrichtswerke und Medien werden in ihren Entstehungs- und Wirkungszusammenhängen evaluiert. Lehrwerkforschung und Lehrwerkkritik integrieren Sprach-, Text- und Landeskundeprobleme sowie Lerntheorie und Mediendidaktik. Die empirische Erfassung der Unterrichtswirklichkeit ist eine spezielle Aufgabe der Curriculumtheorie.*

3) *Die* Methodenlehre *(Fachmethodik) umfaßt die Planung, Durchführung und Analyse von Lehr- und Lernprozessen. Sie setzt fachliche Lerninhalte in Verbindung mit personalen und sozialen Bedingungen der Lernenden. Im Mittelpunkt der Methodenlehre steht die Entwicklung von methodischen Konzepten und Unterrichtsverfahren, die im Unterricht die Erreichung sprachlicher, literarischer und landeskundlicher Lernziele ermöglichen. Die Leistungsmessung als Lernerfolgskontrolle wird als Sondergebiet (Sprachtests) abgehandelt.*

4) *Die* Literaturdidaktik *und* Landeskundedidaktik *untersuchen die institutionellen, soziokulturellen und psychologischen Determinanten des Literatur- und Landeskundeunterrichts. Probleme der Auswahl und Adaption von Texten werden mit Fragen nach Methoden und Medien verknüpft. Die Analyse von Rezeptionsvorgängen im Literaturunterricht entspricht der Lernerfolgsüberprüfung im Sprachunterricht. Literatur- und Landeskundedidaktik sind für den anspruchsvollen Fremdsprachenunterricht der gymnasialen Oberstufe (Sekundarstufe II) von grundlegender Bedeutung. Die Didaktik der Landeskunde, besonders das Teilgebiet des pragmatischen, sozio-kulturellen Orientierungswissens, ist auch an der Lernzielbestimmung der Sekundarstufe I beteiligt.* (BARTH/HALFMANN 1979: 18-19)

② Der Begriff der Englischdidaktik bzw. der englischen Fachdidaktik ist historisch und systematisch zu bestimmen. Die englische Fachdidaktik versteht sich als Teilgebiet *neben* Sprachpraxis, Sprachwissenschaft, Literaturwissenschaft und Landeskunde (vgl. Tätigkeitsmerkmale des Fremdsprachenlehrers bei BLUDAU u. a. 1973 und 1978). Die Sprachlehr- und -lernforschung hingegen umfaßt auch die Sprachpraxis, die zur Sprachlehrpraxis hinzutritt, jedoch nicht Literaturwissenschaft und Landeskunde. (Vgl. den 1979 eingerichteten Studiengang zum Erwerb des Magister- und Doktorgrades der Sprachlehr- und -lernforschung an der Universität Bochum, ferner BAUSCH 1974 und BRAMMERTS/RUZICKA-BETTIN/WÜLFRATH 1979.)

Der Begriff Didaktik ist durch die neue Bildungstheorie und Bildungspolitik aufgewertet worden — zu Ungunsten der Methodik. Didaktik und Methodik sind nach heutiger Auffassung einander untergeordnete Begriffe. Die Didaktik umfaßt die Methodik und behandelt darüber hinaus die Unterrichtsinhalte.

③ Nach heutiger Auffassung der Vertreter der englischen Sprach- und Literaturwissenschaft entwickelt sich die *Fachdidaktik aus der Fachwissenschaft* insofern, wie die Wissenschaft sich in ihrem gesellschaftlichen und vermittlungstheoretischen Zusammenhang begreift. Die Fachdidaktik kann keine *Superwissenschaft* sein, die den gesellschaftlichen Stellenwert der Fachwissenschaft bestimmt. Allerdings umgreift die Fachdidaktik weitere Inhalte als die der Unterrichtsmethodik (KRETER 1975).

Wichtige Verbände sind der Anglistentag e. V., die Gesellschaft für Angewandte Linguistik, der Arbeitskreis für Sprachlehrzentren und der Fachverband Moderne Fremdsprachen. Darüber hinaus genannt werden muß auch der alle zwei Jahre stattfindende Fremdsprachendidaktiker-Kongreß.

④ Als wichtige Arbeitsmittel und Nachschlagewerke sind zu nennen:
BARTH/HALFMANN, *Das Anglistikstudium: Eine praktische Einführung*, 1979
HEUER/KLEINEIDAM/OBENDIEK/SAUER (eds.), *Dortmunder Diskussionen zur Fremdsprachendidaktik. Kongreßdokumentation der 8. Arbeitstagung der Fremdsprachendidaktiker*, 1979
HUNFELD/SCHRÖDER, *Grundkurs Didaktik Englisch*, 1979
KOHL/SCHRÖDER, *Bibliographie für das Studium der Anglistik*, III, 1-2, Englische Fachdidaktik, 1972/73
KÖHRING/BEILHARZ, *Begriffswörterbuch Fremdsprachendidaktik und -methodik*, 1973
Bibliographie Moderner Fremdsprachenunterricht (Informationszentrum für Fremdsprachenforschung, Marburg, und Hueber Verlag)
SCHRÖDER/FINKENSTAEDT (eds.), *Reallexikon der englischen Fachdidaktik*, 1977

Vgl. Zeitschriften, Wörterbücher und Grammatiken bei GUTSCHOW, *Eine Methodik des elementaren Englischunterrichts*, 1978, und SCHRÖDER/FINKENSTAEDT, *Reallexikon der englischen Fachdidaktik*, 1977

⑤ Die Wissenschaftsmethoden der Fremdsprachendidaktik stehen in der Tradition der historisch-hermeneutischen Geisteswissenschaft und der empirisch arbeitenden Erziehungs- und Sozialwissenschaft. Die *empirische Methodologie* einschließlich statistischer Verfahren gewinnt zunehmend an Bedeutung.

⑥ Der ältere Forschungsansatz ging von der englischen Sprache als Lerngegenstand aus. Die Fortschritte der Schüler in den Bereichen Grammatik und Wortschatz wurden untersucht und bewertet. Neuere Ansätze beziehen sich auf die kommunikative *Verwendung* des Englischen im Klassenzimmer und die damit verbundenen Probleme des sozialen Gebrauchs der Fremdsprache (SINCLAIR/COULTHARD 1977).

⑦ Neben dem Lerngegenstand werden Lerner, Lehrer, Lernziele und Lernwege untersucht (HEUER 1976). Eine die Lernwege weiter differenzierende Einteilung liegt der Kongreßdokumentation *Dortmunder Diskussionen zur Fremdsprachendidaktik* (HEUER/KLEINEIDAM/OBENDIEK/SAUER 1979: 156-296) zugrunde: Lerner, Lehrer, Prozesse, Medien, Methoden.

⑧ An dieser Stelle sind die Bibliographien und einige Werke mit Hinweisen auf die Forschungsmethodologie zu nennen, so z. B.:

FLECHSIG, „Forschung im Bereich des Fremdsprachenunterrichts“, *Handbuch der Unterrichtsforschung*, Ingenkamp (ed.), 1971
SAUER, „Fremdsprachenunterricht in der Grundschule — Aufriß der Forschungsmethodologie“, *Englisch auf der Primarstufe*, SAUER (ed.), 1975b

HEUER, *Lerntheorie des Englischunterrichts*, 1976
MACHT, „Möglichkeiten empirischen Arbeitens in der Fremdsprachendidaktik“, *Informationen zur Didaktik des Englischunterrichts und der Anglistik* (IDEA), 13. Folge, Schröder (ed.), 1977
MINDT, „Forschungsansätze in der Fremdsprachendidaktik“, *Neue Perspektiven der Fremdsprachendidaktik*, Hunfeld (ed.), 1977

⑨ Mehrere Dissertationen zur englischen Fachdidaktik sind nach dem angeführten 3-Stufen-Modell konzipiert, so z. B.:

BÜHLER, *Empirische und lernpsychologische Beiträge zur Wahl des Zeitpunktes für den Fremdsprachenunterrichtsbeginn*, 1972
NEHM, *Microteaching als Ausbildungs- und Forschungsverfahren der Fremdsprachendidaktik*, 1976
HERMANN, *Lernziele im affektiven Bereich.* Eine empirische Untersu-

chung zu den Beziehungen zwischen Englischunterricht und Einstellungen von Schülern, 1978
RAUTENHAUS, *Der lernschwache Englischschüler*, 1978

⑩ Überblick:
Die Universitätsanglistik entstand nach der verbindlichen Einführung des Schulfaches Englisch. Die Hochschulanglististen der ersten Generation waren in der Regel vorher in der Schule tätig gewesen. Mit zunehmender *Ausdifferenzierung des Faches* bildeten sich eigene Methodenrepertoirs und Erkenntnisinteressen der Hochschullehrer heraus, die sich nicht mehr mit denen der Schullehrer deckten. Der Gegensatz von Theorie und Praxis ist nicht naturgegeben, da die wissenschaftliche Arbeit auch ihre Praxis hat (wenn auch nicht immer erforscht) und der Schulunterricht seine Theorie besitzt (wenn auch nicht immer reflektiert). Die *Vorurteile* zwischen Theoretikern und Praktikern können dann überwunden werden, wenn beide Felder verstärkt miteinander kooperieren. Die sich *abkapselnde Wissenschaft* und die *leidende Praxis* sind zu verbinden. Die Zusammenführung beider Bereiche löst auch die Frage nach dem idealen Studium (und Examen) im Bereich der englischen Fachdidaktik: Reflexion auf theoretischer Ebene und konkretes didaktisches Handeln im Klassenzimmer. (Vgl. die Textsammlung *Theorie und Praxis des Englischunterrichts* von LORENZEN 1977b).

Literatur:

FINKENSTAEDT - 1974 - „Anglistik und Berufsbezogenheit", *Die Neueren Sprachen*

SCHRÖDER - 1975c - „Fachdidaktik: Konsolidierung zwischen Krise und Hochkonjunktur", *Der fremdsprachliche Unterricht*,

MAINUSCH, MERTNER, SCHMIDT, SCHRÖDER - 1976 - *Lehrerfortbildung und Lehrerweiterbildung in der Bundesrepublik Deutschland: Modell Anglistik*,

FINKENSTAEDT - 1978 - „Über einige Wechselbeziehungen zwischen Anglistik und Englischunterricht", *NM*

HUNFELD - 1978 - „Der fingierte Lehrbuchtext im Englischunterricht: Ein Vorschlag zur textnahen Diskussion einiger Grundsatzfragen", *Literatur im Englischunterricht*, HUNFELD/SCHRÖDER (eds.)

Landesinstitut NRW (Düsseldorf), - 1978 - *Das Theorie-Praxis-Problem in der Zusammenarbeit von Schule und Hochschule im Fachbereich Englisch*

HORSTMANN - 1978 - „Vom Abbau der Berührungsängste: Zum Verhältnis von Literaturwissenschaft und Literaturdidaktik" (bes. Kap. „Vom Nutzen kooperativer Wissenschaftspraxis")

Zitat:

In einer Stellungnahme mit Leitfunktion (Erstaufsatz in Heft 2/1979 von

NM) stellt BLUDAU (1979), langjähriger Vorsitzender des Landesverbandes Westfalen-Lippe des Fachverbandes Moderne Fremdsprachen und jetziger Referent für Englisch des Gesamtverbandes, unter der Überschrift „Hatte Dr. Johnson recht? oder Kommentar zum Verhältnis zwischen progressiven Theorien und der Wirklichkeit des Fremdsprachenunterrichts" und unter Hinweis auf Dr. Johnsons Unterscheidung zwischen *good principles* and *good practice* die Frage, „warum bei all dem durchaus positiven Zuwachs an Theorie die Praxis krisenhafte Züge aufweist". Er gibt dafür drei Gründe an:

1) Die Wissenschaft hat in den Reformen der letzten Jahrzehnte nicht den notwendigen großen Schritt auf die Praxis zu gemacht. Soweit sich die Fachwissenschaften im Sinne der traditionellen Neuphilologien verstanden haben, sahen sie aus eben diesem Selbstverständnis dafür auch keine Notwendigkeit. Neue Disziplinen, wie Fachdidaktik und Linguistik, haben in ihrem Kampf um universitäre Gleichberechtigung die wissenschaftstheoretische Kopflastigkeit als Waffe benutzt und darüber manch ursprünglichen Ansatzpunkt aus den Augen verloren.

2) Universität und Hochschule haben nicht immer genügend erkannt, daß „Lehre" Vermittlung bedeutet, und zwar Vermittlung im weitesten Sinne, nicht nur für den Studenten in der ersten Ausbildungsphase, sondern auch für den Referendar und den vollausgebildeten Lehrer. Man sollte sogar noch weitergehen und fordern, daß unsere Fachwissenschaften auch mitverantwortlich sind für die Weitervermittlung von Forschungsergebnissen an Schüler und Eltern.

3) Im Verständnis von Kulturpolitikern, Kultusverwaltungen und Öffentlichkeit, aber auch nicht zuletzt im Selbstverständnis der Fremdsprachenlehrer selber muß die dritte Phase der Lehrerausbildung, die Lehrerfortbildung, gleichwertig neben den beiden anderen Phasen (Universität und Seminar) stehen. Erst wenn man von den wenigen läppischen staatlichen Alibi-Veranstaltungen (läppisch, weil man hier nur eine verschwindend geringe Minderheit erfaßt) für die Fortbildung der Fremdsprachenlehrer wegkommt und statt dessen ein systematisch aufgebautes Verbundsystem von Tagungen, Kontaktstudium, Projektgruppen, Begleitzirkeln, Auslandsseminaren etc. entwickelt, kann es gelingen, den „good principles" den Weg in die „good practice" zu ebnen, und können sich eben jene Theorien, unter Aufgabe der narzißtischen Selbstbespiegelung, an und in der Praxis verifizieren. (BLUDAU 1979: 66)

⑪ Der Text (VIËTOR 1882:157) zeigt einen Ansatz der Epoche der Neusprachlichen Reformbewegung, die mit Hilfe eines neuen sprachwissenschaftlichen Standpunktes die Unterrichtspraxis veränderte.

Leitgedanken: Buchstaben-Laut-Problem der wissenschaftlichen Phonetik. Grammatik nicht festes Regelwerk, sondern das, „was die Gesellschaft daraus macht".

Sprache besteht nicht aus Wörtern, sondern aus Sätzen, d. h. aus Äußerungen (→ Kommunikation).

Einordnung: Zeit der Neusprachlichen Reformbewegung. Titel: „Der Sprachunterricht muß umkehren!" VIËTOR 1882, (Pseudonym: Quousque Tandem) zit. nach FLECHSIG, *Neusprachlicher Unterricht I*, 1965:157. Polemischer, leidenschaftlich-drängender Stil: Ausrufe, Zitat SAYCE ohne Seitenangabe, gewagte Vergleiche („Gesetze der Meder und Perser"), soziolinguistischer Gebrauch des Begriffs „Gesellschaft". Politisierende Fremdsprachendidaktik bei VIËTORS Zeitgenossen Gustav Wendt (Englandkunde als demokratisierende Sozialkunde).

⑫ a) Textmerkmale: Darstellungsweise zusammenfassend und abstrakt, Einarbeitung aller einschlägigen Forschungsfragen und Arbeitsergebnisse (mit Zeitpunkt der Veröffentlichung)

b) Folgende Forschungsfragen der Fehleranalyse und Interlanguage-Forschung werden gestellt:
Gibt es eine natürliche Entwicklung der Schülersprache als Lernersprache (Approximativsprache, Interimsprache, Interlanguage)?
Soll das Lehrmaterial die Lernersprache berücksichtigen?
Soll das Lehrmaterial die Fehler der Lernersprache, die natürliche und notwendige Stufen der Entwicklung sind, aufnehmen und somit inkorrekte Formen lehren?

c) Das spezifische Forschungsfeld verlangt die Verwendung einiger Fachtermini:
performance analysis: aktueller, beobachtbarer Sprachgebrauch
syllabus: Lehrplan, Lehrziele, Lehrmaterial
approximative system (wichtige Thesen von NEMSER 1971, vergleichbar mit Interlanguage-Hypothese von SELINKER 1972)
*intralingual (*sprachimmanent, Gegensatz zu interlingual)
pedagogical grammars: Entwicklungs- und lernpsychologisch fundierte neue Grammatiken, die eine Konkordanz von grammatischen Lernzielen und Lernvoraussetzungen der Schüler zu erreichen versuchen. Exemplarisches Beispiel für angewandt-linguistische Zielvorhaben der Interlangugage-Forschung.

d) Der Text ist dem angewandt-linguistischen *survey article* „Error analysis, interlanguage and second language acquisition" von CORDER (1975: 213) in der Rezensionszeitschrift *Language Teaching & Linguistics: Abstracts* entnommen, und zwar den beiden letzten Absätzen des Kapitels *„Pedagogical implications of error and performance analysis"* (212-213).

1.2. Linguistik und die englische Sprache

① Überblick:
Das *Beschreiben* einer Sprache kann nicht mit dem *Lernen* einer Sprache gleichgesetzt werden. Die Linguistik beeinflußt die Didaktik, indem sie die wichtige Funktion einer grundlegenden *Hilfswissenschaft* übernimmt.

Literatur:

NICKEL - 1964 - „Der Englischunterricht im Lichte der modernen Linguistik", *Praxis,* 29-35. Der Aufsatz füllt den Wissenschaftsrahmen der damals für Fremdsprachenlehrer neuen Linguistik mit Begriffen und Beispielen aus, die dem Unterricht entstammen oder ihm zugeführt werden konnten.

DENNINGHAUS - 1970; 1971 - „Die wechselseitigen Einflüsse zwischen der Linguistik und dem Fremdsprachenunterricht", *Praxis,* 407-419; 31-40. Verf. versucht, das Verhältnis von Unterrichtspraxis und Wissenschaftstheorie am Beispiel des Strukturalismus und der generativen Transformationsgrammatik zu bestimmen.

NEHLS - 1975 - „Überlegungen zum Aufbau eines didaktischen Sprachmodells für den Fremdsprachenunterricht", *IRAL,* 51-68. Verf. entwickelt ein fremdsprachendidaktisches Wissenschaftssystem unter Zugrundelegung linguistischer Leitbegriffe: (a) Linguistische Grundlagen (Syntax — Semantik — Pragmatik, faculté de langue — langue — parole, System — Norm, Synchronie — Diachronie, Distribution — Opposition), (b) Erstsprachenerwerb und Zweitsprachenlernen (Kontrastive Analyse und Fehleranalyse), (c) Umriß eines für den Fremdsprachenunterricht geeigneten Sprachmodells, (d) Einbau des didaktischen Modells in ein Lehrwerk, (e) Funktionale Grammatik.

Zitat:

ARNDT, „Erkenntnistheoretische Grundlagen von Chomskys Theorie des Spracherwerbs", *NM,* 1971, 65-72. Verf. beschreibt die Grenzen der Verwendbarkeit der generativen Transformationsgrammatik für die Fremdsprachendidaktik. Der in dem Aufsatztitel genannte Begriff der Erkenntnistheorie wird nicht affirmativ, sondern kritisch verwandt: die *erkenntnistheoretischen Grundlagen* der Grammatiktheorie sind andere als die des Fremdsprachenlernens:

Es kann nicht die Aufgabe des Fremdsprachenlehrers sein, in die wissenschaftstheoretische Auseinandersetzung zwischen der CHOMSKY-Position und der Neobehaviorist-Schule einzugreifen; der Sprachlehrer kann diese Auseinandersetzung nur sehen im Hinblick auf seine pädagogischen, pragmatischen Zielsetzungen des Vermittelns einer Fremdsprache. Alles, was hilft, den Prozeß des Erwerbs der Fremdsprache transparenter zu machen, sollte vom Lehrer auf seine Möglichkeiten zur Verbesserung des Lehr-Lern-Prozesses herangezogen werden. Dabei ist es nicht erforderlich, daß Theorien aus wissenschaftlichen Teilgebieten voll übernommen oder angewandt werden; die Theorie zielt auf eine möglichst große Vollständigkeit im Hinblick auf das intendierte Problem. So will die Verhaltensforschung Spracherwerb sehen als Sonderfall, der in die allgemeine Theorie menschlichen Verhaltens eingebettet ist; und CHOMSKY sieht seine Spracherwerbstheorie als einen Sonderfall aus dem großen Bereich menschlicher kognitiver Prozesse. Die Theoriebildung resultiert, da sie eine auf viele Teilgebiete zutreffende Abstraktion sein will, in einer vereinfachenden Simplifizierung des Objekts im Sinne der gesetzten Axiome und Prämissen, etwa daß S-R-Prozesse beobachtbar sind oder daß der Mensch eine eingeborene kognitive Struktur besitzt. Diese allgemeinen Aussagen der Theorie sind andererseits für den Sprachlehrer zu wenig präzise für sein Vorhaben der Vermittlung des Objekts Fremdsprache, sie geben ihm keine Antwort auf ihn interessierende Einzelfragen, etwa ob und in welchem Umfang er die Übersetzung in seinen Unterricht einbauen soll. Der Lehrer braucht also eine auf eine Theorie bezogene, auf einer Theorie basierende genauere Darstellung des Spracherwerbs, er benötigt ein Modell des Spracherwerbs. Dieses Modell sollte nur an den ausgewählten, relevanten Punkten mit der Theorie korrespondieren; andere, für das Modell nicht wichtige Teilaspekte der Theorie können unberücksichtigt bleiben. (ARNDT 1971: 69-70)

② Überblick:

In der Frage erscheinen „Sprachwissenschaft" und „Linguistik": Sprachwissenschaft als die ältere Disziplin (diachronisch: historisch-vergleichend), Linguistik als die neuere (synchronisch: systemorientiert).

Die wissenschaftliche Phonetik führte zur *Schulphonetik:* phonetische Umschrift, Lautier- und Vorkurse, Artikulationslehre (kontrastive Vokale und Konsonanten).

Die Erstellung von Listen zum Wortschatz und zu syntaktischen Strukturen in den 20er und 30er Jahren förderte den Englischunterricht in Asien und Afrika und führte darüber hinaus zu Wörterbüchern und Grammatiken. Die Bemühungen um *Sprachminima* brachte Werke hervor wie ODGENS *Basic English* (1968).

Der britische Kontextualismus bildete als Strukturalismus die Sprachtheorie für den *situational approach* der britischen Englischdidaktiker. Er entsprach der deutschen Tradition der direkten Methode und war ein wesentliches Element bei der theoretischen Fundierung der volksschul-/*hauptschulgemäßen Arbeitsweise* (GUTSCHOW 1964).

Der sprachpädagogische Strukturalismus förderte Übungsformen zum *pattern practice: substitution tables, sentence switchboards,* Einsetz-und Austauschübungen. (HÜLLEN, *Linguistik und Englischunterricht,* 1971: 90-102; GESTER, „Pattern und pattern practice", *Praxis,* 1972: 37-46).

Bevor die Pragmalinguistik als Handlungstheorie abgeschlossen war, erreichte sie über die *Pragmadidaktik* den Fremdsprachenunterricht, weil durch sie die Sprechfertigkeit durch die Sprechintentionen auf das Lernziel der kommunikativen Kompetenz bezogen werden konnte. (PIEPHO, *Kommunikative Kompetenz als übergeordnetes Lernziel im Englischunterricht,* 1974, PELZ, *Pragmatik und Lernzielbestimmung im Fremdsprachenunterricht,* 1977).

Zitat:

Als die Pragmadidaktik unter dem Stichwort der „kommunikativen Kompetenz" viele Anhänger gefunden hatte, veröffentlichte MELENK (1977) in der *Praxis* eine der ersten kritischen Stellungnahmen. Der folgende Auszug bringt MELENKS Zusammenfassung der pragmadidaktischen Theorie, also ihre Darstellung durch einen ihrer Kritiker:

Aber es ist zumutbar, die Pragmadidaktik ihrer Sonderrolle zu entkleiden; denn der qualitative Sprung aus der Sprachkompetenz in die kommunikative Kompetenz hat nicht stattgefunden, und die leitende Fragestellung ist immer geblieben: Wie ist der Spracherwerb am ökonomischsten zu vermitteln? Beziehungsweise: Wie kann der aktive Sprachgebrauch die ihm angemessene Wichtigkeit bekommen?
Die wichtigsten pragmadidaktischen Themen sind eindeutig auf diese Fragestellung bezogen. Ich referiere kurz:

Stoffliche gegen operationale Komponente. *Zwei Aspekte der Sprachkompetenz werden unterschieden: das Speicherwissen sprachlicher Elemente und Strukturen einerseits — die Abrufbarkeit und die automatisierte Anwendung dieses Wissens andererseits. Terminologisch sagt man: „stoffliche" gegen „operationale" Komponente oder: „knowledge" gegen „ability to use this knowledge". Durch diese Unterscheidung wird das Lernziel der aktiven Sprachkompetenz deutlich von älteren Zielsetzungen — der Kenntnis der Grammatik, der Fähigkeit zur Übersetzung schriftsprachlicher Texte — abgehoben. Der Akzent liegt auf dem zweiten Aspekt: der Anwendung und Automatisierung soll besondere Beachtung geschenkt werden. Denn Sprachkompetenz ist nur dann und nur in dem Maße gegeben, wie sie anwendbar, in Performanz überführbar ist.*

Classroom discourse. *Damit ein Sprachfluß in Gang kommt, ist zunächst ein* classroom discourse *systematisch zu vermitteln und einzuüben — d. h. das begrenzte sprachliche Inventar, das zur Bewältigung der Situation „Fremdsprachenunterricht" selbst beherrscht werden muß. Es geht um die Bereitstellung sprachlicher Mittel, nicht um die Vermittlung kommunikativer Fähigkeiten.*

Fehlertoleranz. *Wichtig ist in erster Linie, daß der Schüler sich verständlich machen kann, nicht so sehr, daß seine Äußerungen der Norm der Hochsprache entsprechen. Kriterium für die Sprechfähigkeit in Realsituationen ist nicht die sprachliche Richtigkeit, sondern die kommunikative Verständlichkeit. Auch hier ist der Gesichtspunkt der Steuerung des Spracherwerbs sehr deutlich: Durch Fehlertoleranz wird gar keine Kompetenz gewonnen, weder eine sprachliche noch eine kommunikative; sondern es sollen Energien freigesetzt werden, die bisher an die Fehlervermeidung gebunden waren und die jetzt für andere Zwecke (z. B. eine schnellere Progression, eine verstärkte Priorität aktiven Sprachverhaltens) eingesetzt werden können.*

Es ist deutlich, daß diese Vorschläge untereinander inhomogen sind und daß sie nicht ausreichen, um eine eigene didaktische Schule zu begründen. (MELENK 1977: 10-11)

③ Überblick:

Die didaktische Analyse der Zielsprache Englisch hat sich folgenden Fragen zu stellen:

Welche Hauptform soll Zielsprache sein? *(General British* oder *General American* oder eine Mischung als *Midatlantic English?)*

Welche Schicht soll mit welchen Sprecherrollen dominant sein?

Für welche Adressaten und welche Abschlußprofile soll die Zielsprache modelliert werden?

Wie lassen sich die Minima im syntaktischen und lexikalischen Bereich erfassen?

Die Fragestellungen sind relevant für Lehrplan- und Lehrwerkverfasser. Ihre Curriculumentscheidungen müßten durch interdisziplinäre Ergebnisse der Linguistik und der Sprachlehr- und -lernforschung vorbereitet werden.

Literatur: (Englisch als Weltsprache)

LEISI - 1955 - *Das heutige Englisch,* 156-221
WÄCHTLER - 1969 - *Das Studium der englischen Sprache,* 190-225

Zitat:

Die Elementarisierung der englischen Sprache für fundamentale Lernbedürfnisse muß so vorgenommen werden, daß das didaktisierte Englisch als akzeptabel von *native speakers* empfunden wird und nicht Elemente eines Pidgin enthält:

Die Zielsprache, die durch die Lernziele bestimmt wird, bedarf besonderer Aufmerksamkeit. Es wird argumentiert, daß die langfristig zu sehende didaktische Modellierung der Zielsprache von unterschiedlichen Annäherungen an das »authentische Englisch« auszugehen hat. Wenn die im schulischen Lernprozeß erreichbaren unterschiedlichen Niveaus berücksichtigt werden, muß überlegt werden, ob die englische Zielsprache in allen Fällen das »authentische Englisch« bleiben soll, das nicht erreicht wird, oder eine lernoptimale Zielsprache, die als didaktische Modellierung die Merkmale der Lernersprache einbezieht. Die didaktische Zielsprache ist demnach zwischen native English *und* learner English *anzusetzen und ergibt unterschiedliche Modellierungen mit unterschiedlichen Annäherungen an das* native English.

Für lernschwache Schüler wäre ein Elementarenglisch als Reduktionssprache zu konzipieren, das Lernziele mit großen Lernwiderständen aus dem Curriculum herausnimmt. Die Modellierung kann eine explizite oder implizite Vereinfachung sein. Bei der impliziten Vereinfachung wird der

Lernprozeß dadurch entlastet, daß die Lernwiderstände hohen Grades, je nach Wichtigkeit ihrer Funktion, umgangen werden, wie es in praxi geschieht. Jetzt würden diese Lernwiderstände bewußt und ohne »schlechtes Gewissen« vermieden werden. Bei der expliziten Vereinfachung werden die Lernwiderstände durch das Modell der schulischen Zielsprache verändert, indem sie in eine nur didaktisch existente Sprachform überführt werden. Diese didaktische Zielsprache muß ein Modell — wenn auch keine Kopie — des native English *sein. Eine solche Zielsprache muß für die leitenden Lernziele relevante Merkmale aufweisen, ohne alle Subsysteme der Sprache und alle Fertigkeiten des Sprachbenutzers gleichmäßig stark zur Entfaltung zu bringen.*
Da die schulischen Lernprozesse nur unterschiedliche Teilsysteme des Universums einer Fremdsprache verwirklichen, ist es besser, wenn die Bildung dieser Teilsysteme nicht dem Zufall oder der vagen Vorstellung einer Annäherung an die authentische Fremdsprache überlassen ist, sondern in Zusammmenhängen gesteuert wird. (HEUER 1976:75)

④ Überblick:

Sprachkönnen und Sprachwissen werden auf den Studiengebieten der Sprachwissenschaft erworben und sind wichtige Voraussetzungen für das Studium der Fachdidaktik. Für die Unterrichtskompetenz sind Sicherheit in der Beherrschung und Analyse der Teilsysteme der Zielsprache und fehlerfreies Sprechen im Klassenzimmer unabdingbar. (Vgl. Kap. „Unterrichtssprache"). Die sprachliche Weiterbildung in der Hochschule, im Ausland und in Sprachkursen ist als umfassende Aufgabe des Englischlehrers anzusehen. Von besonderer Bedeutung sind Kenntnisse über lexikalisch-semantische Veränderungen und Neuschöpfungen, aber auch phonetische und grammatische Entwicklungstendenzen.

Richtantworten auf die Unterfragen:

Die Bedeutungserweiterung des modalen Hilfsverbs *may* soll unter „Zitat" dargestellt werden.

a) /æ/ in *can't* und *half* war noch im England des 18. Jhdts. üblich, besonders im Norden. Das Britische Englisch hat sich vom *„flat a"* zum *„broad a"* weiterentwickelt, das amerikanische Englisch hat die alte Aussprache bewahrt.

b) Beide Formen bis zum 18. Jhdt. üblich (z. B. bei Shakespeare). Die präskriptiven Grammatiker der Aufklärung ließen nur *whom* im Akkusativ gelten. Heute setzt sich das umgangssprachliche *who* im Akkusativ wieder durch.

c) Die doppelte Verneinung ist in einer Reihe von Dialekten und Soziolekten üblich. Die doppelte Verneinung als Bejahung anzusehen, war eine Überlegung der Grammatiker des 18. Jhdts. Die doppelte Verneinung verstößt gegen die Norm der Standardsprache, auch gegen ihre umgangssprachliche Ausprägung.

d) *went* abgeleitet vom alt-/mittelenglischen Verb *wenden*, das ähnliche Bedeutung wie *go* besitzt. Vgl. dtsch. „sich wenden".
e) w als zwei nebeneinander gestellte „u" der Tradition des Buchdrucks.
f) /δ/ in der phonetischen Umschrift als Schriftzeichen für „th" in altenglischer Zeit.

Literatur:

BAUGH - 1951 - *A history of the English language*
BARBER - 1964 - *Linguistic change in present-day English*
GÖRLACH - 1974 - *Einführung in die englische Sprachgeschichte*
POTTER, „English Language", *The New Encyclopedia Britannica*, Bd. 6, 874-887
Die Rubriken „*Living English*" und „*Would you have marked it wrong*" in der *Praxis des neusprachlichen Unterrichts.*

Zitat:

Die traditionelle Bedeutung von *may* ist *perhaps (Leeds United perhaps scored a goal)*. Doch der heutige Sprachwandel stärkt den (regionalen und sozialen) Gebrauch von *may* als *might (Leeds United might have scored a goal)*. Der Englischlehrer, der die Fremdsprache durch Rundfunk, Zeitung und Auslandsreise „observiert und protokolliert", wird für phonetisch-phonologische und lexikalisch-semantische *Veränderungstendenzen in der Standardsprache* sensibilisiert. Seine Wahrnehmungs- und Verarbeitungskraft wird durch systematische Lektüre sprachwissenschaftlicher Beiträge zum heutigen Englisch geschärft. Das vorliegende einfache Beispiel für sprachliche Veränderungen, die aus offenbar regionalen und generationsbedingten Ursprüngen in die Standardsprache eindringen, findet sich in einem Aufsatz für den Englischlehrer an der Volkshochschule von BARBER (1976:1):

May and might

A recent grammatical development is the tendency to use auxiliary may *instead of* might. *The first time I noticed it was seven or eight years ago, when I was reading an account of a football match in a reputable daily newspaper, the* Guardian, *and encountered the following sentence:*

Just before half-time, Leeds United may have scored a goal.

For the moment I was baffled by this, since the obvious meaning was „Leeds United perhaps scored a goal"; but I soon realised that the writer meant that they might *have scored a goal (but had failed to do so). Later I saw another example in the same newspaper, when it said, of a man involved in a motorcycle accident:*

If he had worn a crash-helmet, he may have survived the accident.

In fact the man had not survived the accident, as the report made clear. Since then, I have seen many similar examples. At first, I thought that the usage was perhaps peculiar to Northern England, but it now crops up in sources that have no obvious connection with the North; and from an examination of students' essays, I think that there are a substantial number of young people from various parts of the country for whom auxiliary might *is practically non-existent, and who regularly use* may *instead.*

⑤ a) diachronisch: geschichtlich-vergleichend (Gegensatz: synchronisch)

b) Die Beschreibungssprache der Grammatik ist eine Funktion der jeweiligen Klassifikationsprinzipien. „*Expanded*" hebt auf die Form ab, „*continuous*" und „*progressive*" auf den Inhalt.

c) Der Horizont der Forschungsfrage wird durch Literaturverweise aufgehellt. Der Terminus „*expanded form*" wird bei einem Grundlagenautor der Syntaxforschung belegt (JESPERSEN 1924). Die für die Forschungsfrage relevante historische Dimension des Problems wird durch den Verweis auf eine entsprechende Leitstudie (NEHLS 1974) nachgewiesen.

d) Subjektiv: *I understand..., I do not want..., We can expect..., which seems..., is certainly.* Objektiv: *analysis is confined..., is to be distinguished..., stands in formal opposition..., there is no direct structural counterpart...*

e) Der Text ist eine definitorisch-abgrenzende und kontrastiv-linguistische Bestimmung des Untersuchungsgegenstandes „*expanded form*". Entnommen ist er der Studie „Learning problem expanded form - a performance analysis" von ZYDATISS (1976), einer der wenigen praxisnahen empirisch-statistischen Arbeiten aus dem hypothesenreichen Gebiet der kontrastiven Linguistik und Interimsprachen-Forschung. Die Studie erschien in *IRAL (=International Review of Applied Linguistics in Language Teaching),* einer bekannten internationalen angewandt-linguistischen Zeitschrift aus Heidelberg.

1.3. Psychologie und Fremdsprachenlernprozeß

Überblick:

① Diese offene Frage erlaubt eine Reihe von Antwortmöglichkeiten zur Integration der Fächer Psychologie und Fremdsprachendidaktik. Die Unterfragen haben die Funktion von Beispielen, die vertieft werden müssen. Das Beispiel zur *Fremdsprachenfähigkeit* soll näher erörtert werden. Folgende Fragen stellen sich:

— Ist die Hypothese, daß alle Sprachleistungen auf einen allgemeinen Sprachfähigkeitsfaktor *(general language proficiency factor)* zurückgehen, theoretisch plausibel und empirisch belegbar? (OLLER 1976)

— Oder gibt es relativ unabhängige Dimensionen fremdsprachlicher Leistung, wie allgemein angenommen wird? (CARROLL 1972, SANG/VOLLMER 1978:6)

Folgende Begriffe sind inhaltlich zu füllen:

— Sprachfähigkeit *(language proficiency)* ist keine unmittelbar meßbare Größe, sondern ein latenter *Faktor*, der nur durch *Indikatoren* auf der Verhaltensebene identifiziert werden kann. Die Sprachfähigkeit zeigt den allgemeinen Stand der Beherrschung einer Fremdsprache, unabhängig von spezifischen Lernerfahrungen.
— Sprachfähigkeit ist abzugrenzen gegen Sprachbegabung *(aptitude)* und gegen Sprachleistung *(achievement)*.
— Sprachfähigkeit *(language proficiency)* wird von CARROLL durch zehn Dimensionen von Testperformanz (u. a. vier integrierte Fertigkeitsbereiche und elementare Wissensaspekte) am Kriterium „having sufficient English to operate in given situations" (1972:315) validiert.

Literatur:

CARROLL - 1972 - „Fundamental considerations in testing for English language proficiency of foreign students", Allen/Campell (eds.), *Teaching English as a second language*

OLLER - 1976 - „Evidence for a general language proficiency factor: an expectancy grammar", *Die Neueren Sprachen*

SANG/VOLLMER - 1978 - *Allgemeine Sprachfähigkeit und Fremdsprachenerwerb*

BREDENKÖTTER/DENIG - 1976 - *Untersuchungen zur Fremdspracheneignung*

Zitat:

In *Allgemeine Sprachfähigkeit und Fremdsprachenerwerb* nehmen SANG/VOLLMER (1978:27-28) zum *general language proficiency factor* wie folgt Stellung:

Möglicherweise widersprechen die Befunde von OLLER *und* CARROLL *einander doch nicht. Wahrscheinlich ist es nach dem momentanen Stand der Forschung sinnvoll, sowohl eine allgemeine Fremdsprachenfähigkeit als auch darüber hinaus je spezifische Teilkompetenzen anzunehmen, die miteinander interagieren und für die Ausprägung von Performanzprofilen im Kontext gemessener Fremdsprachenleistung gleichermaßen verantwortlich sein können. Immerhin lassen sich für die Vereinbarkeit beider Annahmen eine Reihe von Beobachtungen und Selbsterfahrungen anführen. So ist es beispielsweise auffällig, daß derjenige, der eine fremde Sprache gut versteht, damit noch lange nicht in der Lage sein muß, sich wendig in diesem Medium auf der produktiv-kommunikativen Ebene auszudrücken. Und ebensosehr spricht vieles dafür, daß der unterschiedliche Ausprägungsgrad von Sprechen und Schreiben sowohl in der Muttersprache wie in der Fremdsprache bei ein und derselben Person gewisse Rückschlüsse darüber zuläßt, daß dann auch die zugrundeliegenden Kompetenzbereiche unterschiedlich entfaltet sein müssen. Solche Überlegungen, gepaart mit statistischen Indizien, führen auch* CARROLL *zu der Feststel-*

lung: „Whether one is testing competence in a native language or in a foreign language it is useful to start from a classification of different areas of language competence in which individual differences are to be sought and measured".

② Überblick:

Die Sprachpsychologie als Psycholinguistik empfing Begriffe und Konzepte von der Linguistik. (Vgl. den Sammelband amerikanischer Psycholinguistik von HALBE 1976). Für die Sprachpsychologie als psychologische Disziplin vgl. HÖRMANN (1970). Einen Überblick über die Fremdsprachen-Lernpsychologie gibt ARNDT (1976) in einem Fernstudienbrief. HEUER (1976) untersuchte Lernprozesse im Englischunterricht mit lernpsychologisch-empirischen Verfahren. Von der Lernpsychologie her befürwortete PARREREN (1963) den einsprachig geführten Fremdsprachenunterricht. (Zum bilingualen Unterricht vgl. DODSON 1967 und BUTZKAMM 1973).

Zitat:

PARRERENS Aufsatz „Psychologie und Fremdsprachenunterricht" in der *Praxis des neusprachlichen Unterrichts,* 1963:6-10, fand einen großen Widerhall. Selten ist ein so kurzer Aufsatz so bekannt geworden! Es schien, als ob für die einsprachige Methode (Trennung der ausgangs- und zielsprachlichen Systeme) die lernpsychologische Begründung gefunden war. Der Text gibt einen Einblick in das *fremdsprachenlernpsychologische* Fachvokabular (Situationsmomente, Aktualisierung von *Sprachspuren,* Interferenz, *Regsamkeit,* Sonderung der Sprachsysteme) und zeigt zugleich die Problematik der Systemtheorie: Trennung zwischen den Hauptsystemen L_1 und L_2 bei gleichzeitigem Zusammenhang der Teilsysteme innerhalb der Hauptsysteme:

Betrachten wir aber Situationsmomente in ihrer Bedeutung für die Aktualisierung von Sprachspuren, dann wird uns auf einmal klar, welcher großen Schwierigkeit das Sprechen einer Fremdsprache von dieser Seite her ausgesetzt ist. Die Situationsmomente sind doch zum größten Teil die gleichen, ob es sich um das Sprechen der eigenen Sprache oder irgendeiner Fremdsprache handelt. Es sind die Momente jeder Sprechsituation überhaupt: der zwischenmenschliche Kontakt, das Bedürfnis, etwas mitzuteilen, sich zu erkundigen usw. Das heißt aber: es droht fortwährend Interferenz der verschiedenen Sprachsysteme. Tatsächlich fallen uns beim Gebrauch einer Fremdsprache bisweilen Wörter der Muttersprache oder einer anderen Fremdsprache ein, und zumal die Satzbildung kann in schlimmster Weise durcheinandergehen. Was wirkt dieser Interferenz entgegen? Wir müssen natürlich die schon genannten Faktoren der Absicht, der Regsamkeit und der spezifischen *Situationsmomente nennen. Aber das wichtigste ist doch die* scharfe Sonderung der Sprachsysteme, *und das besagt wieder zweierlei: einerseits soll innerhalb jedes Systems der Zusammenhang der Spuren möglichst stark sein, andererseits sollen die Systeme gegenseitig möglichst wenig Berührung haben. (PARREREN 1963:8)*

③ a) Mögliche Verursachungen: Überlänge des Satzes, Anfälligkeit der Satzmitte, Sättigung durch zu häufiges Nachsprechen, stille Übersetzung „wenn“ = „when“.
b) Richtig: *It's red.* Fehler entsteht durch Übernehmen der Lehrervorgabe.
c) Grundform *a* früher und häufiger geübt als *an.*
d) „uniform“ wie „Uniform“ gesprochen.
e) Satz zu lang, zu schwer, offenbar auch zu bedeutungslos.
f) Direktes, spontanes Sprechen und unmittelbare Kommunikation mit dem Lehrer in der Muttersprache (HEUER 1976: 41-43).
g) Imitationsverhalten im Anfangsunterricht verhindert Aufbau von Transformations- und Transferleistungen.

1.4. Erziehungswissenschaft und das Schulfach Englisch

① Das Verhältnis zwischen der Bezugsdisziplin Erziehungswissenschaft und der Englischdidaktik ist - wie die Verbindung der anderen Bezugsdisziplinen zur Fremdsprachendidaktik - höchst komplex. Das entscheidende Problem ist die Integration von Erkenntnissen und Methoden der in Beziehung tretenden Wissenschaften. Zum großen Teil wird diese *Integration* von der Englischdidaktik geleistet, nur in Ausnahmefällen von der Erziehungswissenschaft.

Für die Bezeichnung der Bezugswissenschaft haben sich folgende Begriffe eingebürgert, die differenziert zu sehen sind: *Teilhaberwissenschaft, Grundwissenschaft* und *Hilfswissenschaft.* LORENZEN (1977a:25-33) erörtert Aspekte der erziehungswissenschaftlichen Teilhaberwissenschaft und stellt ihren Einfluß dar. HEUER (1972a: 10-12) hat Fragen der Fachdidaktik Vertretern der Curriculumtheorie zur Beantwortung vorgelegt.

② Bei der Beantwortung dieser Frage ist es hilfreich, wenn ein Überblick über die Geschichte des Fremdsprachenunterrichts und eigene Unterrichtserfahrungen vorhanden sind.

Die Frage nach den Bildungszielen der Fächer des Schulkanons berührt auch den Bildungswert der Fremdsprachen. Mit dem fremdsprachenbezogenen Kommunikationsbegriff kann das oberste Lernziel des Fremdsprachenunterrichts als *internationale Kommunikation* umschrieben werden.

Die Lehrpläne handeln in ihren allgemeinen Vorbemerkungen von den übergeordneten gesellschaftlichen und individuellen Bedürfnissen, ohne daß diese konkret auf die durch die Fremdsprache vorgegebenen Fachlernziele bezogen werden.

Zu den *allgemeinen Lernzielen* zählen Mündigkeit, Kritikfähigkeit und Chancengleichheit in einer demokratischen Leistungsgesellschaft. VON

HENTIG (1969: 13-43) hat allgemeine Lernziele in Form von Hypothesen und Erläuterungen dargestellt.

Die Fixierung von Grob- und Feinlernzielen für die Unterrichtsplanung des Fremdsprachenunterrichts wird beeinflußt von der Curriculumdiskussion des letzten Jahrzehnts. Die *Feinlernziele* sollen, wenn irgend möglich, *operationalisiert*, d.h. als Verhalten der Lernenden beschrieben werden.

③ Von besonderer Bedeutung ist das *bildungstheoretische Modell* von KLAFKI und das *lerntheoretische* von HEIMANN/OTTO/SCHULZ (1965). Im bildungstheoretischen Modell wird großer Wert auf die Inhalte gelegt, während im lerntheoretischen Modell zwischen den *Bedingungsfeldern* wie Lernvoraussetzungen der Schüler und den *Entscheidungsfeldern* wie Ziele, Thematik, Methoden und Medien unterschieden wird. Kürzlich ist eine Annäherung zwischen den Konzepten erfolgt (KLAFKI/OTTO/SCHULZ 1977). Die Methode erhält dabei eine besondere Bedeutung, da sie bestimmte soziale Verhaltensweisen bewirken kann.

④ Die Curriculumtheorie handelt von Richt-, Grob- und Feinlernzielen. Als Richtlernziel des Fremdsprachenunterrichts ist die Kommunikationsfähigkeit anzusetzen. Die Grob- und Feinlernziele kommen in den Unterrichtsplanungen und Lehrentwürfen zum Ausdruck. Wichtig ist die Tatsache, daß es *keine eindeutige Ableitung untergeordneter Lernziele* aus übergeordneten gibt.

Die Operationalisierung ist in ihren Grenzen zu erkennen. *Affektive Lernziele* (Einstellung, Motivation) entziehen sich dem präzisierten Zugriff der einzelnen Stundenplanung.

⑤ Die Methoden des Fremdsprachenunterrichts haben Auswirkungen auf allgemeinpädagogische Ergebnisse. KLAFKI (1977) schreibt aus kritisch-emanzipatorischer Sicht:

Im Unterricht werden ständig — reflektiert oder unreflektiert — soziale Beziehungen vollzogen, auf- oder abgebaut, eingeschliffen oder verhindert, gefestigt oder gestört, gefördert oder gehemmt; damit werden bestimmte soziale Einstellungen und Verhaltensweisen provoziert. Im Hinblick auf Unterrichtsmethoden bzw. einzelne unterrichtsmethodische Elemente — z.B. bestimmte Sozialformen des Unterrichts oder bestimmte Aktionsformen des Lehrens — bedeutet das: Sie schließen immer bestimmte Interaktionsmöglichkeiten oder -tendenzen mit ein, unabhängig davon, ob die Praktizierenden oder die Betroffenen sich dessen bewußt sind oder nicht; im ersten Fall sind die unerkannten sozialen Wirkungen ein wesentliches Moment des „heimlichen Lehrplans". (KLAFKI/OTTO/SCHULZ 1977:33)

(6) Das Problem der einsprachigen Unterrichtsmethode hat zum Dialog zwischen Erziehungswissenschaft und Sprachdidaktik beigetragen (DIETRICH 1973, DIETRICH 1974). Der einsprachig unterrichtende Lehrer und der *native speaker* werden als großer Gulliver dargestellt. Nur auf Grund spezieller Methoden können sie Kommunikation und Partizipation der Schüler bewirken. So schreibt DIETRICH in „Pädagogische Implikationen der Einsprachigkeit im Fremdsprachenunterricht" (1973:354):

Dazu gehört auch der Aspekt der „Ungeschütztheit" der neuen Rolle, die der Schüler im einsprachigen Fremdsprachenunterricht zu übernehmen hat. In der fremden Sprache, die er noch unvollkommen beherrscht, ist ihm der Lehrer an Sprachkompetenz immer entscheidend überlegen. Im mediengestützten Unterricht wird diese Überlegenheit noch durch die absolut unangreifbare Autorität der native speakers *verstärkt, die der Lehrer an jedem Punkt des Unterrichts vermittels Knopfdruck ins Feld führen kann. Kraft seiner Funktion im Unterrichtsgeschehen hat der Lehrer überdies die Vollmacht und die Aufgabe, den Schüler ständig zu kritisieren, sowohl was die formale Richtigkeit als auch was die inhaltliche Seite seiner sprachlichen Äußerungen anbelangt. Es hängt vom Lehrer und seiner Art ab, dies zu tun, ob der Schüler diese Kritik als lästige Zurechtweisung oder als nötige Hilfe im Sprachlernprozeß empfindet.*

Der *emanzipatorische Curriculum- und Methodenansatz* wurde von HÜLLEN in „Emanzipation als Unterrichtsziel — linguistisch geprüft" (1976) einer Kritik unterzogen. Die Arbeitsformen seien sekundär, sofern sie Kommunikation langfristig ermöglichen. Die politische Qualität des Englischunterrichts sei auf höherer Ebene zu evaluieren:

Arbeitsformen des Fremdsprachenunterrichts können so lange nicht antiemanzipatorisch sein, als sie unter der didaktischen Absicht der Ermöglichung von diskursiver Kommunikation zu rechtfertigen sind. Die politische Qualität des Englischunterrichts entscheidet sich auf dieser, nicht auf der methodischen Ebene. Die schon beschriebene komplementäre Relation der Partner eines pädagogischen Emanzipationsprozesses mit ihrer Parallele in der spezifischen Kommunikationssituation des Unterrichts führt dazu, daß der Lehrer die Arbeitsformen zu finden und zu verantworten hat, die zur Diskurstüchtigkeit hinführen. Dazu muß ihn seine wissenschaftliche Ausbildung und seine ethische Bindung an die Schüler befähigen. Ein Diskurs zwischen Lehrer und Lerner hierüber — in dem Sinne, in dem dieser Begriff von Habermas *verwandt wird — ist eine Absurdität, weil er Emanzipation voraussetzt, wo diese erst erwirkt werden soll. (HÜLLEN 1976:45 - 46)*

(7) Folgende Forschungsparadigmata sind anzusprechen: Historische Studien, geisteswissenschaftliche Unterrichts- und Lehrplanhermeneutik, pädagogisch-empirische Tatsachenforschung und Datenerhebung, Unterrichtsanalyse als interpretierte Dokumentation von Englischunterricht, Erforschung der Interaktionsprozesse im Hinblick auf Kom-

munikation, Handlungsforschung. Die Handlungsforschung untersucht ihren Gegenstand, indem sie ihn durch Betrachtung und Bewertung verändern will.

1.5. Geschichte des Englischunterrichts

① Die Klärung ausgewählter Probleme des Englischunterrichts müßte auf der Grundlage der historiographischen Literatur erfolgen. (SAUER 1968, KELLY 1969, RÜLCKER 1969)

② Der Englischunterricht wurde im 18. Jahrhundert wegen der politischen *Machtausdehnung* Englands und der als wertvoll angesehenen englischsprachigen *Literatur* grundgelegt. Im 18. Jahrhundert unterrichteten die *Sprachmeister* nach einem Vorläufer der direkten Methode. Die Philologen des 19. Jahrhunderts übernahmen dann die Grammatik-Übersetzungsmethode des altsprachlichen Unterrichts. Die Vertreter der *Neusprachlichen Reformbewegung* versuchten, durch das Prinzip der Einsprachigkeit, der Mündlichkeit, der Begrenzung der Übersetzung und der Einheit von Sprach- und Kulturraum einen fertigkeitsorientierten Unterricht aufzubauen. Die *Kulturkundebewegung* der zwanziger Jahre entwickelte eine Wesenskunde, die mit psychologischen Methoden „Völkercharaktere" verglich.

③ Die Analyse des Zitates basiert auf einer Gesamtstellungnahme zum Wert der Geschichte als eines Geschehens vergangener Zeit, das die Gegenwart beeinflußt. Versuchen Sie, einige Quellen zur Geschichte des Englischunterrichts in das Gespräch zu bringen (FLECHSIG 1965).

④ Diese Frage gibt Ihnen Gelegenheit, einige spezielle Wissenskomplexe Ihrer Wahl darzustellen und gleichsam als Inselbildung im Fluß der Geschichte zu behandeln. Die in den Unterfragen zum Ausdruck kommenden Anwendungen können nur exemplarische Bedeutung haben.

⑤ Die Einflüsse universitärer Wissenschaften auf den schulischen Englischunterricht sollten beispielhaft dargestellt werden. (DENNINGHAUS 1970/71, ferner die Textsammlung von LORENZEN 1977b).

⑥ Die Polarität zwischen *bildungsphilosophischer* und *fertigkeitsorientierter* Grundlegung des Fremdsprachenunterrichts ist ein überdauerndes Problem. In der heutigen Zeit tritt die inhaltliche Seite durch die Landes-und Sozialkunde wieder stärker in Erscheinung. In der neuen Methodik der DDR (POHL u. a. 1978) wird die landeskundlich-inhaltliche Seite mit dem Begriff *Sachstoff* bezeichnet. Das Gymnasium hat — stärker als Realschule und Hauptschule — die Allgemeinbildung betont (BLÄTTNER 1962).

⑦ Der Englischlehrer hat sich vom *Sprachmeister*, der am „unteren Ende der Tafel" saß, zum *Neuphilologen* entwickelt, dessen *klassisch-philologische Methoden* sein Prestige vergrößerten. In heutiger Zeit zeigt sich der Fremdsprachenlehrer in seiner Doppelfunktion als Bildungsträger und Ausbildungsorganisator.

⑧ Quelle: KÖNIG, *Eine Königliche vollkommene Grammatica in Englisch- und Hochteutscher Sprach* (1715). Erste große Fremdsprachengrammatik des aufblühenden Neusprachenunterrichts im 18. Jahrhundert. (zit. nach FLECHSIG 1965:35-36).

Interpretationshilfen:

Noch die Sprachwissenschaftler des 19. Jahrhunderts, wie z.B. J. Grimm, sprachen vom Buchstaben und nicht vom Laut. Schemata der Deklination und Konjugation noch in Lehrwerken nach 1945.
Mischung von Morphologie (als Mittelpunkt der Grammatik), Syntax, Etymologie. Landeskunde als „Curiositäten".
Lernziel Leseverstehen (Zeitung und Schriftsteller lesen) entspricht dem Globalziel des rezeptiven Englischkönnens im 18. Jahrhundert (Französisch für die Konversation).

1.6. Fremdsprachenpolitik

① Die wissenschaftliche Beschäftigung mit dem politischen Aspekt des Fremdsprachenunterrichts ist relativ neu. Mögliche Veränderungen im Tätigkeitsfeld des Fremdsprachenlehrers betreffen die Ein- und Umstellung auf neue Adressaten und auch — gemäß Vorschlag des *Wissenschaftsrats* — auf außerschulische Berufsfelder, in denen diplomierte Fremdsprachenexperten beschäftigt werden können.
Darüber hinaus hängt der schulische Fremdsprachenunterricht von der Bedeutung der Fremdsprachen für die Schulen ab. Das Englische wird sich in seiner Position halten, vermutlich sogar befestigen. Der *bedenkliche Trend in der westlichen Welt,* den Fremdsprachensektor zugunsten des naturwissenschaftlichen und gesellschaftskundlichen Bereichs einzuschränken, wird den Zweit- und Drittfächern wie Französisch, Latein, Russisch und Spanisch Schaden zufügen können.

Seit 1945 haben sich Stundentafeln und Bildungsabschlüsse kontinuierlich im Sinne des oben beschriebenen Trends verändert (CHRIST/LIEBE 1978). Die Reform der gymnasialen Oberstufe beeinflußte das *Wahlverhalten* der Schüler, die sich teilweise von den „schweren" Sprachfächern abwandten. Zur Erhaltung des Fremdsprachenunterrichts ist es wichtig, daß die Sprachfächer keine *Auslesefächer* sind, sondern auf Grund allgemein erreichbarer Lernziele attraktiv bleiben.

Der Fremdsprachenunterricht in den USA und in Großbritannien hat wegen der Dominanz des Englischen in der Welt nie die Bedeutung gehabt, die mittlere und kleine Länder dem Unterricht in den Fremdsprachen gewidmet haben. In der UdSSR und der DDR gibt es spezielle Schulen mit dem Schwerpunkt Fremdsprachen, in denen die zukünftige Elite der Politik, Wirtschaft und Technologie mit den erforderlichen Fremdsprachenfertigkeiten ausgerüstet wird.

② Überblick:

Die Zahl der Schüler an allgemeinbildenden Schulen in der Bundesrepublik (ohne Grundschüler) beläuft sich auf ungefähr 5 Millionen, die der Lehrer mit Englisch-Fakultas auf ungefähr 45000. Die Verteilung der Englischlehrer auf die Schultypen sieht in NRW für 1975 und (als Hochrechnung) für 1980 und 1985 folgendermaßen aus:

Lehrerbedarf = Stellenrahmen

Lehrerangebot = Lehrerbestand bei Gleichverteilung der Lehrbefähigung.

	1975		1980		1985	
	Lehrer-bedarf	Lehrer-angebot	Lehrer-bedarf	Lehrer-angebot	Lehrer-bedarf	Lehrer-angebot
Hauptschule	4050	2400	3960	3290	3490	4430
Realschule	1863	1723	2030	2380	1800	3030
Gymnasium	3832	2806	4300	4310	3900	6380
Berufliche Schulen	1000 (gesch.)	700 (gesch.)	1100	870	1100 (gesch.)	1000 (gesch.)
	10745	7629	11390	10850	10290	14840

Analyse der Übersicht:

1) Die Hochrechnungen können nur Trends ermitteln, und das auch nur unter der Voraussetzung der Kontinuität der politisch-ökonomischen Situation und der schulorganisatorischen Grunddaten (Klassengröße, Lehrermeßzahl, Stundentafel) sowie des bisherigen Studienzuganges, der sich unter dem Eindruck der Prognosedaten zu verändern begonnen hat.

2) Die Hauptschule und besonders die beruflichen Schulen haben noch einen Bedarf an Fachlehrern für Englisch.

3) Es droht ein Überangebot an Englischlehrern — trendkonform mit dem Überangebot an Lehrern 1985 („Pillenknick") —, wenn bis dahin keine organisatorischen Schulentwicklungs- und Reformmaßnahmen eingeleitet werden (Gewährleistung des vollen Unterrichts gemäß Stundentafel, Einrichtung kleinerer Klassen).

Literatur:

Bundesministerium für Bildung und Wissenschaft/Statistisches Bundesamt (eds.), *Bildung im Zahlenspiegel. Ausgabe 1977.* Stuttgart/Mainz: Kohlhammer 1977.

Kultusministerium NRW (ed.), *Statistik des Bildungswesens. 1950-1985.* Köln: Greven 3/1974 (= Strukturförderung im Bildungswesen des Landes NRW. Eine Schriftenreihe des Kultusministers, Heft 23).

Kultusministerium NRW (ed.), *Lehrerbedarf und Lehrerbestand an den Schulen des Landes NRW. 1960-1990.* Greven: Köln 5/1976. (= Strukturförderung im Bildungswesen des Landes NRW. Eine Schriftenreihe des Kultusministers, Heft 30).

Bund-Länder-Kommission für Bildungsplanung (ed.), *Ergebnisse der bisherigen Untersuchungen zur Prognose des Lehrerangebots und Lehrerbedarfs.* (Drucksache 425/74), Bonn 1974.

Kultusministerkonferenz (ed.), *Vorausberechnung der Schüler- und Absolventenzahlen 1971-1985.* (Dokumentation 41) Bonn 1974.

CHRIST/MACHT/V. WALTER - 1977 - *Daten und Statistiken zum Englischunterricht und zur Sprachenwahl*

③ Die von Ihnen verlangte Stellungnahme muß begründet sein. (Vgl. *Die Neueren Sprachen,* Themenheft *Fremdsprachenpolitik,* 1976). Die Tendenz geht dahin, unter dem Stichwort der Diversifikation mehrere Verkehrssprachen in Europa anzuerkennen (ZAPP 1979). Wenn Englisch als erste Fremdsprache beibehalten wird, könnte versucht werden, mit Verfahren des modernen Unterrichts eine zweite und dritte Fremdsprache anzubieten und besonders im Bereich des Lese- und Hörverstehens Funktionsfähigkeit zu erreichen. Darüber hinaus ist wegen der weltweiten Verflechtung die *Internationalisierung des Curriculums* sowohl auf Schul- als auch auf Hochschulebene zu erreichen (vgl. *Empfehlungen* des Bundesministeriums für Bildung und Wissenschaft: *Hochschulausbildung. 22. Orientierungspunkte,* 1978: 17-18). Der Fachverband Moderne Fremdsprachen gibt Auskunft über Fragen zum Spanischen, Russischen und Niederländischen in den deutschen Schulen.

Esperanto als internationale Sprache hat sich bislang nicht durchsetzen können, obwohl für die Europäer diese Kunstsprache nicht schwer zu erlernen ist (MANGOLD 1976).

Eine mögliche neue Konstruktion der Fremdsprachenlehrgänge müßte vom Konzept der Langzeitkurse, die eigentlich Streukurse sind, Abstand nehmen und Schulversuche mit *spätbeginnenden* zweiten und dritten Fremdsprachen initiieren.

Ein Modell der internationalen Kommunikation sieht vor , daß in der Erstsprache gesprochen wird, so daß die Gesprächspartner die Zweitsprache nur rezeptiv zu meistern haben. Dieses Modell ist u. a. durch SCHRÖDER/ZAPP (1976) vorgestellt worden, obgleich es schon um die Jahrhundertwende durchdacht worden ist (UHLEMAYR 1904).

④ Wenn Sprecher zweier verschiedener Sprachen sich einer dritten als Kommunikationsmedium bedienen, ergibt sich eine Sprechsituation mit speziellen Verständnisschwierigkeiten. In dieser Situation befindet sich der deutsche Tourist, Monteur oder Kaufmann beim Gebrauch des Englischen in einem nicht englischsprachigen Lande. Die hiermit verknüpfte Kommunikationsproblematik befindet sich erst in den Anfängen der Erforschung.

⑤ Für die Entwicklung der Fähigkeit zur internationalen Kommunikation ist die Sprechbereitschaft und die positive Einstellung gegenüber den Angehörigen anderer Sprachgemeinschaften aufzubauen. Die soziolinguistische Erkenntis, daß Sprachen auf Grund einer außersprachlichen Dominanz an Prestige gewinnen, ist besonders wichtig (ARNDT/JANNEY 1979). Die Vorurteilsforschung nimmt sich der Fragen an, auf Grund welcher sprachlicher Faktoren Sympathien und Antipathien entstehen.

⑥ Mit dem Erlernen einer Fremdsprache werden auch „linguistische Universalien" erlernt, d. h. umgreifende Gesetze und Funktion von Sprache in Gesellschaften und in überindividuellen Lernstrategien. Die Sprachgeschichte zeigt, daß Standards einmal Dialekte waren, die sich auf Grund von politischer Macht und sozialem Prestige ihrer Sprecher durchgesetzt haben (GÖRLACH 1974: 22-23).

⑦ Dieser Text, den SAUER in *Fremdsprachen in der Volksschule* (1968:63) zitiert, ist VAERTINGS polemischer Schrift *Die fremden Sprachen in der neuen deutschen Schule* (1920) entnommen. Vaerting, die als Psychologin außerhalb der philologischen Fachdiskussion stand, löst das Dilemma mit der bildungspolitischen These auf, daß Fremdsprachenunterricht nur den „Sprachtalenten" förderlich sei, die als Übersetzer und Vermittler fremden Volkstums tätig werden. Sie forderte statt der „Fremdsprachenschule", die den Klassengeist pflege, eine achtjährige Einheitsschule und behauptete, daß Fremdsprachenbildung den „Bureaukratentypus" und „Phrasendrescher" hervorbringe. In heutiger Zeit — über ein halbes Jahrhundert später — besitzen die Fremdsprachen neue Ziele und andere Bildungs-und Gebrauchsfunktionen. Staat und Gesellschaft benötigen eine wachsende Zahl Fremdsprachenkundiger. Die elementare fremdsprachliche Kommunikation wird eine Kulturtechnik.

2. Curriculum

2.1. Lernziele und Lehrpläne

① Überblick:

Curriculumentscheidungen finden für die Lehrplan- und Lehrwerkerstellung statt. Sie sind eingebettet in gesellschaftliche und pädagogische Entwicklungen und wirken sich bis in die konkrete Einzelstunde aus. Für die Sekundarstufe I sind Zielbestimmungen für die Sprachpraxis zentral. Sie werden in *offenen Rahmenrichtlinien* oder in *geschlossenen curricularen Lehrplänen* festgelegt. Sie werden begleitet von landeskundlichen Überlegungen, wie z. B. der Frage, zu welchem Zeitpunkt und mit welchen Themen sozio-kulturelle Informationen über GB und USA, parallel oder konsekutiv, vermittelt werden sollen. Curriculumentscheidungen für den Bereich der Literatur und Lesestoffe der Sekundarstufe II sind wegen der Vielfalt der Kriterien oft nur in „begründeter Zufälligkeit“ vorzunehmen. Ob Linguistik ein eigenes Unterrichtsfach oder nur ein möglicher Schwerpunkt im Leistungskurs der reformierten Oberstufe sein soll, ist zur Zeit eine offene Frage.

Curriculum wird als Bildungskanon und Lehrplan angesehen (ROBINSOHN 1967). Die Stufung der Curriculumentscheidungen kann so dargestellt werden: *Lernziele* (Qualifikationen), *Inhalte* (Lerngegenstände), *Lehrmethode* und Lernwege, *Evaluation* (Vergleich von Ausgangs- und Endzustand). Neuorientierungen werden mittelfristig wirksam. Die Bestimmung der Relevanz der Inhalte für die Qualifikationen ist schwierig, ebenso die Operationalisierung der angestrebten Zielqualifikationen. Die Ausrichtung auf zukünftige Verwertungszusammenhänge kann erst dann gelingen, wenn verläßliche Bedarfsanalysen vorliegen. Die kurzfristig zu fällenden Curriculumentscheidungen sind Teil der *pragmatischen Curriculumreform,* die durch den Zwang zum Handeln und die Anpassung an vorgefundene Systeme gekennzeichnet ist.

Literatur:

ROBINSOHN - 1967 - *Bildungsreform als Revision des Curriculum*

ACHTENHAGEN/MEYER - 1971 - (eds.), *Curriculumrevision-Möglichkeiten und Grenzen*

HEUER - 1972a - *Curriculum Englisch*

DENNINGHAUS - 1975 - „Methoden der expliziten Lernzielbestimmung“, *Praxis*

SCHRÖDER - 1975a - *Fremdsprachenunterricht in der Sekundarstufe II*

PELZ - 1977 - (ed.), *Pragmatik und Lernzielbestimmung im Fremdsprachenunterricht.*

② Überblick:

Die Beantwortung dieser offenen Frage setzt Abstraktionsfähigkeit und

Formulierungsgeschick voraus. Ferner ist das Durchdenken und Erarbeiten folgender Teilprobleme erforderlich:

— Kommunikation als Leitbegriff mehrerer Disziplinen (verbale, literarische, ästhetische etc. Kommunikation)
— Aussagen der Lehrpläne zur Kommunikationsfähigkeit
— Das Fähigkeit/Fertigkeit-Problem aus der Sicht der Psychologie
— Annäherungen an das Richtziel der Sprachbeherrschung *(approximative systems* bei NEMSER 1971; *interlanguage* bei SELINKER 1972)
— Das „Sprachkönnen" in der Geschichte des Fremdsprachenunterrichts
— Methodische Ausfaltung des Kommunikationsbegriffs (NISSEN, *Kritische Methodik des Englischunterrichts,* 1974).

Zitat:

Die „theoretischen Didaktiker" kritisieren den bestehenden Englischunterricht wegen der vermeintlichen oder wirklichen *formalgrammatischen Systematik und linguistischen Progression.* Die „praktischen Didaktiker" kritisieren am Konzept der kommunikativen Kompetenz die grammatische und lexikalische Schwierigkeit und die Überforderung vieler Schüler. GUTSCHOW (1977), Verfasser des Handbuches *Eine Methodik des elementaren Englischunterrichts* (1978) und ein Verfechter der hauptschulgemäßen Arbeitsweise, stellt in einem Vortrag anläßlich des Fremdsprachendidaktiker-Kongresses 1976 in Gießen die kommunikative Kompetenz als durchgängiges Unterrichtsziel des Englischunterrichts in Frage:

Auf der Grundlage der Konzeption der kommunikativen Kompetenz hat es sich bei einigen Didaktikern eingebürgert, gegen die sog. linguistische Progression zu Felde zu ziehen. Sie glauben, der Fremdsprachenunterricht sei wie in früheren Zeiten an der formalgrammatischen Systematik orientiert. Auch das situational teaching *wird für eine notdürftige Verkleidung des Grammatikpensums gehalten. Darum wird es selbst als Teilaspekt der Lehrgangsorganisation abgelehnt, die Abstufung der grammatischen Erscheinungen nach Dringlichkeit, Lehrbarkeit, Motivationskraft, Verwendbarkeit für die Gestaltung der Unterrichtssituation usw. vorzunehmen. Ausgangspunkt müsse in jedem Falle einer der vielen Kommunikationsanlässe sein, die mit den einzelnen Redemitteln in Verbindung zu bringen seien. Eine solche Strategie steht sicher in Einklang mit der Zielsetzung des modernen Fremdsprachenunterrichts. Aber wir müssen uns auch zu der Einsicht bequemen, daß die didaktischen Entscheidungen und methodischen Maßnahmen nicht allein vom Ziel her bestimmt werden können. Mindestens in gleichem Maße sind die Lernkapazitäten und -bedingungen unserer Schüler in Betracht zu ziehen. Jeder, der über einige Lehrerfahrung verfügt, wird zustimmen, daß es in der Praxis nicht genügt, sog. Redemittel bereitzustellen. Die Äußerungen sind grammatisch zu unterschiedlich strukturiert und implizieren überdies recht diffizile lexikalische Sachverhalte, als daß sie ohne systematisch geordnete Übung produziert werden könnten. Darum kann auf eine linguistische Progression, solange man ihren Auswüchsen entgegentritt, nicht verzichtet werden, zumal es bislang keine Systematik der Redemittel oder -anlässe gibt, die den Lehrer zuverlässig leiten könnte. Wer sich nur aufgrund des Engagements für eine neue Konzeption gegen die vernünftige Abstufung sprachlicher Strukturen im Unterricht wendet, muß sich wohl den Vorwurf gefallen lassen, er denke mehr an das Ziel als an den Weg und an den Schüler, der diesen Weg gehen muß. (GUTSCHOW 1977: 5-6)*

③ Ein überzeugendes Plädoyer für das Generallernziel „Sprachbeherrschung" hielt R. M. MÜLLER (1979a) in einem Referat auf dem Fremdsprachendidaktiker-Kongreß 1978 in Dortmund. Die Unterscheidung in Haupt- und Nebenlernziele (Ziele des inneren Feldes, Ziele des äußeren Feldes) führten HEUER/BUTTJES (1979) im Sammelband *Grundkurs Didaktik Englisch* von HUNFELD/SCHRÖDER (1979) weiter. Sie gliederten das Begriffsfeld „Ziel" nach Differenzierung der Ziele, Entwicklung der Ziele, Kodifizierung, Bestimmung, Auseinandersetzung und Verwirklichung. Die Trennung der Nebenziele von dem *Hauptziel* ist aus zielanalytischer Sicht von grundlegender Bedeutung:

Um das Hauptziel der Sprachbeherrschung gruppieren sich mehrere Nebenziele, die sich je nach geschichtlicher Epoche, didaktischer Position und schulorganisatorischem Standort unterschiedlich entfalten. Das *landeskundliche Nebenziel* kann sich auf Völkerbegegnung und Völkerverständigung beziehen. Es kann aber auch eine andere Funktion besitzen, wenn übergreifende politische Zielsetzungen bezweckt werden. Die Landeskunde kann in dieser Funktion einen Beitrag zum fächerübergreifenden Lernen leisten (Projektunterricht); sie kann aber auch zur Verbreitung ideologischer Klischees mißbraucht werden. Unter bildungstheoretischem Akzent und unter großer Bedeutung *literarisch-ästhetischer Erziehung* kann die Literatur den Rang eines höheren Zieles erlangen, besonders auf der Stufe des fortgeschrittenen Fremdsprachenunterrichts. Die Konzeption des Literaturunterrichts kann dazu führen, daß der Literaturunterricht vom Spachunterricht getrennt wird und zwei oder drei Nationalliteraturen sprachübergreifend zusammenfaßt.

Wenn nicht Sprachkönnen, sondern Sprachwissen als Ziel des Fremdsprachenunterrichts herausgestellt wird, ergibt sich die Vorherrschaft des Grammatikunterrichts. Die *Beherrschung expliziter Grammatik*, d. h. einer Grammatik in Form von Merksätzen, ist keinesfalls eine Garantie für richtiges Sprechen und Schreiben.

Wenn die formalbildenden Werte des Fremdsprachenunterrichts, wie *Denkfähigkeit und Konzentrationskraft*, betont werden, ergibt sich ein Ziel, das als fachunabhängig bezeichnet werden kann. Auch das Ziel der Mündigkeit und Emanzipation stammt aus fachunabhängigen Quellen.

Die fachübergreifenden Ziele im landes- und literaturkundlichen Bereich und die fachunabhängigen Ziele im allgemeinbildenden und formalen

Bereich besitzen deswegen ein hohes Prestige, weil sie ihre Legitimation aus Wertvorstellungen ableiten, die mit schulischen, gesellschaftlichen und ideologischen Konzepten der Zeit verbunden sind. (SCHRÖDER 1975a) Der Fremdsprachenunterricht muß zusätzlich zu seiner obersten Zielsetzung der Fremdsprachenbeherrschung die jeweils gültigen Nebenziele mitberücksichtigen, damit er curricular und fachpolitisch seine Stellung auf der Stundentafel und im Ausbildungssystem behalten kann (HEUER/BUTTJES 1979:4-5, überarbeitet).

④ Überblick:

Schulformübergreifende Merkmale: Kommunikationsfähigkeit als Richtziel, Ausbildung der „vier Fertigkeiten" im Hinblick auf die „drei Sprachsysteme" (Aussprache, Grammatik, Wortschatz).

Schulformspezifische Merkmale: Hauptschule mit größerer Fehlertoleranz, bes. in der Orthographie; Realschule mit Betonung des Hörverstehens und Sprechens; Gymnasium mit Betonung der Textanalyse als Vorbereitung auf die Textarbeit in der Sekundarstufe II.

Die Darstellung einer Unterrichtseinheit sollte sich auf eigene Unterrichtserfahrungen in Verbindung mit einer vergleichenden Unterrichtsplanung beziehen. Das 7. Schuljahr ist nach der Orientierungsstufe das erste Jahr der äußeren Differenzierung in der Sekundarstufe I. (Zwei englischdidaktische Publikationen des Max-Planck-Instituts für Bildungsforschung beziehen sich auf das 7. Schuljahr: EDELSTEIN/SANG/STEGELMANN 1968, SANG/VOLLMER 1978:37ff).

Literatur:

GLAAP - 1975 - „Kritische Synopse der nordrhein-westfälischen Richtlinien für den Englischunterricht in der Sekundarstufe I", *NM*

WILDERMUTH - 1978 - „Stunden-abstract. Der didaktische Dialog in der Unterrichtswirklichkeit", *Praxis*

Vgl. Bd. 3 für die 7. Jahrgangsstufe der differenzierenden Lehrwerke (z. B. *English H* und G, *Good English, Learning English-Modern Course*) und die Richtlinien bzw. Lehrpläne der Schultypen einschließlich Gesamtschule (NRW seit 1977).

2.2. Lehrwerke und Unterrichtsmaterialien

① Überblick:

Lehrwerke können als das *de-facto-Curriculum* bezeichnet werden, Lehrpläne als das de-jure-Curriculum. Lehrpläne haben eine Aussagekraft mittlerer Reichweite, Lehrwerke hingegen sind *Operationalisierungen der geplanten Lehr- und Lernvorgänge.* Der „Umgang mit dem Lehrwerk“ wird durch den Schulalltag geprägt: Übernahme der Lernziele, Vorbereitung der Stunde (mit Hilfe des Lehrbuchbegleithefts bzw. der Lehrerausgabe), Verwendung und Ausgestaltung der Übungen und Texte. Weglassen und Hinzufügen sind dabei Merkmale didaktischer Sicherheit. ROBINSOHN (1967) führt in *Bildungsreform als Revision des Curriculum* aus, wie schwer es für Richtlinienauschüsse sei, ihre Entscheidungen über Inhalte und Methoden zu begründen und den „Konsens zu rationalisieren“ (44). WEBER (1969) zeichnet in seinem Beitrag „Von der didaktischen Interpretation zum Unterrichtsentwurf“ den Weg von den Richtlinienausschüssen über die Lehrbuchverfasser bis zu den Lehrern. Den Lehrbuchverfassern fällt, „gleichsam auf einer mittleren Ebene, eine Dolmetschrolle zu: sie übersetzen den abstrakten Lehrplan wie das akademische Angebot in einen durchkomponierten, an Schüler einer bestimmten Altersstufe und Schulform adressierten Lehrgang“ (4-5).

Die Lehrerbegleithefte geben Anregungen, wie Sprechanlässe gefunden, Übungen aufgebaut, Medien eingesetzt und Texte ausgewertet werden.

Das Lehrwerk ist eine Art *Unterrichtspartitur.* Das Buch muß in Aktion umgesetzt werden. Aus einem Textabschnitt ist eine Kommunikationssituation zu gestalten. (Vgl. das Kapitel „Von einem 10-Zeilen-Text zur 45-Minuten-Stunde“ im Anhang.)

Literatur:

WEBER - 1969 - „Von der didaktischen Interpretation zum Unterrichtsentwurf“, *Praxis*

FREUDENSTEIN - 1970b - „Die Lehrbuchlektion als Arbeitsprojekt im Fremdsprachenunterricht“, *Der fremdsprachliche Unterricht,* Heft 15

Zitat:

In einer Zeit des didaktischen Aufbruchs (audio-visuelle Medien, Programmierung, Curriculumrevision, Gesamtschule) schlug FREUDENSTEIN (1970b) in „Die Lehrbuchlektion als Arbeitsprojekt im Fremdsprachenunterricht“ vor, situativ, dialogisch und sozialintegrativ angelegte Kommunikationsprozesse für das Fremdsprachenlernen aufzubauen.

Bei der Vorbereitung eines primär am Lehrbuch orientierten Unterrichts sind didaktische Vorüberlegungen weitgehend überflüssig. Stundenziel und Stundeninhalt werden vom Lehrbuchmaterial her vorgegeben; Reflexionen grundsätzlicher oder ins Detail gehender Art sind daher nicht erforderlich. Nach mehreren Jahren Praxiserfahrung bleibt weithin lediglich die Aufgabe zu erfüllen, die in den Lehrbuchinhalten verborgenen pädagogischen Vorentscheidungen (der Autoren im engeren, der Lehrpläne im weiteren Sinne) noch einmal im Blick auf die unterrichtliche Praxis einer konkreten Lehrsituation nachzuvollziehen, d. h. im Blick auf ganz bestimmte und niemals identische Schüler und Klassen umzudenken.

Anders verhält es sich bei der Vorbereitung einer Lehrbuchlektion als „Vorhaben". Hier lautet die Frage: Wie kann das, was als Anliegen eines Lernziels in Form schriftlicher Materialien angeboten wird, in einen Kontext gestellt werden, der einen möglichst weiten Rahmen für die Ausbildung sprachlicher Fertigkeiten zum Zweck der umgangssprachlichen Kommunikation schafft? Ehe diese Frage beantwortet werden kann, sind zunächst sowohl grundlegende Entscheidungen zu fällen als auch Erwägungen übergreifender Art anzustellen.

Zu den grundlegenden Entscheidungen zählt an erster Stelle der bewußte Verzicht auf die Verwendung der Muttersprache. Mit der Realisierung eines Arbeitsprojekts soll versucht werden, einen situativen Rahmen zu schaffen, der es erlaubt, den Schüler so weit wie nur irgend möglich in eine Art „sprachliche Realsituation" des fremden Landes hineinzuversetzen. Jeder Ansatz zur Zweisprachigkeit stört diesen Prozeß. Aus dem gleichen Grund muß auch auf formalen Grammatikunterricht verzichtet werden. Im Mittelpunkt eines Vorhabens sollten situativ begründete, dialogisch angelegte Kommunikationsprozesse stehen; darum dürfen (und können auch) nicht grammatische Kategorien — wie beim Lehrbuch — zum Anlaß genommen werden, bestimmte kulturell oder landeskundlich ausgerichtete Inhalte an ihnen zu exemplifizieren, sondern umgekehrt: Ausgangs- und Zielpunkt eines Arbeitsprojektes ist ein vom Thema her bestimmter Schwerpunktbereich, der es erlaubt, die bisher erlernten sprachlichen Fertigkeiten integriert anzuwenden. Ein solches Unternehmen ist zeitaufwendig. Man muß sich also dafür entscheiden, ihm einige Lektionen des Lehrbuchs zu „opfern"; das bedingt, sich von der Vorstellung zu lösen, ein Lehrbuch müsse im Verlauf eines Schuljahres linear von Anfang bis Ende durchgearbeitet werden, um mit dem Stoff „durchzukommen". Schließlich verlangt die Durchführung eines Arbeitsprojektes seitens des Lehrers den sozial-integrativen Führungsstil — auch in Klassen mit 35 oder mehr Schülern. Ein gemeinsames Vorhaben läßt sich nur in kooperativer Zusammenarbeit zwischen Lehrer und Schülern verwirklichen. Es ist praktisch undurchführbar, wenn es befohlen, angeordnet, aufgegeben wird. (FREUDENSTEIN 1970b: 4-5)

② Überblick:

Der moderne *Lehrwerkverbund* besteht im allgemeinen aus den Elementen Schülerbuch, Lehrerbuch (Lehrerbegleitheft), Texttonband (Kassette), Übungstonband (Kassette), Workbook, Folien für den Tageslichtschreiber, Leistungsmessungsaufgaben (informelle Tests). Darüber hinaus gibt es einen Medienverbund, der auch Fernsehen und Rundfunk umfaßt, sich an Erwachsene und Fernstudenten wendet oder Lehrgangselemente (Bausteine und Eingreifprogramme) für Schüler der Mittel- und Oberstufe anbietet.

Lehrwerke werden nur auf der Oberfläche durch Umschlag, Layout und Bilder bestimmt. Die entscheidenden Faktoren sind *Auswahl, Progression* und *Kontextualisierung der sprachlichen Eigenschaften* sowie die motivations- und lernpsychologischen Ansätze. Die Aufgabe der Nennung und Charakterisierung von Lehrbüchern setzt Kenntnis und

Umgang voraus. Die Beurteilung ist eine angestrebte Objektivierung subjektiver Erfahrung. Lehrwerkrezensionen sind in Fachzeitschriften nicht üblich. Eine Prüfung der Lehrwerke erfolgt durch die Genehmigungsverfahren der Ministerien. Vgl. das Problem der Curriculumentwicklung und Schulbuchgenehmigung bei KNEPPER (1973).

Zur Entwicklung einer kriterienbezogenen Lehrwerkkritik veröffentlichten HEUER/MÜLLER/SCHREY (1970) einen Kriterienkatalog.

a) Lehrwerkteile:
Vorkurs - Übungen (einschließlich Workbooks) - Texte - Vokabelverzeichnisse - Grammatik - Bilder (einschließlich visueller Medien), akustische Medien, Differenzierungseinheiten - Lehrerheft
b) Lehrwerkschichten:
Umfang - Fertigkeiten und Sprachwissen - Landeskunde - Strukturprinzipien - Layout - Aufmachung - Preis

Die Pädagogische Arbeitsstelle des Deutschen Volkshochschulverbandes veröffentlicht im *Unterrichtsmediendienst* Kurzrezensionen. Das Rezensionsmuster umfaßt folgende Gesichtspunkte:

a) Herstellerangaben
Art und Umfang des Materials - Inhalt - Adressaten - Lernziel
b) Beurteilung durch Rezensenten:
Kurzbeurteilung - Angaben für Lehrer - Lernziele - methodischer Einsatz - lernpsychologische Qualität - Visualisierung - Sprache und auditive Umsetzung - Materialqualität - organisatorische Voraussetzung der Verwendung

Eine Kommission, die von der Kulturabteilung des Auswärtigen Amtes berufen wurde, verfaßte das *Mannheimer Gutachten* (ENGEL u. a. 1977) über Deutschlehrwerke für Ausländer, das seinerseits in *Zielsprache Deutsch* (HERTKORN 1978:6-16, weitere Autoren a.a.O.) kritisch rezensiert wurde.

Literatur:

SPEIGHT - 1974 - „Home thoughts from abroad: Landeskunde in textbooks for the Gymnasium", *NM*, 204-210. (Speight fordert „less history-more on England and America today; less of a tourist approach-more about people; less of a bland approach-more about problems and differences")

HEUER und R. M. MÜLLER (eds.), *Lehrwerkkritik - ein Neuansatz*, Dortmund: Lensing, 1973 (Heuer, „Psychologische Aspekte der Lehrwerkkritik"; R. M. Müller, „Situation und Lehrbuchtexte: Die Kontextualisierbarkeitsprobe"; Germer, „Die Aussprache in Lehrwerken für den englischen Anfangsunterricht an Gymnasien"; Speight, „How English are the English books?")

HEUER und R. M. MÜLLER(eds.), *Lehrwerkkritik 2:* Landeskunde, Illustrationen, Grammatik, Dortmund: Lensing 1975 (Sauer, „Analysekriterien für landeskundliche Inhalte von Lehrwerken für den Englischunterricht", Speight, „Landeskunde in new textbooks for the fifth class", Koll-Möllenhoff, „Zur Beurteilung von Abbildungen in Lehrbüchern für den englischen Anfangsunterricht", R. M. Müller, „Grammatische Strukturen in Lehrwerken des Englischen")

QUETZ - 1976 - „Untersuchungen zum Einfluß eines Lehrbuches auf die kommunikative Stuktur des Englischunterrichts", *Zielsprache Englisch,* 20-28 (Quetz stellt für den untersuchten Bereich in der VHS fest, daß die Anzahl der kommunikativen Sprechakte stärker vom Lehrer als von den Lehrwerken beeinflußt wurde.)

Zitat:

Der folgende Text ist einem Papier entnommen, das innerhalb einer ad hoc-Arbeitsgruppe von Englischlehrern auf Landesebene (NRW) entstand, dessen Aufgabe die Erstellung von Kriterien für „Standortpläne" der einzelnen Schulen war. Das Papier - ohne Angaben zu Autoren, Ort und Zeit [1978] - ist, wie viele andere curriculare Memoranden, bibliographisch der „grauen Literatur" zuzurechnen.

Forderungen an die Textinhalte

- *authentischer landeskundlicher Hintergrund mit Verknüpfung zum Interessen- und Erfahrungsbereich der Schüler (in oberen Jahrgängen landeskundliche Information)*
- *Möglichkeit motivierender Verfremdung und Identifikation*
- *altersadäquate Inhalte in soziokulturellem Kontext (Wissen um den Kommunikationspartner)*
- *lexikalisch-grammatische Progression*
- *motivierende Textgestaltung durch Handlung, Spannung, Humor, Realitätsbezug, Personifizierung und Problematisierung*
- *Bereitstellung von Redemitteln*

Forderungen an das Übungsangebot

- *situative Übungen zur Einführung, Festigung und Anwendung von Lexik und Strukturen,*
- *Übungen, die eine Bewußtmachung grammatischer Probleme zulassen, (z. B. Time-Tense-Problem, Indirect Speech)*
- *Übungen, die so strukturiert sind, daß sie Redemittel enthalten, die modellhaft für zukünftigen Sprachgebrauch sind,*
- *Vielfalt der Übungsformen, die Eigentätigkeit und Sprechbereitschaft anregen und möglichst auf Sinnzusammenhänge gerichtet sind.*

Forderungen an die formale Gestaltung des Lehrbuchs

- *zeichnerische Darstellungen als Semantisierungs- und Arbeitshilfen*
- *anregendes, aussagekräftiges, zeitgemäßes Bildmaterial*

- *Zeilennumerierung und Klarheit des Drucks*
- *Piktogramme als Orientierungshilfen*
- *Kapitelvokabular und alphabetisches Wörterverzeichnis*
- *Nachschlageregister (z. B. Irregular Verbs, Grammatikanhang)*

③ Überblick:

Die Lehrwerke sind in enger Verbindung mit der Geschichte und den leitenden pädagogischen Ideen ihrer Epochen zu sehen. Sie sind „Kinder ihrer Zeit", bildungsphilosophisch, sprachlich, methodisch, medien- und drucktechnisch. Als ältere Lehrbücher kommen die Werke aus früheren Epochen des Fremdsprachenunterrichts in Frage sowie diejenigen der neueren Zeit, die nicht nach kommunikativen Gesichtspunkten verfaßt sind, also auch frühere Ausgaben heute noch aktueller Werke.

Literatur:

Die Primärliteratur sind die Lehrwerke selbst. Klassifizierungen bei:

HEUER - 1969- „Lehrbuchforschung und Lehrbuchkritik", *Praxis*

SCHRÖDER - 1975 - *Lehrwerke für den Englischunterricht im deutschsprachigen Raum 1665-1900*

Zitat:

Eines der erfolgreichsten, über ein halbes Jahrhundert in Gebrauch befindlichen Englischlehrwerke ist der *Vollständige Lehrgang von* PLATE (1850, 1912 in 89. Auflage) — im Mittelpunkt der klassischen Trias von Grammatik (*Kurzgefaßte Grammatik* 1857), Chrestomathie (*Springflowers from the English Literature* 1857, *Blossoms from the English Literature*) und Konversationsbuch (*Anleitung zum mündlichen Gedankenausdruck in der englischen und deutschen Sprache,* 1857). Plates *Vollständiger Lehrgang* kann so beschrieben werden (HEUER 1969:372-373):

Die methodischen Gedanken Plates fügen sich zu einem modern erscheinenden Lehrgebäude zusammen. So avantgardistisch die Außenarchitektur seiner Didaktik erscheinen mag, so traditionell jedoch ist die Innenarchitektur. Ein Blick in die innere Ausgestaltung seines Lehrwerkes verrät, daß hier die herkömmlichen Auffassungen vorherrschen.

Der erste Band umfaßt folgende Teile: Leseschule, Lehrgang in zwei Abteilungen, Briefe, Lesebuch, alphabetisches Wörterbuch (englisch-deutsch, deutsch-englisch). Die „Leseschule" ist eine klassische Orthoepie mit Alphabet, Aussprachelehre der Buchstaben, Lehre der Silbentrennung und Betonung. Eine für Anfänger viel zu schwere Leseübung bringt die Anwendung der Regeln. Wenn bedacht wird, daß aus der orthoepistischen Leseschule unsere heutigen Vorkurse — die Bezeichnung Lautkursus (Lautierkursus) erinnert an die Ursprungsform — sich lehrbuchgeschichtlich entwickelt haben, findet die auffallende Tatsache, daß einige der heute verbreiteten Lehrwerke einen noch nicht voll entfalteten oder gar keinen Vorkursus besitzen, ihre historische Erklärung.

Auf die „Leseschule" folgt der Hauptteil des Buches: der „Lehrgang" mit der nach Sachfeldern aufgebauten ersten Abteilung und der nach grammatischen Pensen aufgebauten zweiten Abteilung. Dieser „Lehrgang" im Lehrgang ist eine verkappte traditionelle Grammatik, deren Prinzipien noch in heutigen Lehrwerken sichtbar sind: Wortvermittlung, Text, sprachliche Einsichten, Geläufigkeitsübungen. Bei Plate besteht die Wortvermittlung in einer Liste englisch-deutscher Vokabelgleichungen. Der Text ist in der Regel kein strukturierter Kontext, sondern ein Chaos von Einzelsätzen, die dennoch die Bezeichnung „Zur Anschauung" tragen. Die sprachlichen Einsichten werden durch differenzierte grammatische Regeln mit ihren Ausnahmen vermittelt. Die Geläufigkeitsübungen bestehen aus punktuellen Übersetzungen ins Englische.

Im Gegensatz zu den Übungstexten vermitteln die „Briefe" und das „Lesebuch", traditionelle Erweiterungen der Grammatiken des 17. und 18. Jahrhunderts, wieder sprachliche Ganzheiten. Ein Beispiel:

„There has not been any rain for a great while. The ground is very dry and hard ... The sun does not shine now, but it is very hot. It is quite sultry. There is no wind at all. The leaves on the trees do not move ... It begins to rain. O, what large drops! Now it rains very fast".

2.3. Englisch in der Grundschule

Grundlagen

(1) Der Englischunterricht in der Grundschule ist abhängig von einer hinreichenden *bildungstheoretischen und schulorganisatorischen Begründung.* Kinder im Grundschulalter lernen leichter, vergessen aber auch wieder schnell. Sie lassen sich durch die fremde Klanggestalt einfangen, imitieren gern und gut (aber nicht alle, wie häufig angenommen wird) und sind in der Lage, in begrenzten Spiel- und Handlungssituationen die Grundmuster der englischen Sprache anzuwenden. Die *Entwicklungs- und Lernpsychologie* läßt es ratsam erscheinen, eine Fremdsprache möglichst früh zu beginnen. Der Englischunterricht in der Grundschule, oft auch Frühbeginn genannt, könnte unter bestimmten entwicklungspsychologischen Gesichtspunkten eigentlich „Normalbeginn" genannt werden. Dafür käme das 3. oder 4. Schuljahr in Frage. Die Kinder würden mit der fremden Sprache auch fremde Kultur- und Verhaltenselemente lernen und unbewußt durch die Erlernung einer anderen Sprache zu *besserem Verstehen fremder Eigenarten* hingeführt werden.

(2) Es gibt mehrere Gründe dafür, daß der Englischunterricht noch nicht in der Grundschule institutionalisiert ist, abgesehen vom *Flächenversuch* in Hessen. Englischunterricht gilt als „Auslesefach". Da die Grundschule von allen Schülern besucht wird, wenden sich einige Pädagogen gegen die

Einführung eines Faches, das Leistungsstärke und Leistungsschwäche auf bestimmte Ziele hin stärker in Erscheinung treten läßt. Außerdem gibt es keine überzeugenden *Brückenkurse* zwischen den Unterrichtsmaterialien der Primar- und Sekundarstufe. Obwohl viele Lehrer mit Englischfakultas an der Grundschule unterrichten, würde eine breite Einführung auf eine zu geringe Zahl von ausgebildeten Englischlehrern stoßen. Die Lehrer der weiterführenden Schulen befürchten einen schlechten Start für einige Schüler im Bereich des Englischunterrichts. Außerdem meinen sie, daß die ersten Jahre des Fremdsprachenunterrichts die motivationsstärksten sind, so daß die Schüler im 5. Schuljahr „englischmüde" sein könnten.

③ Den Einfluß von Entwicklungspsychologie, Neurophysiologie und Curriculumtheorie faßt SAUER - 1975 - *Englisch auf der Primarstufe*, 25-26, wie folgt zusammen:

Für das Problem des Fremdsprachenunterrichts auf der Primarstufe möchte ich auf drei Bezugswissenschaften verweisen, von denen aus Anwendungs-Hypothesen begründet worden sind: die Entwicklungspsychologie, die Neurophysiologie und die Curriculum-Theorie als Teil der Erziehungswissenschaft.

1949 hat Elfriede Höhn in der Zeitschrift Bildung und Erziehung *eine Abhandlung über das Thema „Fremdsprachenunterricht und Entwicklungspsychologie" veröffentlicht, die auch heute noch lesenswert ist. Im deutschen Sprachraum finden sich ja leider keine Psychologen, die Beiträge zum Aufbau einer Fremdsprachenlernpsychologie leisten, so daß die Fachdidaktiker begonnen haben, diese Aufgabe selbst zu erfüllen. Elfriede Höhn hat einen „Zeitplan für den Fremdsprachenunterricht" aufgestellt. Danach ist der „Beginn systematischen Unterrichts in einer lebenden Sprache" vom 9. Lebensjahr, also vom 4. Schuljahr an, möglich. Sie verbindet diese entwicklungspsychologische Phase mit direkten Unterrichtsverfahren, die in den folgenden Lebensjahren zunehmend durch indirekte Verfahren abgelöst werden können.*

Wilder Penfield geht ebenfalls davon aus, daß es „a biological timetable of language learning" gibt, und ordnet direkte (= „the mother's method") und indirekte Methode bestimmten Lebensaltern zu. Er stützt seine Aussagen auf empirische Befunde der Neurophysiologie und persönliche Erfahrungen in der zweisprachigen kanadischen Provinz Quebec....

Diese Feststellungen waren durchaus konsequenzenreich, da sie in eine Periode fielen, in der Sprache und Sprachunterricht ein breites öffentliches Interesse fanden und die Fachwelt die Stimme eines Gehirnspezialisten, der pädagogische Aussagen empirisch begründen konnte, hoch wertete.

Als dritter Anwendungsfall war die Erziehungswissenschaft genannt worden. Die Diskussion und Entwicklung eines neuen Grundschul-

Curriculums geht im wesentlichen von der Frage aus, ob die traditionellen Lerninhalte und Methoden unserer Zeit und Gesellschaft dem Stande der Wissenschaften und dem Alter der Schüler noch immer angemessen sind. Besondere Aufmerksamkeit schenkte man bei uns der neuen Mathematik in der Grundschule, da Tausende von Elternhäusern davon mitbetroffen waren, und in England vielleicht dem Großprojekt „French in the Primary School". Englisch oder Französisch sind von unseren Grundschulpädagogen als potentieller Gegenstand der Primarschulerziehung noch kaum entdeckt worden.

Erweiterungen

④ Schulversuche in der Bundesrepublik, zusammengefaßt von SAUER (1975a) und GOMPF (1971).

In den USA ist die FLES-Bewegung (FLES = Foreign Languages in Elementary Schools) abgeklungen. Ebenso ist der Französischunterricht in den englischen Grundschulen nicht ganz erfolgreich gewesen (BURSTALL 1974).

⑤ Die Unterrichtsmethodik des Frühbeginns muß *grundschulspezifisch* sein: Wechsel der Sozial- und Arbeitsformen, Anreicherung des Unterrichts mit Medien und Spielen, Fähigkeit des Lehrers zur dynamischen Gestaltung des Unterrichts.

⑥ Die Ministerialvertreter verlangen den Nachweis größerer Effizienz in der Mittelstufe durch den Englischunterricht in der Grundschule. Da die empirischen Arbeiten diesen nicht zweifelsfrei erbringen können (BÜHLER 1972, DOYÉ/LUETTGE 1977), stagnieren Schulversuche zur Zeit. Schwer meßbar sind natürlich die im Einstellungsbereich positiv aufgebauten Bildungswirkungen.

⑦ Die Lehrwerke führen das Schriftbild im allgemeinen erst im 4. Schuljahr ein, damit sich keine Störung zwischen fremder Klanggestalt und fremdem Schriftbild ergibt und die mit anderen elementaren Lernaufgaben betrauten Kinder nicht überfordert werden.

2.4. Schulformen und Schulstufen (Sek. I, Sek II, Hochschule)

Grundlagen

① Die Beantwortung der Fragen des folgenden Kapitels setzt das Verständnis für bildungspolitische Fragen voraus und für die Verzahnung von Bildungspolitik, Schulorganisation und didaktischen Zielvorstellungen. Die Frage, inwieweit eine einheitliche Sekundarstufe oder unterschiedliche Schulformen bestehen, wird im internationalen Rahmen und auch in den einzelnen Ländern der Bundesrepublik unterschiedlich beantwortet. Das Schulwesen wird in stärker *schulformübergreifende* oder *schulformspezifische* Systeme gegliedert.

② Der Englischunterricht der Hauptschule wird im allgemeinen ab Klasse 7 in Form von *Grund- und Erweiterungskursen* fachleistungsbezogen differenziert. Dagegen haben Realschule und Gymnasium eine Neigungsdifferenzierung ab Klasse 9.

③ Der Englischunterricht der Hauptschule in NRW sieht einen einfachen und einen qualifizierten Abschluß nach dem 9. Schuljahr vor. Die Aufbauklasse 10 ermöglicht Übergänge zum *mittleren Bildungsabschluß* von Realschule, Gymnasium und Gesamtschule. Vgl. KULTUSMINISTER des Landes Nordrhein-Westfalen (ed.), *Hauptschulbericht*, Düsseldorf 1978

④ Der Englischunterricht der Gesamtschule stellt hohe Anforderungen an Lehrpläne, Lehrwerke und Lehrer wegen der unterschiedlichen Lernvoraussetzungen der Schüler und der dadurch erforderlichen Differenzierungsformen. Das Problem der *qualitativen* Vergleichbarkeit bei *quantitativen* Unterschiedlichkeiten kann nur definitorisch bzw. schulrechtlich geklärt werden.

⑤ Der Englischunterricht an den beruflichen Schulen ist wegen der *Vielfalt der Abschlußziele* stark ausgefächert und zersplittert. Die Curricula für den Englischunterricht im Bereich Technik und Wirtschaft ergeben klar beschriebene Anforderungen. Eine besondere Schwierigkeit ist die extrem *heterogene Zusammensetzung* der Schüler.
Vgl. Themenheft „*Fremdsprachen an Berufsbildenden Schulen*" (Heft 6) der *Neueren Sprachen*, 1978, 509-611. Vgl. H. H. JASPER/W. ZEUMER, „Probleme des Englischunterrichts an berufsbildenden Schulen und die besondere Situation des Fachlehrers", *Das Theorie-Praxis-Problem in der Zusammenarbeit von Schule und Hochschule im Fachbereich Englisch*, Landesinstitut für Curriculumentwicklung, Lehrerfortbildung und Weiterbildung, Düsseldorf 1978, 84-94

⑥ Der Englischunterricht der Volkshochschulen ist durch folgende Merkmale gekennzeichnet: Hörerschwund, funktionales Englisch, Grundanforderungen, Lernzielpräzisierung. Der Europarat hat die Initiative für die Beschreibung der Grundlernziele ergriffen. Die Ergebnisse dieser Bemühung sind die im *Threshold Level* niedergelegten Zielbeschreibungen (VAN EK 1975).

⑦ Hier sind eigene Hochschulerfahrungen kritisch zu referieren. An folgende Komplexe sollte gedacht werden: Kleingruppenarbeit, Sprachlabor, Korrekturkurse, Sprachförderung im Ausland. Vgl. die Wichtigkeit der Sprachpraxis für Lehramtsstudiengänge bei BLUDAU u. a. 1973 und 1978.

Erweiterungen

⑧ Voraussetzung für die Beantwortung ist die Erarbeitung der Lehrpläne und Lehrwerke. Die Inhalte der Abschlüsse sind in Form von allgemeinen

Kompetenzbeschreibungen und speziellen Inventaren im Bereich Grammatik und Wortschatz darzustellen. Auf die Praxisrelevanz der sprachlichen Lernziele ist abzuheben. (Für die Hauptschule vgl. STEDTFELD 1976).

⑨ Die Beurteilung des integrativen Englischunterrichts in *Orientierungs-* und *Förderstufen* hängt von einer bildungspolitischen Gesamtbeurteilung ab. Zu diskutieren sind Differenzierungssysteme, curricular ausgefeilte Lehrpläne mit Zielbeschreibungen für das 6. Schuljahr und Einteilungskriterien für den weiterführenden Englischunterricht ab Klasse 7.

⑩ Der Englischunterricht der gymnasialen Oberstufe folgt sprach-, literatur- und textbezogenen Lernzielen. Die übergreifenden Ziele sind im Sinne einer allgemeinen sprachlichen und politischen Bildung zu sehen (SCHRÖDER 1975a, vgl. auch Lehrpläne). Der sprachübergreifende Literaturunterricht, in einigen Reformmodellen auf universitärer Ebene erprobt, hat sich im Schulbereich nicht durchsetzen können. Die sprachpraktischen Lernziele der Sekundarstufe II ergeben die Probleme von Fachsprache und Gemeinsprache (BAUSCH/BLIESENER/CHRIST/SCHRÖDER/WEISBROD 1978).

Sog. Normenbücher, von der Kultusministerkonferenz (KMK) verabschiedet, sollen die *Vergleichbarkeit der Abiturprüfungen* der Bundesländer gewährleisten. Die Normierung fremdsprachlicher Leistung ist auf Kritik gestoßen (FREUDENSTEIN/PIEPHO 1977).

⑪ Das neue Volkshochschul-Zertifikat ist unter dem Gesichtspunkt der Feinlernziele zu beschreiben. Achten Sie auf die Schwierigkeit, das Lernziel der Kommunikationstüchtigkeit in Form von schriftlichen Reaktionen evaluieren zu lassen. Die Motivierung der Erwachsenen ist zielbezogen (Verwendung der Fremdsprachenkenntnisse) oder methodologisch (Bewußtmachung) zu erreichen (SCHRAND 1978). Vgl. auch die didaktischen Planungsstrategien der Pädagogischen Arbeitsstelle des deutschen Volkshochschulverbandes (1976).

⑫ Die Beantwortung dieser Frage verlangt die Reflexion über das eigene sprachpraktische Studium. Die Beziehung zu den englischen Lektoren und ihrer Form der Fehlerkorrektur ist einzubringen. Spezielle Arbeitsformen wie *Intensive Language Groups* sind heranzuziehen.

2.5. Differenzierung und Durchlässigkeit

① Überblick:

Das Thema „Differenzierung" ist aktuell und brisant — gleichermaßen für Schulpraxis und Schulpolitik. Die Einteilung des Bildungswesens in einzelne Schulformen ist zwar auch eine „Differenzierung", wird aber nicht so bezeichnet. Hauptschule und Gesamtschule (in NRW) differenzieren ab 7. Jahrgangsstufe in Grund- und Erweiterungskurse, Realschule und Gymnasium ab 9. Jahrgangsstufe in Neigungsfächer (THIELKE u. a. 1976).

Äußere Differenzierung bedeutet Einteilung der Schüler in langfristig stabile, nach Leistung bestimmbare Lerngruppen. *Innere Differenzierung* (= Binnendifferenzierung) bedeutet Förderung der Schüler nach individuellem Leistungsvermögen innerhalb einer Gruppe oder Klasse. Die Kontroverse „innere" gegen „äußere" Differenzierung wurde durch die Gesamtschule verstärkt. Die anfängliche radikale Forderung, in den ersten vier Jahren nur nach innen zu differenzieren, führte zu Leistungsabfall und Praxisproblemen. Das Modell der *flexiblen Differenzierung,* ein Kompromiß zwischen innerer und äußerer Differenzierung (integrierend-vereinheitlichende Lernphasen wechselten mit differenzierend-schwerpunktbildenden), stieß auf organisatorische und lernpsychologische Schwierigkeiten.

Der Weg der Gesamtschule ging von der inneren zur äußeren Differenzierung, der der Hauptschule von der mehr äußeren Differenzierung (früher: A-, B- und C-Gruppen) zur mehr inneren (heute: Grund- und Erweiterungskurse). Die heutige Situation ist eine Annäherung der Differenzierungssysteme der unterschiedlichen Schultypen.

Literatur:

Die Veröffentlichungen nahmen nach punktuellen Anfängen (PIEPHO 1962, YATES 1966) in den bildungsexpansiven frühsiebziger Jahren an Zahl, Umfang und Bedeutung merklich zu, bis in den endsiebziger Jahren eine bildungspolitische „Konsolidierung" zu verzeichnen war, die ein rückläufiges Publikationsinteresse an Differenzierungsfragen nach sich zog. Auch RAUTENHAUS (1978) gehört vom Forschungsinteresse in die Zeit der großen Differenzierungsdebatten.

PIEPHO - 1962 - „Möglichkeiten des Englischunterrichts in differenzierenden Fördersystemen einer neuen deutschen Schule", *PRAXIS*

YATES - 1966 - *Grouping in Education.* A report sponsored by the Unesco Institute for Education, Hamburg

CORRELL - 1967 - „Psychologische Grundlagen für die Differenzierung des Schulunterrichts", *Praxis*

HEUER - 1972b - „Textimmanente Differenzierung. Ansprüche der äußeren und inneren Differenzierung an die Text- und Übungsgestaltung im Fremdsprachenunterricht", *Der fremdsprachliche Unterricht,* Heft 21

CZECZATKA - 1973 - „Englisch auf der Orientierungsstufe in Schleswig-Holstein", *NM*

SCHRÖDER - 1974 - „Differenzierter oder nicht-differenzierter Fremdsprachenunterricht", *Die Neueren Sprachen*

ARNDT - 1974 - „Sprachtests als Instrument zur Eignungsmessung. Möglichkeiten zur Lerngruppendifferenzierung im L2-Bereich", *Der fremdsprachliche Unterricht*, Heft 31

RAUTENHAUS - 1978 - *Der lernschwache Englischschüler*

Zitat:

Eine Definition der äußeren und inneren Differenzierung gibt HEUER (1972b: 13-14):

Das Prinzip der inneren Differenzierung ist ein traditioneller Aspekt des erfolgreichen Fremdsprachenunterrichts, der allerdings von der Fiktion des Durchschnittsschülers ausgeht, es aber dennoch ermöglicht, daß die nach oben und unten herausragenden Schüler in ihren Eigenarten gefördert werden.

Die neue, curricular geplante Differenzierung besteht im wesentlichen aus zwei Grundmodellen, dem Modell der nach Fachleistungskursen ausgerichteten äußeren Differenzierung *und dem Modell der nach flexibler Gruppierung ausgerichteten* inneren Differenzierung.

Die äußere Differenzierung zerfällt in eine fortschreitende *und in eine* erweiternde *Differenzierung. Bei der fortschreitenden Differenzierung entwickeln sich die einzelnen Gruppen nach Lerntempo und Leistungsbreite unterschiedlich. Die erweiternde Differenzierung geht von einem gemeinsamen Grundstock aus, der in den oberen Leistungsgruppen erweitert wird. Der Grundstock als* Fundamentum *umfaßt grundlegende Situationen, grundlegende grammatische Strukturen, besonders Zeitstrukturen, und einen Kernwortschatz. Die Erweiterungen als* Additiva *beziehen sich auf spezielle Wortschatzbereiche und auf Vertiefung von Aussprache und Rechtschreibung. Das Fundamentum dient als* Durchlässigkeitsschiene.

② Überblick:

Binnendifferenzierung oder innere Differenzierung sind Forderungen der Lehrpläne, Lehrwerke und Methodiken. Sie sind nicht leicht in die Praxis umzusetzen, da der Fremdsprachenunterricht sich mehr des mündlichen als des schriftlichen Mediums bedient. Gruppenarbeit in der Fremdsprache kann fruchtbar werden, wenn sie erlernt worden ist. Allerdings bleibt die Fehlerkorrektur ein Problem.

Literatur:

TESCHNER - 1971 - (ed.), *Differenzierung und Individualisierung des Unterrichts*

NUHN - 1975 - „Partner- und Gruppenarbeit im Fremdsprachenunterricht", *Die Neueren Sprachen*

SCHWERDTFEGER - 1977 - *Gruppenarbeit im Fremdsprachenunterricht*

Zitat:

Der folgende Text ist einer Broschüre der Gemeinnützigen Gesellschaft

Gesamtschule e. V. entnommen, die sich mit Fragen der Differenzierung durch Gruppenarbeit ausgiebig befaßt hat. Die allgemeindidaktischen Kriterien sind durch fachspezifische zu konkretisieren.

Auch der Lehrer muß zur Kleingruppenarbeit sein eigenes Verhalten ständig selbstkritisch prüfen. Es ist nicht selbstverständlich, daß jeder Lehrer schon zu Beginn der Kleingruppenarbeit aus der veränderten Rolle persönlichen Erfolg und Befriedigung ziehen wird. Auf keinen Fall darf aber Kleingruppenarbeit Alibifunktion dafür haben, daß sich der Lehrer der Verpflichtung, für alle Schüler dazusein, durch das Abteilen der Kleingruppe zu entziehen versucht, der seine Zuwendung gelten müßte. Die Hinwendung zu einer bestimmten Kleingruppe kann u. U. Flucht vor einer unangenehmen Kleingruppe oder Flucht vor einer beängstigenden Menge von Schülern sein.

Hinsichtlich Kleingruppenarbeit sollte ein Lehrer beispielsweise folgende Verhaltensmerkmale aufweisen:

- *Er verhandelt mit Schülern und paßt seine Forderungen der Bereitschaft der Schüler an.*
- *Er läßt Schüler eigene Vorschläge für Neuerungen/Alternativen formulieren.*
- *Er räumt den Schülern Möglichkeiten ein, bei der Unterrichts- und Arbeitsplanung mitzuwirken.*
- *Er bestärkt Schüler, von eigenen Ideen auszugehen, anstatt sich nur an Lehrbücher zu halten.*
- *Er ermutigt Schüler zum Fragen und zur Beantwortung fremdgestellter Fragen.*
- *Er begründet den Schülern gegenüber, warum für sie neue Arbeitsformen angebracht sind.*
- *Er wendet Aufmerksamkeit den Schülern zu, die besonderen Beistand brauchen.*
- *Er gibt den Schülern auch dort Raum, wo sie gruppenweise an Projekten arbeiten wollen, die der Arbeit in der Klasse nicht destruktiv entgegenwirken.*
- *Er hilft bei der Einführung von Gruppenarbeit, so z. B. bei der Gruppenzusammensetzung oder bei der Gruppenarbeit im Rahmen umfassender Projekte.*
- *Er versucht außerunterrichtliche Interessen der Schüler in den Unterricht zu integrieren.* (BECKER 1976:11)

Howard B. ALTMAN, einer der Väter des individualisierten Unterrichts in den USA, schreibt in „Individualized Foreign Language Instruction and Systems Thinking", einem Beitrag im Themenheft *Individualized Instuction* der in Linköping, Schweden, erscheinenden Zeitschrift *System (1977:77-78):*

Individualization of the mode of learning. Learners differ in their rate of learning; they differ in the purposes of their learning; and they also differ in the way(s) they learn best. Some language learners master content most efficiently when it is presented deductively; others are more efficient with inductive presentations. Some learners learn best visually; others are auditory learners; others need to write out everything multiple times; others require paradigms to memorize. Some learners succeed best when materials to be learned are highly structured as is the case with programmed materials; other learners find such a concentrated structure stultifying. In the foreign language classroom, some students seem to achieve better results with one „method" while others seem to learn better with a different „method". To individualize the mode of learning means to accommodate the sense modality preferences of individual learners, as well as to cater to the different needs of learners for structure and direction in the materials to be mastered.

2.6. Englisch für leistungsschwache Schüler

① Die *Annäherung der Lehrpläne* und die Arbeit in *leistungsheterogenen Gruppen* (Gesamtschule) bilden einen Rahmen, in dem die leistungsschwächeren Hauptschüler auffällig werden und als generell lernschwache Schüler eingestuft werden.

② Aus der Sicht des Englischunterrichts hat es diese Schüler schon immer gegeben. Es genügt nicht, ihre sog. Lernschwäche zu diagnostizieren; vielmehr kommt es darauf an, mit geeigneten methodischen Maßnahmen adressatenspezifisch die Fremdsprache zu vermitteln.

③ Die Stellungnahme zur vorliegenden Frage der Differenzierung wird je nach bildungspolitischem Standpunkt unterschiedlich ausfallen. Aus der Sicht des Englischunterrichts würde eine fachliche Lösung in der Weiterentwicklung homogener Gruppen liegen. (HEUER 1970: 30-45)

④ Die These, daß sprachlich schwächere Schüler durch interessante landeskundliche Inhalte motiviert werden, ist eine Implikation aus der empirischen Arbeit von HERMANN (1978) über affektive Komponenten im Fremdsprachenunterricht.

⑤ Die Forderung nach Englischunterricht für alle Bürger basiert auf der Annahme, daß die Kenntnis einer Fremdsprache zur künftigen Kulturtechnik gehört. (Vgl. Resolution des Fremdsprachendidaktiker-Kongresses bei HEUER/KEINEIDAM/OBENDIEK/SAUER 1979:369, ferner die Analyse des Trends „Fremdsprachenunterricht für alle" bei SCHWERDTFEGER 1979).

⑥ Antwortrahmen in den Unterfragen.

⑦ Die elementarisierte Zielsprache darf kein *Pidgin-Englisch* werden, muß aber so weit die Lernziele reduzieren, daß sie für lernlangsame Schüler erreichbar sind. (HEUER 1976:75)

⑧ Neben den unveränderlichen Einstellungsfaktoren gibt es Motivationsvariablen, die durch Situationsanreize positiv beeinflußt werden können.

3. Sprachlehrmethodik

3.1. Spracherwerb

① Die Forschung zum Spracherwerb bezieht sich auf Erst- und Zweitsprachenlernen im *ungesteuerten Fremdsprachenerwerb.* So z. B. gewinnt die Erforschung des Sprachenlernens der Gastarbeiter in der Bundesrepublik an Bedeutung. (DIETRICH 1976)

② Die Unterschiede zwischen mutter- und fremdsprachlichem Lehr- und Lernprozeß müssen deutlich erkannt werden. Die Erlernung der Erstsprache ist ein natürlicher Prozeß der Entwicklung und der Lebensbewältigung. Die zweite Sprache ist nur dann von existentieller Bedeutung, wenn in fremdsprachlicher Situation die Sprache zum „Überleben" gebraucht wird. Trotz dieser motivationalen Unterschiede bestehen grundlegende spracherwerbliche Verknüpfungen (FELIX 1976, WODE 1974).

③ Die englische Lernersprache deutscher Schüler zeigt nicht nur interlinguale Interferenzen vom Deutschen, sondern auch Störungen, die auf die inhärente Schwierigkeit des Englischen zurückgehen. Kombiniertes und koordiniertes Sprachverhalten *(compound* und *coordinate* nach OSGOOD und SEBEOK 1965, SOLMECKE 1973:70-72) ist ein theoretisches Konzept, das empirisch nicht uneingeschränkt nachgewiesen werden kann (MEYER-INGWERSEN u. a. 1977:156-158).

Die frühere Ansicht, daß der Lernprozeß desto schwieriger ist, je weiter Ausgangs- und Zielsprache voneinander entfernt sind, wird heute nicht mehr aufrecht erhalten. Zur Grundlagendiskussion über die Bedeutung der Kontrastiven Linguistik für den Fremdsprachenerwerb vgl. die Arbeiten zur Interlanguage-Hypothese (z.B. CORDER 1975).

④ Die Annahme eines allgemeinen Sprachfähigkeitsfaktors ist kürzlich entwickelt worden (OLLER 1976). Da ein umfassender Faktor noch nicht durch empirisch greifbare Variablen nachgewiesen werden konnte, sind die Forschungen noch nicht abgeschlossen (SANG/VOLLMER 1978).

⑤ Die Lerngesetze des Erstsprachenerwerbs lassen sich für den ungesteuerten Fremdsprachenerwerb bedingt nachweisen (FELIX 1976, WODE 1974). Der Spracherwerb erfolgt auf Grund von *Entwicklungssequenzen,* die sich unabhängig von der jeweiligen sprachlichen Umgebung entfalten. Diese *entwicklungsbedingte Spracherlernung* folgt gleichsam der Naturmethode. Für den gesteuerten Fremdsprachenerwerb ist eine Naturmethode wenig realistisch. Allerdings gilt für den ungesteuerten Zweitsprachenerwerb, daß - je nach Sprachbedürfnissen - die Fremdsprache in Funktionssegmenten erlernt wird, die im grammatischen und lexikalischen Bereich Mischformen aufweisen.

3.2. Unterrichtsmethoden

① Überblick:

Der Begriff „Methode" ist einer größeren Öffentlichkeit geläufig („nach welcher Methode lernt man die Sprache?"); für die wissenschaftliche Fachdiskussion ist er vielschichtig, mehrdeutig: er bezeichnet Systeme von Lehr- und Lernverfahren (WINKEL 1978). Der aus dem griechisch-lateinischen Wort „methodos-methodus" abgeleitete Begriff faßt Lehr- und Lerntechniken unter dem Ziel der Optimierungsprozesse zusammen. Damit verweist der Methodenbegriff auf Wissenschaft, (R. M. MÜLLER 1979a).

Der Begriff „Methodologie" dagegen bezeichnet einzelnen Methoden innewohnende Grundsätze der Theoriebildung und Erkenntnisgewinnung und deren Erforschung. Im englischen Sprachgebrauch bedeutet *methodology* auch Methode/Methoden und wird neben *method* und *methods* verwandt. (*Methodics* und *didactics* haben sich in der amerikanischen und britischen Fremdsprachendidaktik nicht durchgesetzt). In der DDR umfaßt der Begriff „Methodik" auch die Didaktik (POHL u. a. 1978).

Die Grenzen zwischen Didaktik und Methodik waren im früheren Fremdsprachenunterricht, auch noch bei der Neusprachlichen Reformbewegung, ohne große Bedeutung: *die Methode war der umfassende Terminus.* Erst in neuerer Zeit, bedingt durch wissenschaftliche Pädagogik und Erziehungswissenschaft auf der einen Seite und Selbstverständnis der Fachdidaktiken und Bildungspolitik auf der anderen Seite, wurden Didaktik und Methodik unterschiedlichen wissenschaftlichen Ebenen zugeordnet: Bildungstheorie - Didaktik - Methodik. Die Methodik wurde in der Folgezeit abgewertet. Es wurde ihr der Vorwurf gemacht, daß sie dazu neige, in ihren Aussagen subjektiv und apodiktisch zu sein und aus Erfahrungen Normen abzuleiten. Sie entspräche einer *vorwissenschaftlichen Rezeptologie* (ACHTENHAGEN 1971).

Die Didaktik fragt nach den Lehrinhalten („was?"), die Methodik nach den Lehrverfahren („wie?"). Da Lehrinhalte und Lehrverfahren jedoch aufeinander bezogen sind, lassen sich Didaktik und Methodik nicht trennen. Eine Didaktik ohne Methodik würde folgenlos bleiben. Eine Didaktik, die die Ebene des konkreten Unterrichtsgeschehens erreichen will, muß eine Methodik aus sich entlassen.

Literatur:

BELJAJEW - 1967 - „Über die grundlegende Methode und die Methodiken für den Fremdsprachenunterricht", *Programmiertes Lernen und programmierter Unterricht*

FREUDENSTEIN - 1970a - „Aufgaben und Möglichkeiten der Unterrichtsmethodik. Dargestellt am Beispiel des Fremdsprachenunterrichts", *Funk-Kolleg Erziehungswissenschaft,* Klafki u. a. (eds.), 2. Bd.

RIVERS/TEMPERLEY - 1978 - *A practical guide to the teaching of English as a second or foreign language*

② Überblick:

Methoden sind Komplexe von sprachdidaktischen Grundauffassungen und ihnen zugeordneten Unterrichtsverfahren *(„from approach to technique")*. Für den gesteuerten, d. h. institutionalisierten und organisierten, Fremdsprachenunterricht gelten andere Voraussetzungen als für den ungesteuerten, „natürlichen" Spracherwerb.

Die Bezeichnungen der einzelnen Methoden sind häufig plakativ und suggestiv wie „direkt", verbindlich und versöhnend wie „vermittelnd", auf Sprachaspekte bezogen wie „grammatisch", auf Verfahrensaspekte wie „imitativ" und auf die Wahrnehmungsaspekte wie „audio-visuell". Die „direkte Methode" geht die Zielsprache direkt an, ohne Umwege über die Ausgangssprache Deutsch oder über eine Metasprache wie Grammatik. Die „vermittelnde Methode" schlichtet den *Methodenstreit* zwischen den Direktmethodikern und den Grammatikmethodikern.

Die „vermittelnde Methode" war allerdings mehr die Rückkehr zur konventionellen Grammatikmethode als eine Synthese der sich im Methodenstreit befehdenden Positionen. Die „audio-linguale Methode" ist „direkte Methode" in neuem Gewande: Mündlichkeit, Imitation, Intensität, Strukturierung, Medienoptimierung. Gegen die Einsprachigkeit und für eine bilinguale Methode haben sich DODSON (1967) und BUTZKAMM (1973) ausgesprochen.Einige Methoden wurden nach ihrem Erfinder benannt: Berlitz-Methode, Methode Toussaint-Langenscheidt usw. (SCHRÖDER/FINKENSTAEDT 1977:159).

Literatur:

Nicht alle Methodiken und Methodenlehren behandeln die unterschiedlichen Methoden aus entwicklungsgeschichtlicher und systematischer Sicht. Problemeinführungen finden Sie in den fremdsprachendidaktischen Lexika und in dem Themenheft *Methodendiskussion* der Zeitschrift *Die Neueren Sprachen,* Heft 3, 1975. Verwiesen sei besonders auf die im Themenheft enthaltene Auswahlbibliographie (276-289).

Zitat:

Historisch und systematisch grundlegende „Erwägungen zum Begriffsfeld Methodik aus fremdsprachendidaktischer Sicht" haben SCHRÖDER und WELLER (1975) im o. a. Themenheft *Methodendiskussion* verfaßt. Der folgende Text ist dem Abschnitt „Methodenpluralismus" und „Methodenmonismus" entnommen (SCHRÖDER/WELLER 1975: 217):

Die Methoden im Fremdsprachenunterricht sind in ihrer historischen Abfolge und Konkurrenz nicht im Rahmen didaktischer Theoriebildung konzipiert worden. Schon die Tatsache, daß sie zum Teil nach ihrem „Erfinder", zum Teil nach behandelten Inhalten (grammatische Methode), zum Teil aber auch nach

Leitprinzipien (aktive Methode, analytische Methode, Anschauungsmethode, ganzheitliche Methode, genetische Methode, imitative Methode, induktive Methode usw.) oder aber einem Einsatz bestimmter Medien (audio-linguale Methode, audio-visuelle Methode) benannt sind, deutet auf mangelnde Systematik und Wissenschaftsferne hin.

Im *Lexikon des Fremdsprachenunterrichts* charakterisiert EPPERT (1973: 218-219) die „Methode" als Methodensystem und listet in Anlehnung an MACKEY (1965) und SALISTRA (1962) folgende Methoden auf:

Eine Unterrichtsmethodik ist also ein komplexer Bereich, und jede einzelne Methode, die mit schlagwortartiger Namengebung als Allheilmittel für das Dilemma des Fremdsprachenunterrichts angepriesen wird, muß als Atavismus angesehen werden, der den jahrhundertealten Methodenstreit um ein überflüssiges Kapitel verlängert. Es gibt nicht „Die" Methode des Fremdsprachenunterrichts, und was mit dem Namen Methode angeboten wird, ist zumeist ein methodisches System mit der Überbetonung eines Teilaspekts.

Zur Orientierung einige erdrückende Aufzählungen von W. F. Mackey:

1) *the Direct Method (↗ Methode, Direkte)*
2) *the Natural Method*
3) *the Psychological Method*
4) *the Phonetic Method*
5) *the Reading Method*
6) *the Grammar Method*
7) *the Translation Method*
8) *the Grammar-Translation Method*
9) *the Eclectric Method*
10) *the Unit Method*
11) *the Language-Control Method*
12) *the Mimicry-Memorization Method*
13) *the Practice-Theory Method*
14) *the Cognate Method*
15) *the Dual-Language Method*

von Rachmanov, zitiert nach Salistra:

1) *Die grammatisch imitativ-intuitive Methode (Melanchthon)*
2) *die lexikalische veranschaulichend-intuitive Methode des Comenius*
3) *die grammatische translatorisch-intuitive Methode (Meidinger)*
4) *die lexikalische translatorisch-intuitive Methode (Jacotot)*
5) *die lexikalische veranschaulichend-intuitive Methode der Reform (Schweizer, Eggert)*
6) *die lexikalische veranschaulichend-intuitive Methode Palmers*
7) *die lexikalische veranschaulichend-intuitive Methode Wests*
8) *die kombinierte translatorisch-vergleichende Methode (Flagstad)*

In einem Versuch zur „Überwindung des Methodenstreits“ und zur Vereinheitlichung der Unterrichtsprinzipien findet SEGERMANN (1974: 350-351) in einem auch im Ausland beachteten Literaturbericht folgende Synthese:

1) *Das Situationsprinzip muß in der Weise zur Geltung gebracht werden, wie dies von den audio-visuellen Methodikern von Anfang an gefordert wurde. In jeder Phase des Lernprozesses — beim Verstehen, Imitieren und Reproduzieren ebenso wie beim Formulieren eigener Gedanken — muß der Schüler seine Aktivität als Teil einer Kommunikationssituation empfinden. Die Kluft zwischen formalem Üben und situationellem Anwenden sollte erst gar nicht geschaffen werden.*
2) *Einsicht und Habitualisierung sind in ein angemessenes Verhältnis zu bringen. Diese Notwendigkeit ist auch von den audio-lingualen Methodikern nie verkannt worden. Die Verfahren zur Bildung von Sprechgewohnheiten wie zur Sprachstruktur bedürfen der weitergehenden, hauptsächlich am Sprachmaterial orientierten Differenzierung.*
3) *Das Prinzip der Einsprachigkeit ist dahingehend zu „entdogmatisieren“, daß es in seiner Abhängigkeit von den übrigen methodischen Möglichkeiten gesehen wird. Dies sollte jedoch gerade nicht dazu führen, daß die Weiterentwicklung nicht-muttersprachlicher Semantisierungshilfen und kommunikationsfördernder Stimuli gebremst wird.*
4) *Das Prinzip der Mündlichkeit sollte insofern aufrechterhalten bleiben, als die mündlichen Fertigkeiten unabhängig von den schriftlichen beherrscht und wohl auch geübt werden müssen. Die Argumente der audio-visuellen Methodiker gegen den Einsatz des Schriftbildes bei der Erstdarbietung von Sprachmaterial, an dem die mündlichen Fertigkeiten trainiert werden sollen, sind nicht ohne weiteres von der Hand zu weisen. Die Priorität des Mündlichen darf jedoch nicht in dem Sinne mißverstanden werden, daß alle fremdsprachlichen Äußerungen während des gesamten Zeitraums der Spracherlernung nur in zeitlichem Nacheinander gehört, gesprochen, gelesen und geschrieben werden könnten oder sollten. Auf diese Weise käme es nie zur Ausbildung der Fertigkeit des sinnentnehmenden Lesens (von unbekannten Texten) und des kreativen Schreibens.*

③ Überblick:

Die didaktische Zielsetzung der Kommunikation in der Fremdsprache erfordert entsprechende methodische Verfahren. Die *mechanischen Drills* müssen *kommunikativen Übungen* weichen. Das Sprachlabor, einst Domäne des Drills, wird entleert — oder füllt sich wieder mit Arbeitsformen neuer Konzepte (Drill plus Gespräch, Hörverstehensübungen, kommunikativ eingebettete Aussprache- und Grammatikübungen). Stichworte zum kommunikationsorientierten Unterricht sind: *Feldverhalten* statt Reihenverhalten, *stellungnehmendes Sprechen* statt Nacherzählen, *Partner- und Gruppenarbeit* statt Frontalunterricht, *Rollenspiele* statt Abfragemuster. (SCHWERDTFEGER 1977)

> Die fremde Sprache ist nicht neuer, entfremdeter Lerngegenstand, der dem Lernenden „gegenüber" steht, sondern Weg und Mittel. Die fremde Sprache ist gleichsam das Medium zu sich selbst. Das Englische als *Kommunikationsmedium wird ein neuer Inhaltsträger.* Die Kommunikation über die Lerninhalte wird selbst zum Lerninhalt. (NISSEN 1974)

Zitat:

Die kommunikationsorientierten neuen Lehrwerke vermitteln in ihren Übungen und Textanwendungen neue methodische Zugriffe. *(Contacts, Good English, Learning English-Modern Course, Yes)*

Aus der Vielfalt der Ansätze zur Frage-Antwort-Methodik, einem zentralen Stück der Schüler-Lehrer-Interaktion, soll ein Beispiel folgen.

Der folgende Vorschlag ist einem Beitrag der unterrichtspraktischen Zeitschrift *Englisch Language Teaching Journal* entnommen. In den Mittelpunkt wird die Befragungsform als Transferhilfe *(„from skill-getting to skill-using")* gestellt.

Class interviews

In the first type of interview assignment, each student is allowed to ask the teacher two questions about his life. Everyone must listen carefully to avoid repetition or to be able to continue a line of questioning begun by others; and at the same time, each student must take notes. Active participation is thereby maintained throughout the lesson. After the interview the notes are reviewed in class so that the students can supply each other with missing information. Ostensibly the students are practicing question forms, but the teacher, by answering a question literally, can require a student to rephrase his question to exact the fuller information that he wants. Communication rather than structural correctness becomes the students' primary goal. (SONKA 1977:51)

④ Vgl.die Kap. „Unterrichtsplanung" und „Lehrentwurf" im Anhang. Vgl. ferner GUTSCHOW 1978: 70-74

Methodiken und Didaktiken:

MACKEY (1965), LEISINGER (1966), LADO (1967) NISSEN (1974), PIEPHO (1976), HECHT (1977), LORENZEN (1977), RIVERS/TEMPERLEY (1978), WALTER (1979)

⑤ Die These der folgenden Antwort ist die Subsumierung des gesamten unterrichtlichen Geschehens unter die *einheitliche Struktur der Kommunikation.* Der Autor des folgenden Antworttextes, der gleichzeitig Lehrer der im Frageabschnitt dargestellten Klasse ist, möchte nicht zwischen „echten" und „kommunikationsvorbereitenden" Übungen unterscheiden. Vielmehr glaubt er, daß auch während eines imitativen Drills Kommunikation im Sinne zwischenmenschlicher Beziehungen abläuft. (BLACK/BUTZKAMM, „Sprachbezogene und mitteilungsbezogene Kommunikation im Englischunterricht", *Praxis,* 1977b)

Wenn nun ein so großer Anteil des verbalen und nichtverbalen Geschehens im Fremdsprachenunterricht schon Kommunikation ist, kann man diesen Unterricht nicht ohne weiteres in Phasen wie Imitation, Manipulation, Kommunikation usw. aufteilen. Wo der Fremdsprachenunterricht bisher so verfahren ist, arbeitet er mit einem inadäquaten Kommunikationsbegriff. Vielfach wird zur Differenzierung der vage Begriff der „echten" Kommunikation angeführt und gegen „kommunikationsvorbereitende" und „kommunikationsähnliche" Übungen abgesetzt, ohne zu reflektieren, daß Kommunikation stets präsent ist. Solche Begrifflichkeit verhindert eine differenzierte Auswertung der als unechte Kommunikation bezeichneten Teile des gesamten Sprachgeschehens. Dabei wird zum Beispiel übersehen, wieviel Kommunikation über zwischenmenschliche Beziehungen auch während eines imitativen Drills stattfinden kann. Dies sei an einem Ausschnitt aus einer Englischstunde (29. 5. 1975) verdeutlicht:... [Vgl. Text in Frage 5]

Zu Beginn der Stunde wurde „may" = „dürfen" eingeführt. Die Schüler haben nun die Aufgabe, „may" in Entscheidungsfragen von der Struktur „May I/may we + Verb" zu gebrauchen. Der Lehrer benutzt die Gelegenheit, die Kurzantwort „Yes, you may/No, you may not" einzuführen. Einige Schüler verstehen die Aufgabe jedoch nicht rein manipulativ als das beliebige Auffüllen einer festgelegten Satzstruktur, sondern sie kommunizieren gleichzeitig mit dem Lehrer auf der Beziehungsebene. Sie benutzen die fremde Sprache und die rein sprachbezogene Aufgabenstellung gleichsam als Schutzwall, von dem aus sie ihre Pfeile auf die Autorität des Lehrers und der Schulordnung abschießen: ein Spiel, auf das der Lehrer nur allzu gern eingeht. Der Austausch folgt einem bestimmten Muster, das die Beteiligten kennen, ohne es bewußt zu haben: alles (oder doch fast alles) ist inhaltlich erlaubt, solange die Sprachformen richtig verwendet werden. Diese bilden das eigentliche Ziel, während die Inhalte freigestellt sind, Spiel sind, das allerdings auch seine tiefere Bedeutung gewinnen kann, wenn zwischenmenschliche Beziehungen geprobt werden. Das ist die stillschweigende Übereinkunft.

Es geht nicht darum, Kategorien wie imitative oder manipulative Übungen zu verwerfen, sondern ihnen einen Platz in einem umfassenden Kommunikationsgeschehen zuzuweisen. Es gilt also, diese Kategorien, die sich immerhin als brauchbar erwiesen haben, innerhalb eines kommunikativen Gesamtunternehmens (nämlich des Fremdsprachenunterrichts) wiederzugewinnen. (BLACK/BUTZKAMM 1977b:115-116)

3.3. Unterrichtssprache

① Angewandte Sprachwissenschaft: Modellierung der Unterrichtssprache und der Funktionen von Sprechaktivitäten.

Psychologie: Interaktion von Lehrern und Lernern im begrenzt-fremdsprachlichen Medium.

Allgemeine Didaktik: Pädagogischer Bezug von Lehrern und Schülern.

Fremdsprachendidaktik: Bereitstellung elementarer Redemittel, Heranführen der Schüler an Lexik und Grammatik der Redemittel.

② Die Unterrichtssprache für die Schüler muß durch Lehrmaterialien angeboten werden. (Vgl. die Redemittel für Schüler in den neueren Lehrwerken, z. B. *Good English,* Hauptschulausgabe, Bd. 3)

③ Beobachtungen zur Sprache des Lehrers im Klassenzimmer zeigen die überaus starke Fehlergefährdung durch Interferenz. Die Unterrichtssprache ist eine hochspezialisierte Fachsprache, die auf Hochschulebene kognitiv-zweisprachig geübt werden sollte. (HEUER/PARRY, *Hands up!* Classroom phrases in English and German, 1979)

④ Der Anteil der Fragen an allen Äußerungen des Lehrers beträgt ungefähr ein Drittel. Neben den Fragen stehen Instruktionen, Beschreibungen und Erzählungen/Schilderungen.

⑤ Die Unterrichtssprache sollte im Anfangsunterricht durch Gestik und Mimik verdeutlicht werden, damit die Schüler authentisches Englisch im Klassenzimmer verstehen und verarbeiten. Normale Sprechgeschwindigkeit ist anzustreben.

⑥ Die gültigen Richtlinien machen Aussagen über den Aussprachestandard. Auf der anderen Seite sollte ein Lehrer die Aussprachenorm verwenden, die er im Studium und Ausland erworben hat.

⑦ *Klassenbuch* mit mehr Funktionen als *register.* Eine Hilfsübersetzung wäre *record book.* Spezielle Bedeutungen auch bei *prefect, monitor, test.*
Who cleans the board?: Ein bestimmter Schüler ist mit dem Tafeldienst permanent beauftragt.
Who likes to clean the board?: Ein Schüler wischt immer gern die Tafel ab.
Who'd like to clean the board?: Ein Schüler soll sich melden.

⑧ *Phrasal verbs:* Put your hands up! Read out. Come up to the front. Stützendes *to go:* Go and get some chalk. Go and sit next to Peter.

⑨
1) *anyone* üblicher als *who* bei unbestimmtem Schüler
2) *ing*-Form wie in *No smoking*
3) *try = have a try*
4) Gebrauch des „downtoner" *I'm afraid*
5) *understand:* inhaltlich verstehen; *hear:* akustisch verstehen
6) nicht: *in the middle of the page*
7) besser als: *Your intonation is wrong.*
8) *look = have a good look*

⑩
1) Sit next to Thomas.
2) Point to the window.
3) Repeat after me.

4) We are going to act this scene.
5) What can you see in this picture?
6) Can anybody work this tape-recorder?
7) Where are the transparencies for the overhead projector?
8) Let's practice this now.
9) It's your turn.
10) Watch your „th".
11) Open your books at page 9.
12) Do number 3 and 4 for homework.

⑪ Staff-room, test, seating-plan, lesson plan, gapped text/fill-in exercise.

⑫ Fallende Intonation

⑬ 1) There's something wrong (there).
2) Stop me if I read too fast.
3) Tell me what he said.
4) Share the book with Peter.
5) You needn't come to school tomorrow. (school context)
6) Let's go on a tour of London.
7) Look at the blackboard.
8) Take care/be careful.
9) What about you?
10) What do you think the police would ask him?
11) Do you really believe that?
12) How do they look?/What do they look like?
13) Are there any new words in this story?
14) If you were able to do that.../If you could do that...
15) Can anyone tell me if...
16) I want you to read the story.

⑭ 1) ... on the right-hand side. / ... on the right.
2) I think everybody can hear me.
3) ... to check
4) What does that mean? / What is that supposed to be?
5) Who can work this tape recorder?
6) After three or four questions ...
7) He told him that ...
8) As far as I'm concerned, I'd like to say ...

⑮ 1) Fill in the blanks in the text.
2) What is it called?
3) Let's finish now.
4) I'll try to draw it on the board.
5) You see that a word is missing.
6) I don't think it's very good.
7) Open your books at page 12.

⑯ 1) Anfangen - beenden
2) gern lesen - immer lesen
3) Zeitung - Blatt Papier
4) Farbe allgemein - Farbe (Auswahl)
5) Kreide wegnehmen - Kreide holen
6) nach vorn kommen - nach vorn kommen (Disziplin!)
7) paßt gut (z. B. Kleidung) - gefällt, steht mir.
8) Paß auf. (Ermahnung!) - Schau mich an.
9) Hört auf damit (Unsinn). - Wir wollen jetzt aufhören.
10) (gesprochenes Englisch) - (geschriebenes Englisch)
11) auf dem Bild - auf dem Rahmen des Bildes (oder auf dem Glas)
12) unergründliche Wörter - unbekannte Wörter
13) Lehrer - „Schulmeister“ (z. B. *Union of Schoolmasters)*
14) (offiziell) - (informell)
15) besitzen - erhalten, kaufen
16) (immer) - (in der jeweiligen Unterrichtssituation)
17) in den letzten Tagen - kurz vor dem Weltuntergang
18) größere Stadt (mit Kathedrale) - Stadtzentrum

⑰ 1) A poster like this is suitable.
2) Hand out all the sheets of paper.
3) I'll give you some paper.
4) I'm going to check it.
5) Oh, I didn't think of that.
6) Can anyone put the words on a list?
7) What does it say there?
8) didactics
9) method(s)
10) trial lesson/specimen lesson
11) lesson plan
12) beginning of lesson/introduction
13) instruction(s)
14) test

⑱ Die angegebene Lernersprache *(... sound better than German ones... they make me dream)* ist für ein 6. Schuljahr der Hauptschule zu hoch.

⑲ Die Wiederholung der Lehrervorgabe in der Schülerantwort „Yes, I like watching TV“ hat folgende Grenzen:
— nur mechanisch
— nicht sprachüblich
— Alternativformen: „Yes, I like to watch TV“/„Yes, I do“/„Yes“
— Die wörtliche Wiederholung könnte für englische Ohren impertinent und schnippisch-frech klingen.

3.4. Lernmotivierung

① Der Begriff der Motivierung ist allgemeiner Natur. In der Psychologie wird zwischen *inneren und äußeren Antrieben* unterschieden. Die Antriebe können wesentliche *Persönlichkeitsmerkmale* sein oder nur situationsbedingt zum Ausdruck kommen (SOLMECKE 1973, SOLMECKE, ed., 1976).

② Die Motivationskraft für das Fach Englisch ist bei den Schülern abhängig von vielen Faktoren, die in den Unterfragen angesprochen werden. Feste Faktoren sind durch die Persönlichkeit und die bisherige Schullaufbahn ausgeprägt. Das Elternhaus ist von nicht zu unterschätzender Bedeutung. Die *aktuelle Motivierung* erfolgt durch Anregungen und Reize der Stundenthemen und der Unterrichtsgestaltung (ZIMMERMANN 1970, WALMSLEY 1977). Beliebte Unterrichtsformen sind Lernspiele, Erlesen spannender Geschichten, personen- und mitteilungsbezogenes Sprechen, in den unteren Klassen auch lautes Lesen.

③ Folgende motivierende Maßnahmen sollten dargestellt werden: schülerbezogene Darbietung interessanter Inhalte, aufgelockerte Atmosphäre und gutes Lernklima, Einsatz von Medien, abwechslungsreiche Stundengliederung mit häufigem Wechsel der Arbeits- und Sozialformen.

④ Motivationsschwache Schüler sollten in einem deutsch geführten Gespräch mit dem Sinn des Englischunterrichts vertraut gemacht werden. Hör- und Leseverstehen spricht sie mehr an als die Forderung, sich in Englisch zu äußern. Vor allen Dingen ist der Schwierigkeitsgrad der Unterrichtssprache und der Lehrwerksprache zu kontrollieren. Angemessene Lernspiele beleben den Unterricht (KLIPPEL 1979).

3.5. Technische Medien

Grundlagen

① Hier ist die pädagogische Technologie zu erörtern. Eine historische Überlegung kann den Unterschied zwischen allgemeinen und technischen Medien und ihre Funktionen als Träger von Information verdeutlichen (SCHWERDTFEGER 1973, SCHILDER 1977).

② Gängige Klassifikationskriterien sind optische, akustische und audiovisuelle Medien. Die Charakterisierung ist weitgehend eine Beschreibung mit der Möglichkeit der Erörterung des speziellen Einsatzes im Unterricht (SCHÜLE/KRANKENHAGEN 1974).

③ Ausgangspunkt für die Antwort ist die weite Verbreitung des Tageslichtschreibers sowie der Tonbänder und Kassetten. Grundprobleme der Methodikbeschreibung sind: Einordnung in die Unterrichtsstunde, Einsatz des *native speakers*, Erweiterung der Sprechanlässe und Intensivierung der Motivation.

④ Die Einstellung zum Sprachlabor hat sich gewandelt. Die neuere Literatur versucht, die wachsende Kritik an der Sprachlaborarbeit aufzufangen und dieses umfangreiche technische Medium neu zu bestimmen. Entscheidende Kriterien für den Erfolg der Sprachlaborarbeit sind *Integration in den Klassenunterricht,* Anbindung an die Kommunikation und Erstellung sinnvoller Materialien (FREUDENSTEIN 1975, EDELHOFF 1976, BEILE 1979).

⑤ Bei der Beantwortung dieser Frage ist reflektierte eigene Erfahrung in der Mediendidaktik Voraussetzung.

Erweiterungen

⑥ Die klassische Kombination von Bild und Ton ergab den audio-visuellen Kursus französischer Form. Auch die britischen *Nuffield-Kurse* stehen in dieser Entwicklungslinie. Im Englischunterricht der Bundesrepublik hatte der Kursus *Passport to English* eine gewisse Verbreitung gefunden. Vgl. Fragen des audio-visuellen Fremdsprachenunterrichts bei SCHIFFLER (1973).

⑦ Medienreicher Unterricht ist auf jeden Fall anzustreben. Die Gefahr besteht jedoch, daß die Medien sich selbständig machen und das Lernziel dadurch verfremden oder fremd bestimmen können. Visuelle Hilfen bedürfen der Bestimmung ihres didaktischen Ortes.

⑧ Voraussetzung ist die Unterscheidung folgender Labortypen: HSA (= Hören/Sprechen/Aufnehmen) und HS. Die Individualisierung des Unterrichts im HSA-Labor sollte in ihrem Eigenwert beschrieben werden.

⑨ Das Schulfernsehen gewinnt mehr und mehr an Bedeutung. Feste methodische und didaktische Vorstellungen beginnen sich zu entwickeln. Das Forschungs-und Entwicklungszentrum in Paderborn hat sich mit dem Verhältnis von Fernsehfilmen und Begleitmaterial befaßt (BRODKE 1975). Vgl. die Ansätze zur empirischen Methodologie in der Zeitschrift *Praxis Schulfernsehen* (BUTTJES 1978). Beschreiben Sie die Rolle des Fernsehens im Medienverbund.

⑩ Vgl. VON FABER/HERTKORN 1976

⑪ Wertvolle Medien, die nicht teuer sind: Tonband/Kassette, Tageslichtschreiber, Schulfernsehen

3.6. Unterrichtsplanung

Grundlagen

① Die Durchsicht des von der Klasse benutzten Lehrwerkes gibt Aufschlüsse über die Lernziele. Wichtig ist, daß für das neue Schuljahr eine systematische Aufteilung der neuen Lernziele und Stoffe vorgenommen wird. Die Prüfung der in der Schule vorhandenen audio-visuellen Medien und Arbeitsmittel hilft bei der Planung des Unterrichts.

② Überlegungen zur Vorbereitung von Einzelstunden werden im Anhang unter „Übungen zur Strategie der Unterrichtsvorbereitung" konkretisiert. Vgl. elementare Fragen wie Tafelbenutzung und Hausaufgabenstellung bei WIERSCHEIM/HAHN (1976: 124, 61 ff).

③ Vgl. den Stundenentwurf im Kap. „Lehrentwurf: Von einem 10-Zeilen-Text zur 45-Minuten-Stunde".

④ Bewerten Sie den o. a. Stundenentwurf.

Erweiterungen

⑤ Machen Sie sich auf Grund der in Ihrem Bundesland gültigen Richtlinien und Lehrpläne mit den Lernzielen der anderen Fächer vertraut. Übergreifende Gesichtspunkte des Sprachunterrichts (Deutschunterricht) und der Landeskunde (Geschichte, Geographie, Gesellschaftskunde) stellen systematische *Querverbindungen* her.

⑥ Vgl. den Anhang „Übungen zur Strategie der Unterrichtsvorbereitung". Vgl. ferner die Stundenskizzen bei PIEPHO (1979) und die „didaktische Analyse" bei NOLD (1977).

⑦ Vgl. die entsprechenden Abschnitte in den Methodiken (auch BORNEMANN 1954, BROOKS 1960, LADO 1967). Vgl. *small talk* bei WALTER (1978).

⑧ Die in den Unterfragen angeführten Arbeitstechniken sind früh einzuführen. Vergleichen Sie dazu die gängigen Methodiken und die Lehrgangsprotokolle der Landesinstitute für Lehrerfortbildung.

⑨ Vgl. Kap. „Unterrichtsmethoden"

Fachübergreifende Unterrichtsprinzipien sind:
- Verbindung von Theorie und Praxis
- Einheit von Konkretem und Abstraktem
- Aktivierung der Schüler
- Integration und Differenzierung
- Faßlichkeit
- Sicherung fester Lernergebnisse
- kreative Gestaltung der konkreten Arbeitsbedingungen

3.7. Unterrichtsanalyse und -beurteilung

① Das Thema „Unterrichtsbeurteilung" ist peripher für die fachdidaktische Standardliteratur und ausgeklammert in Leitwerken wie SCHRÖ-

DER/FINKENSTAEDTS *Reallexikon* (1977) und GUTSCHOWS Methodik (1978). Dennoch ist es von hoher praktischer und existentieller Bedeutung für die 2. Phase der Lehrerausbildung und für das Berufsexamen. Die angemessene Beantwortung der Aufgabe ist im Bereich der Kriteriendiskussion über den optimierten Fremdsprachenunterricht und der Forschung zur Leistungsbeurteilung zu suchen (CROON 1978). Folgende psychologische Aspekte der Leistungsbeurteilung spielen eine Rolle:

— Die Beurteiler sind keine „Meßinstrumente" und keine Evaluatoren von *psychometrischen Tests.*
— Die Beurteilung spielt sich auf einem *sozialen Hintergrund* ab.
— Die Leistung kann nicht losgelöst von der Beurteilung der *Lehrerpersönlichkeit* betrachtet werden (Halo-Effekt).
— Beurteiler und Beurteilter stehen in einer vorgegebenen *interpersonalen Situation.*
— Die Beurteilung unterliegt dem Effekt eines *gruppeninternen Bezugssystems.*

Typische Urteilsfehler sind:

— der *Milde-Fehler*
— der *Fehler der Zentraltendenz* (Vermeidung extremer Urteile)
— der *Fehler des Sequenzeffekts* (Einfluß vorausgehender oder nachfolgender Prüfungen)
— der Fehler der *self-fulfilling-prophecy* (Erfüllung von Erwartungen)
— der *Kontrast-Fehler* (Beurteiler spricht Beurteiltem eine Eigenschaft ab, die er sich selbst zuschreibt)
— der *Logik-Fehler* (Beurteiler sieht solche Merkmale beim Beurteilten als logisch zusammengehörig, die er bei sich selbst aufgrund seines Persönlichkeitsstereotyps als zusammengehörig empfindet).

② Literatur:

Kriterien für Unterrichtsstunden sind aus fachdidaktischer Erfahrung zusammengestellt worden, ohne daß spezifische Forschungsaufgaben und Forschungszusammenhänge formuliert worden wären.

KÖHRING - 1970 - „Zur Beobachtung und Beurteilung von Englischunterricht", *Englisch*
GILL - 1970 - „Zur Analyse und Bewertung von neusprachlichen Unterrichtsstunden", *Die Neueren Sprachen*
GRAMSCH - 1972 - „Entwurf eines Kriterienkataloges für die Beurteilung von Unterrichtsstunden", *Englisch*
BUTTJES/SOLMECKE - 1978 - „Unterrichtsanalyse in der Lehrerausbildung: Entwurf eines Beobachtungsinstrumentes," *Die Neueren Sprachen*

Zitat:

Im folgenden soll ein kombinierter Beobachtungs- und Beurteilungsbogen vorgestellt werden (Anregungen durch Ludger Schiffler):

Beobachtung und Beurteilung von Englischunterricht

1. *Allgemeines*

   Klassenstufe/Jahrgangsstufe:
   Zahl der Schüler: (Jungen: Mädchen:)
   Tageszeit: (Unterrichtsstunde)

	+	○	–
2. *Unterrichtsvorbereitung (Unterrichtsentwurf)*			
Berücksichtigung der Schülerinteressen			
Beziehung zum Lehrplan			
Fachwissenschaftliche Fundierung der Sachprobleme			
Schülerbezogene Schwierigkeitsanalyse			
im Bereich Phonetik			
im Bereich Grammatik			
im Bereich Lexik			
im Bereich Pragmatik			
im Bereich Arbeitstechnik			
im Bereich Landeskunde			
Fixierung klarer Lernziele (Grob- und Feinlernziele)			
Differenzierung der Lernziele für unterschiedliche Leistungsniveaus			
Vorbereitung der Arbeitsmittel und technischen Medien			
Planung des Tafelbildes			
Training der Vokabeleinführung (Verständlichmachen und „Umwälzen“)			
3. *Sprachbeherrschung des Lehrers*			
Aussprache und Intonation			
Flüssigkeit des Ausdrucks			
grammatische Strukturen			
Sicherheit in der Unterrichtsphraseologie			
Klarheit der Fragestellung			
Eindeutigkeit der Instruktionen			
Schülerbezogenheit der Unterrichtssprache			
Dosierung der Lehrersprechanteile			

4. *Kenntnisse über englischsprachige Länder*

Angemessene sozio-kulturelle Informationen

Abbau von Vorurteilen/Aufbau von Völkerverständigung

5. *Haltung vor der Klasse*

Sprechweise

Bewegung und Raumbeherrschung

Gesten und Mimik

6. *Unterrichtsklima*

Mitarbeit und Aufmerksamkeit der Klasse

Ausgewogener sozialintegrativer Unterricht

Aufbau von Schüler-Schüler-Interaktion

7. *Aufrufen der Schüler* (mehrfaches Ankreuzen möglich)

☐ alle Schüler
☐ nur die sich melden
☐ auch die sich nicht melden

Bevorzugung bestimmter Schülergruppen

☐ vordere Reihen/hintere Reihen
☐ linke Seite/rechte Seite
☐ Jungen/Mädchen

☐ Warten nach der Fragestellung
☐ sofortiges Aufrufen

8. *Fehlerkorrektur*

Korrektur nur durch Lehrer?	☐	Sofortige Einzelkorrektur	☐
Korrektur auch durch Mitschüler	☐	Fehlerbündelung in Korrekturphase	☐

9. *Zur pädagogischen Organisation*

Welche verschiedenen Phasen waren erkennbar?

1) ______________________ ca. __________ Min.
2) ______________________ ca. __________ Min.
3) ______________________ ca. __________ Min.
usw.

Reaktion auf unvorhergesehene Ereignisse?

Benutzung der deutschen Sprache

☐ gar nicht
☐ selten
☐ oft
  aus welchem Anlaß?

Dynamik der Stunde

☐ sehr zügig
☐ angemessen
☐ schleppend

Anforderungen an die Schüler

☐ zu schwer (Schüler verstehen nichts)
☐ angemessen (Schüler arbeiten gut mit)
☐ zu leicht (Schüler langweilen sich)

Sozialform

☐ Frontalunterricht?
☐ Partnerarbeit?
☐ Gruppenarbeit?

Bei Gruppenarbeit/Partnerarbeit:

Wie methodisch organisiert?
Wie wurden Gruppen gebildet?
Wie ist die Zusammenarbeit in den Gruppen?
Wie hilft der Unterrichtende während der Gruppenarbeit?

10. *Unterrichtsaufbau*	+	○	–
Freundlichkeit gegenüber den Schülern			
Lob/Bestätigung/Ermutigung			
Prägnanter/motivierender Einstieg			
Folgerichtiger Stundenaufbau			
Ergebnissicherung und Lernzielkontrolle			
Wechsel in den Fertigkeiten (Hören, Sprechen, Lesen, Schreiben)			
Wechsel in den Arbeitsformen (Klasse/Gruppe; mündlich/schriftlich; verbal/medial; freies Gespräch/gelenktes Gespräch)			

11. *Berücksichtigung fachmethodischer Unterrichtsprinzipien*

Einsprachigkeit
Primat des Kommunikativen
Isolierung der Schwierigkeiten
Zeitliche Ausgewogenheit der Stundenphasen

③ Überblick:

Da das Blockpraktikum in der „Institution Schule" stattfindet, sind die fachdidaktischen Gesichtspunkte mit den allgemeindidaktischen zu verbinden (CHIOUT/STEFFENS [4]1979). Das Fach wird durch die Rahmenbedingungen der Schule beeinflußt. Das mehrwöchige Blockpraktikum unterscheidet sich vom Tagespraktikum dadurch, daß in zwei oder mehreren Fächern unterrichtet wird, der Unterricht kontinuierlich erfolgt und vom Fachlehrer (Mentor) verantwortet wird und spezielle Trainingsformen (Microteaching, Teamteaching) oder punktuelle Unterrichtsexperimente selten sind. Die Tätigkeit im Praxisfeld muß mit einer Reflexion über das konkrete Handeln verknüpft werden und zur fachdidaktischen Literatur als „Begleitstudium" führen (NEHM 1976).

Literatur:

KRUMM/MÜLLER - 1976 - *Praxis im Fremdsprachenstudium*
BUTTJES - 1977 - „Microteaching im Fachpraktikum Englisch", *NM*
FICHTNER u. a. - 1978 - *Handbuch: Schulpraktische Studien*

Zitat:

Der folgende Text ist ein seminarinternes Papier, das als Merkblatt den ins fünfwöchige Blockpraktikum gehenden Englischstudenten der Pädagogischen Hochschule Ruhr gegeben wurde:

In Ergänzung des allgemeinen Merkblatts des Praktikumsbüros gelten für die Anfertigung des abschließenden Berichts eine Reihe von fachspezifischen Gesichtspunkten.

1) Die Rahmenbedingungen der Schule und des Englischunterrichts
   — Die Gruppe der Englischlehrer im Kollegium
   — Zusammensetzung der Schüler (soziokulturell)
   — Ausstattung mit auditiven und visuellen Medien
   — Strukturen und Inhalte des benutzten Lehrbuchbandes
   — Englischdidaktischer Anteil an der Schulbibliothek

2) Die Schüler und ihre Lernprozesse
   — Interessen und Bedürfnisse
   — Sprachleistungsstand (Kommunikationsfähigkeit; Aussprache; Grammatik; Lexik)

— Beliebte Arbeitsformen
— Spezielle Lernschwierigkeiten

3) Anfertigung von Unterrichtsskizzen für alle gehaltenen Stunden (3 Unterrichtsstunden in der 2. Woche. Ab 3. Woche eine Stunde täglich)

4) Anfertigung von ausführlichen Stundenentwürfen
   — Stellenwert in der Unterrichtsreihe
   — Grob- und Feinziele
   — Stoffanalyse
   — did.-meth. Analyse: Begründung, Schwierigkeitsanalyse, Stundenaufbau, Unterrichtsverfahren, Sozialformen, Medien, Verhältnis von Neueinführung und Übung, Ergebnissicherung
   — geplanter Verlauf (mit Lehrersprache und Schülersprache)
   — Hausaufgabe
   — Literatur

5) Probleme der neuen Praktikanten-Rolle
   — Erwartungen der Schüler
   — Hochschulbild der Lehrer

6) Begleitende Theorie des Englischunterrichts zu Problemfeldern und Brennpunkten der eigenen Praxis
   — Hinweise auf Erfahrung mit der Benutzung einschlägiger Fachliteratur (Methodiken, Fachzeitschriften, Unterrichtsphraseologien, Lehrbuchbegleitheften)
   — Hinweise auf Erfahrung mit der Benutzung von Nachschlagewerken (Wörterbücher, Reallexika)
   — Kommentar zu den benutzten Lehrmaterialien

Diskussionspunkte:

— Schulbibliothek, ein oft vernachlässigter Aspekt der Rahmenbedingungen, perspektivenreich dargestellt von HAENICKE in SCHRÖDER/FINKENSTAEDTS *Reallexikon*, 1977: 209-211
— Rollenkonflikte des Praktikanten (Amphibienexistenz zwischen studentischer Freiheit und beamtenmäßiger Verantwortung), ein schwer darstellbares Kapitel studentenpsychologischer Autobiographie als Teil des Praktikumsberichts
— Theorie-Praxis-Problem des Praktikums: Selbstgenügsame Praxis mit einzigem Kriterium des Funktionierens; gelegentliches „Anzapfen der Theorie" für kurzschrittige Verwertung und Stabilisierung des status quo.

④ Transfer gelingt nicht. Schüler können nur auswendig gelernte Dialogteile reproduzieren. Vermutlich wurde der gelernte Dialog nicht in neuen Situationen angewandt.

3.8. Ausspracheschulung

Grundlagen

① Unterschiedliche Phoneme, d. h. bedeutungsentscheidende Laute, liegen in *bad* und *bed* vor, dagegen nur unterschiedliche *Allophone,* d. h. Varianten, in *mill* und *miller.* Im ersten Falle entstehen Mißverständnisse, im zweiten nicht. (Im amerikanischen Englisch bestehen übrigens nicht die Unterschiede zwischen den Varianten des „l" wie im britischen Englisch.) Die Beschreibung des Phonems ist eine wichtige Leistung der Linguistik. Phoneme sind insofern abstrakt, als sie aus der Vielfalt der wahrnehmbaren Laute jene sprachspezifisch zusammenfassen, die in ihrer Bedeutung relevant sind. Phoneme stehen also in *Opposition* zueinander. Wichtige Oppositionen für den Ausspracheunterricht sind: /v/ gegenüber /w/,/ð/ gegenüber /z/, stimmhafte Laute gegenüber stimmlosen wie z. B. /b/ und /p/, /z/ und /s/. Vgl. zur Einführung GERMER (^{3}1975) und DIGESER (1978).

② Die Kenntnis der Lautschrift ist wichtig für die Benutzung des Wörterbuchs. Insofern ist auch für die Schüler eine Grundkenntnis der Lautschrift erforderlich. Die Lautschrift der Wörterbücher ist eine *broad transcription.*

③ a) Schwachform u. a. in: do, chocolate, a, of, for, you
b) bar /ɑ/ mit Interferenz durch /a/
c) Fehleranfällig: chocolate, good, I'll, oh, thank
d) Nordengland (u. a. Yorkshire, Lancashire)

④ Die Unterfragen führen auf die Antwortrichtungen hin. Suchen Sie sich selbst Beispiele aus der Lernersprache deutscher Schüler. (HEUER 1968: 72-107, HEUER 1976: 33-36)

⑤ Ein moderner Ausspracheunterricht **muß auch auf die prosodischen und** suprasegmentalen Elemente abheben. Die *schwebende Betonung,* z. B. in Namen wie Buckingham Palace, Piccadilly Circus, wird sehr oft mißachtet. Die steigende Intonation steht in Entscheidungsfragen. („Yes" oder „No" werden als Antwort erwartet). Allerdings können auch *Bestimmungsfragen* im schulisch-unterrichtlichen Kontext mit steigender Intonation gesprochen werden, wenn der Lehrer die spezielle Schüler-Lehrer-Interaktion im Sinne einer Zuwendung ausdrücken möchte. Aussprache ist wichtiges Lernziel der ersten Wochen des Englischunterrichts. Neben imitativen Verfahren stehen bewußtmachende Methoden: Lautschrift kritischer Vokale und Konsonanten, Gegenüberstellung von Wörtern mit Phonemunterschieden als *minimal pairs.*

⑥ Phonemische Lernziele des Textes sind die Unterscheidungen von /e/ und /æ/ sowie von /ɔ/ und /əu/. Der moderne Ausspracheunterricht isoliert die Laute nur noch gelegentlich. Grundlegend sind natürliche Redezusammenhänge.

⑦ Die Schüler sollten möglichst früh an das normale Sprechtempo gewöhnt werden, damit keine falsche Fundierung der Aufnahme und Verarbeitung fremder Laute entsteht.

⑧ Möglichst früh werden authentische Ausspracheformen durch technische Medien übermittelt.

⑨ Kognitivierung kann auch in der Ausspracheschulung helfen:
Schwierige Laute per Lautschrift; überdeutliche Artikulation oder Überbetonung („th“: *put your tongue between your teeth!);* Vergleich mit dem Deutschen (deutschen Text mit englischer Artikulationsbasis lesen)
Minimal pairs: z. B. *wrote-rode; rope-robe, dock-dog*

⑩ Für die Einführung einiger schwieriger Laute gibt es mehrere Verfahren: Das „th“ kann durch Überbetonung der Zungenlage bewußt gemacht werden. Das „r“ kann über das dunkle „l“ oder über / ʒ^{w}/ eingeführt werden (HEUER 1968: 85-87). Die verfremdende Aufmerksamkeit auf das „w“ kann über die bekannte Wortfolge „Wir Wiener Waschweiber wollen weiße Wäsche waschen“ erreicht werden.

⑪ In vielen Lehrplänen wird das *Normproblem* zugunsten des britischen Englisch entschieden. Die größere Verbreitung des amerikanischen Englisch läßt es aber angezeigt sein, zumindest im Bereich des Hörverstehens amerikanische Varianten darzubieten. Darüber hinaus müßten für die Schüler der Sekundarstufe II die Fertigkeiten zur Wahrnehmung und Einordnung von *Dialekten und Soziolekten* verfeinert werden.
Merkwörter für amerikanische Aussprache:
car, lord
can't, half *(„flat a“)*
not, hot *(unrounded lips)*

⑫ Wie GERMER (1977) vorgeschlagen hat, müßten die ausgangssprachlichen Dialektformen deutscher Schüler vermehrt berücksichtigt und aufgefangen werden.

⑬ Beim lauten Lesen durch die Schüler stört das Schriftbild die Klanggestalt. Ein *festes Klangbild* ist Voraussetzung, damit das Schriftbild keine Interferenz verursacht.

⑭ Eine Lernprogression für das englische Lautsystem hängt von der Frage ab, ob unbedingt vom Leichten zum Schwierigen vorgegangen werden soll oder ob wichtige kritische Laute wie z. B. das „th“ oder /æ/ an den Anfang gestellt werden sollen.

⑮ Aussprachetoleranz ist je nach Leistungshöhe und Lernziel anzusetzen und im Kern eine pädagogisch zu begründende Maßnahme. Hier gilt das Bonmot, daß es besser sei, nicht ganz richtig zu sprechen als ganz richtig zu schweigen.

⑯ Klassen mit schlechter Aussprache können Unbehagen verursachen. Je nach Motivationsstärke ist ein Wiederholungsunterricht für kritische Ausspracheformen einzuschieben. *Diskriminationsübungen* haben sowohl kognitivierenden als auch habitualisierenden Wert.

Erweiterungen

⑰ Der Aufschwung der phonetischen Wissenschaft führte dazu, daß im Klassenzimmer die „schreckliche" Aussprache der Schüler aufgedeckt wurde. Die wissenschaftliche Unterscheidung zwischen phonetisch und phonologisch relevanten Elementen führte zu einer Verbesserung des Ausspracheunterrichts.

⑱ Die Phonetisierung ist nach der Bildung des semantischen Konzepts und der syntaktischen Gliederung die zeitlich letzte Sprachgestaltung bei der Produktion. Bei der Rezeption von Sprache wird zuerst die phonetische Seite dekodiert. Dann folgen syntaktische Wahrnehmung und vollständige Satzerfassung auf der inhaltlichen Ebene. Dieses *psycholinguistische Modell* wird von FODOR u. a. (1974) vertreten.

3.9. Grammatische Lernziele

① Überblick:

Grammatik im weiten Sinne ist das regelgeleitete Gesamtsystem der bzw. einer Sprache, im engen Sinne die Beschreibungsgrammatik (wissenschaftliche oder didaktische Grammatik) als Sammlung verbalisierter Regeln („Merkregeln" zum Erkennen und Behalten der inhärenten Regeln).

Zitat:

Das berühmt gewordene Buch *Syntactic Structures* von CHOMSKY (1969:11) beginnt mit folgenden Sätzen, die „*syntax*", „*grammar*" und „*linguistic level*" verknüpfen.

Syntax is the study of the principles and processes by which sentences are constructed in particular languages. Syntactic investigation of a given language has as its goal the construction of a grammar that can be viewed as a device of some sort for producing the sentences of the language under analysis. More generally, linguists must be concerned with the problem of determining the fundamental underlying properties of successful grammars. The ultimate outcome of these investigations should be a theory of linguistic structure in which the descriptive devices utilized in particular grammars are presented and studied abstractly, with no specific reference to particular languages. One function of this theory is to provide a general method for selecting a grammar for each language, given a corpus of sentences of this language.

The central notion in linguistic theory is that of „linguistic level". A linguistic level, such as phonemics, morphology, phrase structure, is essentially a set of descriptive devices that are made available for the construction of grammars; it constitutes a certain method for representing utterances. We can determine the adequacy of a linguistic theory by developing rigorously and precisely the form of grammar corresponding to the set of levels contained within this theory, and then investigating the possibility of constructing simple and revealing grammars of this form natural languages.

In dem folgenden Zitat definiert CHOMSKY (1969:13) „Grammatikalität".

From now on I will consider a language *to be a set (finite or infinite) of sentences, each finite in length and constructed out of a finite set of elements. All natural languages in their spoken or written form are languages in this sense, since each natural language has a finite number of phonemes (or letters in its alphabet) and each sentence is representable as a finite sequence of these phonemes (or letters), though there are infinitely many sentences. Similarly, the set of 'sentences' of some formalized system of mathematics can be considered a language. The fundamental aim in the linguistic analysis of a language L is to seperate the* grammatical *sequences which are the sentences of L from the* ungrammatical *sequences which are not sentences of L and to study the structure of the grammatical sequences. The grammar of L will thus be a device that generates all of the grammatical sequences of L and none of the ungrammatical ones. One way to test the adequacy of a grammar proposed for L is to determine whether or not the sequences that it generates are actually grammatical, i. e., acceptable to a native speaker, etc. We can take certain steps towards providing a behavioral criterion for grammaticalness so that this test of adequacy can be carried out. For the purposes of this discussion, however, suppose that we assume intuitive knowledge of the grammatical sentences of English and ask what sort of grammar will be able to do the job of producing these in some effective and illuminating way. We thus face a familiar task of explication of some intuitive concept — in this case, the concept „grammatical in English," and more generally, the concept „grammatical."*

(2) Überblick:

Folgende Grammatiktheorien seien genannt: „Traditionelle Grammatik", inhaltsbezogene Grammatik, strukturalistische Grammatik, Dependenzgrammatik, generative Transformationsgrammatik.

Literatur:

MINDT - 1975 - *Moderne Linguistik*
GESTER - 1976 - „Transformationelle, kommunikative und traditionelle Grammatik", *Praxis*

Zitat:

Für den deutsch-englischen Sprachbereich ist eine grammatikalische Auseinanderentwicklung zu verhindern. Im Sinne einer *Querstruktur* der schulischen Sprachfächer sollen aus *Aufbau einer Schulgrammatik* von ASSHEUER/HARTIG (1976:25f) einige Grammatikmodelle genannt werden:

Wir sind wie Menzel der Meinung, daß die pädagogische Grammatik durchaus verschiedene linguistische Modelle einbeziehen sollte. Deshalb soll sie auch nach unserer Meinung folgende Bereiche einschließen:

— *„die induktiven Verfahrensweisen, wie sie im Strukturalismus entwickelt worden sind, da diese die besten Voraussetzungen für die selbständige Arbeit am Gegenstandsbereich Sprache bieten;*

— *die Leistungs- und Wirkungsanalysen, wie sie vor allem von der inhaltsbezogenen Grammatik durchgeführt worden sind, da vor allem sie dazu beitragen, die Wirkungen von Sprache durchschaubar zu machen;*

— *Teilbereiche der generativen Grammatik (einfache Regelmodelle und Transformationen), da sich an diesen Modellen die syntaktischen Regularitäten sehr gut erklären lassen."*

Die Einbeziehung der Transformationsgrammatik würden wir im Rahmen ihrer Beschreibungsleistungen, angepaßt den Anschauungsmöglichkeiten in höheren Klassenstufen, ausweiten wollen. Schließlich sollte nach unserer Meinung nicht allein die Textlinguistik (wie dies Menzel vorschlägt) weiter eingeschlossen werden, sondern:

— *Teilbereiche der Pragmatiktheorie, wobei aber der Aspekt der sprachlichen Handlungen im Vordergrund stehen sollte.*

③ Überblick:

Behaviorismus and *Kognitivismus* haben als lerntheoretische Modelle auf den Grammatikunterricht Einfluß genommen. Die Bezüge können wie folgt umrissen werden:

Behaviorismus: Gewohnheitsbildung, Imitation, S-R-Psychologie, Drill, *mimicry-memorization, pattern practice*

Kognitivismus: Einsicht in Regularitäten, Übersetzung, Vokabellernen, regelgesteuertes Üben, Lernzieltransparenz.

Literatur:

ZIMMERMANN - 1977 - *Grammatik im Fremdsprachenunterricht*

Zitat:

ZIMMERMANN verknüpft beide Konzepte mit Hilfe einer *Signalgrammatik*. Zu Beginn seiner Darstellung der sprachdidaktischen Forschung zum Problembereich Konditionierung und Kognitivierung schreibt er (1977:101):

*Die von den Fachdidaktikern besonders in den sechziger Jahren als Problem verstandene Dichotomie von imitativen/konditionierenden und kognitiven Verfahren (*Carroll *1965 a) ist in der Schulpraxis wohl kaum nachvollzogen worden. Die unterrichtenden Lehrer dürften bei der Vermittlung bestimmter sprachlicher Eigenschaften niemals ohne bewußtmachende* ***Verfahren ausgekommen*** *sein, und seit der Postulierung einer aktiven Sprechfertigkeit als ober-*

stes Lernziel sind auch nur-konditionierende Methoden in mehr oder weniger großem Umfang eingesetzt worden.

Es ist hinsichtlich ihres Selbstverständnisses bezeichnend, daß die Fachdidaktiken in unserem Lande die Notwendigkeit nur-konditionierender und andererseits (auch-) kognitivierender Verfahren im Grammatiklernprozeß zumeist nicht aus den Erfordernissen der Praxis oder aus der fachspezifischen Unterrichtsforschung abgeleitet, sondern mit Argumenten aus der Linguistik und der Psychologie begründet haben.

④ Überblick:

Regel ist (l) sprachinhärente *rule* und (2) Merkregel. Typische grobe Merkregeln sind:

— SPO *(Subject-Predicate-Object)*
— Umschreibung mit *to do* in der Frage, außer wenn Fragewort das Subjekt ist.

Literatur:

LAMPRECHT - 1970 - *Grammatik der englischen Sprache*
QUIRK/GREENBAUM - 1973 - *A university grammar of English*
CHOMSKY - ^{8}**1969** - *Syntactic Structures*

Zitat:

In der *Elementargrammatik Englisch* von WERLICH (1978) werden im Sinne der induktiven Grammatik aus Beispielsätzen Merkregeln in deutscher Sprache abgeleitet. Das Lernproblem *some-any* — vgl. dazu auch ERDMANN 1976 — wird wie folgt bei WERLICH (1978: 25-26) dargestellt:

• *YES...*	*NO...*
There's some butter on the table.	*But there isn't any bread.*
I want some apples.	*I don't want any pears.*
Mike bought some records.	*He didn't buy any cassettes.*
He has got some money.	*Andy hasn't got any.*
...?	
Have you got any records?	*No I haven't got any.*
Are there any books on the shelf?	*Yes, there are some.*
	No, there aren't any.

Wir gebrauchen some in bejahten Sätzen (affirmative sentences). Wir gebrauchen any in verneinten Sätzen (negative sentences) und in Fragen (questions), die mit ja oder nein beantwortet werden können.

Note: Wir gebrauchen some auch in Fragen, wenn der Sprecher

○ *an eine bestimmte Menge denkt:*	*Can I have some butter, please?*
○ *oder eine bejahende Antwort er-*	*I saw the postman.*

wartet:	*Are there some letters for me? — Oh yes, there are.*
• *...?*	*YES...*
Is there anything in the box?	*Yes, there's something in it.*
	No...
Is there anything in the bag?	*No, there isn't anything in it.*

Is there anybody outside? Yes, there's somebody at the door. But there isn't anybody in the garden.

Ähnlich wie some und any gebrauchen wir auch die Zusammensetzungen something, somebody, someone und anything, anybody, anyone.

Note 1:

No, there isn't anything in it.	*No, there is nothing in it (nichts).*
But there isn't anybody in the garden.	*But there is nobody (no-one) in the garden (niemand).*

Note 2: Weitere Zusammensetzungen mit some und any:
somewhere — anywhere (irgendwo)
somehow (irgendswie)
sometimes (manchmal)

⑤ Annäherung der Lehrpläne der Schultypen.
Verteilung der Tempora auf die ersten beiden Lernjahre.
(früher: Gymnasium mit allen Tempora im 5. Schuljahr, Hauptschule mit *future* im 7. Schuljahr)

Lernzielprogression in den ersten beiden Jahren:

5. Schuljahr: *present progressive — simple present*
6. Schuljahr: *past — present perfect — past perfect — future (going to...)*
Priorität von *present perfect:* situativ leicht demonstrierbar.
Priorität von *past:* wichtiges Erzähltempus; lernschwierig, da im Deutschen zwei Formen für diese Funktion zur Verfügung stehen.

⑥ Überblick: (Beispiel: *present perfect)*
Die Verknüpfung der grammatischen Beispiele mit Lehrwerkdarstellungen und eigenen Unterrichtsplanungen ist empfehlenswert. Die sprachliche und lehrpraktische Aufbereitung ist mit Hilfe von Grammatiken und Methodiken zu vertiefen. Die Demonstration im Klassenzimmer geschieht häufig am Übergang von *present progressive* zu *present perfect,* z.B.: *Look, I'm dropping my books. — I've dropped my books.* So einfach die Versprachlichung zu sein scheint, so kann es dennoch Schwierigkeiten geben:

1) L. will sagen, daß er die Bücher fallen läßt: **Now I drop my books.* (Richtig: *Now I'll drop my books)*

L. läßt die Bücher fallen: *I'm dropping my books.* (Kurzer Moment)

3) L. will ausdrücken, daß er die Bücher fallen gelassen hat: *I've dropped my books. (I just dropped my books* ist auch möglich, besonders im amerikanischen Englisch).

Literatur:

MINDT - 1979 - *Unterrichtsplanung Englisch für die Sekundarstufe I,* 44-46, 112, 151.
KÖHRING/MORRIS - 1971 - *Instant English,* Bd. 1, 165-169.
KÖHRING/MORRIS - 1972 - *Instant English II,* Bd. 2, 139-145.

Zitat:

In *Instant English II* verknüpfen KÖHRING und MORRIS (1972: 140-141) grammatische Lernziele mit Unterrichtssituationen im Klassenzimmer:

Unit 1:

Der Lehrer berichtet, was er am Morgen alles gemacht hat:

I ate breakfast at 8 o'clock, then I came to school, then I entered the building, then I taught my class, then I had a cup of tea. (etc.)

Die Schüler stellen anschließend ähnliche Reihen auf:

My mother woke me up at seven o'clock, I went into the bathroom, I dressed, then I went downstairs. (etc.)

Den Schülern muß klar werden, daß bei einer Folge von Handlungen jede Handlung bereits abgeschlossen ist.

Dann macht der Lehrer einige Bemerkungen zum gegenwärtigen Vormittag, die er näher erklärt: „This morning I have eaten two apples" (der Vormittag ist noch nicht vorüber). „I ate one apple before breakfast. And I ate another apple on my way to school" (beide Handlungen sind abgeschlossen). Ebenso: „I have read two stories this morning. I read one at breakfast. And I read the other one before my English class". (etc.). Nachdem die Schüler die zeitliche Differenzierung verstanden haben, können sie ähnliche Feststellungen treffen, die sie anschließend zeitlich präzisieren.

Unit 2:

Zur Übung zeitlich festlegbarer und nicht festlegbarer Handlungen werden mündliche Sätze nach folgendem Muster erarbeitet:

Lehrer: Have you seen my friend?
1. Schüler: No, I haven't seen your friend. I don't know him.
2. Schüler: Yes, I have seen your friend but I don't remember when.
3. Schüler: Yes, I saw your friend yesterday.
Lehrer: Have you ever eaten fish?
1. Schüler: No, I have never eaten fish. I don't like it.
2. Schüler: Yes, I have eaten fish but I don't know when.
3. Schüler: Yes, I ate fish last month.
(etc.)

Die Erklärungen werden zunächst noch vom Lehrer gegeben, später von den Schülern selbst.

Zur Texterschließung:
— Einführung oder Wiederholung?
— Welche Jahrgangsstufe?
— Welche Redemittel benötigt der Lehrer zur Vorbereitung der angegebenen Übungen?
— Wäre eine Kognitivierung durch Regelformulierung hilfreich?

3.10. Wortschatzarbeit

① Überblick:

Die Wortschatzarbeit hat einen quantitativen und qualitativen Aspekt. Nach heutiger Auffassung ist es wichtiger, die neu erlernten Wörter „umzuwälzen", also mehr auf die Qualität des Lernprozesses zu achten. Die Frage nach dem Minimalwortschatz ist in letzter Zeit nachdrücklich gestellt worden. Das Ergebnis der Arbeit an der Erstellung von *Minima* ist sichtbar in den Sammlungen zum Mindest- und Grundwortschatz (WEST 1953, HAASE 1959, WEIS 1965, Europarat/VAN EK 1975, HÜLLEN/RAASCH/ZAPP 1977).

Kriterien zur Auswahl des Grundwortschatzes sind Häufigkeit *(frequency)*, Brauchbarkeit *(utility)* und Lernbarkeit *(learnability)*. Wenn die Wahl zwischen *school bag* und *satchel* besteht, würde im Bereich des Elementarwortschatzes *school bag* vorzuziehen sein, da *bag* eine größere Anwendungs-und Reichweite *(range)* besitzt.

Literatur:

DOYÉ - 1971 - *Systematische Wortschatzvermittlung im Englischunterricht*
MACKEY - 1965 - *Language teaching analysis*
QUETZ - 1974 -„Inferenz und Interferenz bei Semantisierungsprozessen in einer Fremdsprache," *NM*

Zitat:

Die Festsetzung des lexikalischen Lernzuwachses für die Schuljahresstufe 5 und 6 (Orientierungsstufe) ist unter der Perspektive der Angleichung der L.e konfliktreich, weil die Wortschatzmengen in den L.en der herkömmlichen Schulformen sich erheblich unterscheiden und als Indikatoren für unterschiedliche Lernwege und Schullaufbahnen herausgestellt werden. (In Nordrhein-Westfalen z. B. werden folgende Wortschatzmengen für die ersten beiden Schuljahre angesetzt: Hauptschule 700-800; Realsch. 1400; Gymn. 1600; Orientierungsstufe (differenziert) 1000-1400-1800; Gesamtschule 800-1200). Wenn bedacht wird, daß die Zahlenangaben in den L.en weniger durch lerntheorethische Überlegungen als durch „Lexik-Arithmetik" und Prestigedenken zustande kommen, ist eine empirische Überprüfung der tatsächlichen Lernerfolge dringlich geboten. Die Fspr.didaktik hat immer wieder den Unterschied zwischen kurzfristiger „Durchnahme“ und langfristigem Lernen betont und vor einem Wortschatzmaterialismus gewarnt. Die Geschichte der L.e zum Kapitel Wortschatz macht deutlich, daß bei wachsender Unterscheidung zwischen produktivem und rezeptivem sowie fundamentalem und peripherem Wortschatz die Mengenangaben fortlaufend reduziert worden sind. (Z. B. Gymn. NRW Kl. 6: 2500 im Jahre 1964, 1600 im Jahre 1973). Der Europarat hat als Grundwortschatz (A European unit/credit system for modern language learning by adults) *eine Liste mit 749 Wörtern für die produktive und weiteren 177 Wörtern für die rezeptive Kompetenz aufgestellt. (HEUER 1977: 128-129)*

② Überblick:

Eine genaue Zahl neu einzuführender Vokabeln kann nicht genannt werden. Der Umfang ist von folgenden Faktoren abhängig:

- Größe der Lernschwierigkeit
- Stärke des inneren Zusammenhanges und der gegenseitigen Stützung
- Bedeutung des Zieltextes
- Aufnahmefähigkeit der Schüler
- Lernfortschritt und Lernstrategie der Schüler

Als Faustregel für den Anfangsunterricht können 5-8 Lexeme genannt werden, für den fortgeschrittenen Englischunterricht einige mehr.

Literatur:

Neuere Methodiken (wie z. B. LORENZEN 1977a, GUTSCHOW 1978)
HEUER/HEYDER - 1971 - „Das Lernen neuer Wörter in Beziehung zur Vokabelanzahl, zur Darbietungsmethode und zur Altersstufe“, *Praxis*

Zitat:

1) Je größer die Zahl der in einem Darbietungsgeflecht eingeführten neuen Wörter ist, desto kleiner ist der Prozentsatz der (nach sechs Wochen) in den aktiven Wortschatz übernommenen Wörter. (These von der prozentualen Verringerung der behaltenen Wörter bei linearer Vermehrung der dargebotenen Wörter).

2) Die Unterschiede in den Behaltensleistungen zwischen den einsprachig und zweisprachig geführten Gruppen jüngerer Schüler sind erheblich. Die jüngeren Schüler weisen eine bessere Behaltensleistung bei der einsprachigen als bei der zweisprachigen Darbietungsmethode auf, wenn die Wortzahl kleiner ist, aber eine schlechtere Behaltensleistung, wenn die Wortzahl größer ist (These von der möglichen Effizienzfunktion der Darbietungsmethode in Beziehung zur Vokabelanzahl und Altersstufe).

3) Die Behaltensleistungen der älteren Schüler sind besser als die der jüngeren. (These von der Korrelation zwischen Lerneffekt im lexikalischen Bereich und fortschreitendem Alter der Schüler)...

Zum anderen sind die in der heutigen Fachdidaktik gängigen Ansichten, in den ersten Jahren des Englischunterrichts nicht über 8-10 neue Wörter pro Stunde hinauszugehen, zu überprüfen. Die Versuchsergebnisse lassen es ratsam erscheinen, die Zahl der neueinzuführenden Wörter zu reduzieren. Vom Standpunkt des Behaltens aus ist die kleinstmögliche Zahl der unbekannten Wörter die beste. Zur Erreichung dieser optimalen Lernbedingungen müßte jede einzelne Englischstunde ein Transmissionsriemen für eine kleine Gruppe neuer Vokabeln sein. Wenn im Englischunterricht des Gymnasiums die Neueinführungszahl der in den aktiven Wortschatz aufzunehmenden Vokabeln nicht 6 überschreitet, können bei einem Englischunterricht von 4 Wochenstunden über 900 neue Wörter jährlich semantisiert werden. In der Hauptschule können bei nicht mehr als 3 Neueinführungen über 450 Wörter jährlich in den Verfügungs- und Handlungswortschatz aufgenommen werden. (HEUER/HEYDER 1971: 24-25)

③ Überblick:

Ein linguistisches Problem der *Semantisierung* ist die Herstellung äquivalenter Wortinhalte im Deutschen und Englischen. Hinzu kommt die Aufteilung eines Wortes in Ausdruck und Inhalt. Des weiteren können Wörter unterschiedliche Bedeutungen besitzen, auf die der Kontext Einfluß nimmt. Die Vorstellung also, daß ein Wort durch Umschreibung, durch Verwendung in einem Satz oder durch Übersetzung sich problemlos erschließt, ist irrig.

Die Worteinführung geschieht je nach Inhalt und Lernvoraussetzung durch verbale Semantisierungsverfahren oder durch illustrierende und demonstrierende Verfahren. Die Einführung isolierter Wörter spart zwar Zeit, wirkt sich aber nachteilig auf das Behalten aus. Ein kleiner *Kontext* ist empfehlenswert. Wird der Kontext zu umfangreich und bildet eigene Textkerne, dann ist mit einem hohen Zeitaufwand zu rechnen. Die Entscheidungen darüber sind davon abhängig zu machen, ob die Einführung des neuen Wortschatzes eine *Vorentlastung* ist (im Hinblick auf einen späteren Text) oder im eigenen Rechte steht. Die Wörter, die durch vorwegnehmende Einführung nicht gut semantisiert werden können, lassen sich am besten in Verbindung mit späteren Sprachganzheiten ***textimmanent* erschließen.**

Als Standardfragen können folgende Lehrerimpulse aufgezählt werden:
What's this in English?
Have you got a...
Whose is this...
What colour is this...
Is this a... or a...?
Ferner empfehlen sich *mock-questions* und Nennung von *keywords* zur Satzbildung durch die Schüler.

Literatur:

GUTSCHOW - 1978 - *Eine Methodik des elementaren Englischunterrichts,* 70-78
LORENZEN - [3]1977 - *Englischunterricht*

Zitat:
Die verbale Einführung stellt an den Lehrer besondere Ansprüche, weil die bei der Erklärung verwendeten Wörter (und Konstruktionen!) der Klasse bekannt sein müssen. Sicher ist es vertretbar, bei anderen Unterrichtsanlässen unbekannte Wörter und Strukturen zu verwenden; der Schüler versteht ein Lob z. B. auch, wenn ihm nicht jedes einzelne Wort bekannt ist. Aber die Vokabeleinführung ist gewiß der am wenigsten geeignete Anlaß, die Verständnisfähigkeit der Schüler auf die Probe zu stellen. Im übrigen neigt der Anfänger im Lehramt dazu, die Erklärung für sich zu betrachten und evtl. Verwechslungsmöglichkeiten bzw. Fehlschlüsse der Schüler außer acht zu lassen. Schon aus diesem Grund ist es nötig, ein Wort ggf. mehrfach zu erläutern, z. B. Owls are birds. Owls sleep by day and fly at night. Owls catch mice. They have large eyes. *Auf diese Weise wird nicht nur die Bedeutung erhellt, sondern auch die anderen Faktoren der Vokabeleinführung werden berücksichtigt. Die wiederholte Verwendung des neuen Wortes hilft die Lautform einzuprägen, und der Gebrauch in verschiedenen Zusammenhängen verdeutlicht die grammatischen und situativen Gebrauchsbedingungen:* Mr X is a butcher. Butchers sell meat. When you want to buy meat, you must go to a butcher's. At the butcher's you can get meat, sausages, ham etc.

Die Fähigkeit des Durchschnittsschülers, verbale Erklärungen zu verstehen, wird meist überschätzt; der Lehrer ist u. U. auf seine Umschreibungskünste stolz und muß dann doch feststellen, daß er gar nicht verstanden worden ist (das gilt besonders dann, wenn der Lehrer es versäumt hat, sich der Hilfen zu bedienen, die das Lehrbuch anbietet). Falsch wäre es, nun einfach zur Übersetzung zu greifen. Für den Lernfortschritt wichtiger ist es, einen zweiten Anlauf zu unternehmen, zu einer anderen Situation überzugehen, z. B. the butcher's department in a supermarket. *Man kann dem Schüler helfen, wenn man so anschaulich wie möglich formuliert und formale Erläuterungen nur anwendet, sofern man sicher ist, daß sie auch einwandfrei aufgefaßt werden. Die Schwierigkeiten der einsprachigen Vokabelerklärung beruhen jedoch nicht nur auf dem Problem der eindeutigen Formulierung innerhalb eines begrenzten Wortschatzes. Wenn der Schüler solche Erklärungen verstehen soll, muß ihm die zugrundeliegende Technik vertraut sein, d. h., er muß Gelegenheit gehabt haben, die Umschreibungs- oder Gleichsetzungstechnik an schon bekannten Wörtern zu erfahren. (GUTSCHOW 1978: 71-72)*

3.11. Fehlerkunde

① Zu unterscheiden ist zwischen der wissenschaftlichen Analyse der Fehler und der Korrektur und Bewertung von Fehlern in der Schule. Die *Fehleranalyse* führt nicht direkt zu Handreichungen für die Fehlerbewertung. So stehen sich in der heutigen Situation wissenschaftliche Fehleranalyse (die für den Unterricht weitgehend folgenlos bleibt) und *Fehlerbeurteilung* in der Schulpraxis relativ unvermittelt gegenüber. (NICKEL 1972)

② Fehler ist zu definieren als Abweichung von einer Konvention oder Norm. Ein Flüchtigkeitsfehler liegt vor, wenn auf der Oberfläche des Verhaltens die Abweichung vollzogen wird - im Gegensatz zum wirklichen Wissen. Der Fehler im Bereich des zufälligen Verhaltens (Aufmerksamkeit als Einflußfaktor) kann als *Performanzfehler* bezeichnet werden, der Fehler aus Nichtwissen als *Kompetenzfehler.*

③ Zur Zeit des grammatischen Unterrichts war der Grammatikfehler ein „schlimmer" Verstoß. Zur Zeit des kommunikativen Unterrichts muß ein Fehler, der den kommunikativen Ablauf stört, entsprechend streng bewertet werden. Im großen und ganzen aber gilt das Prinzip der *Fehlertoleranz,* das sich im Fremdsprachenunterricht mit schwächeren Schülern entwickelt hat. Ein *native speaker* wird durch einen Kommunikationsfehler anders „irritiert" als ein deutscher Sprachlehrer.

④ In Lernersprachen, d. h. der von den Lernenden produzierten Sprache, sind Fehler bisweilen Übergangsfehler, die zu späterer Zeit sich von allein aufheben. Die Fehler der Lernersprache stehen in einem System zueinander und sind Teil einer Interimsprache (Zwischensprache).

⑤ Ein Fehler kann verursacht werden durch die Auswirkungen der Muttersprache. Die Übertragung muttersprachlicher Eigenschaften auf die Fremdsprache ist die *interlinguale Interferenz.* Sprachimmanente Schwierigkeiten des Englischen, die auch dem *native speaker* Schwierigkeiten bereiten, verursachen *intralinguale Interferenzen.* Auch die Anordnung des Lehrstoffs und die Vermittlungsmethode können zur Fehlerverursachung beitragen.

Die Übertragung des deutschen Perfekts und die deutsche Wortfolge ins Englische sind typische interlinguale Fehler.

By foot: Falsche Analogiebildung zu *by car, by train, by plane.*

⑥ Einteilung der Fehler in die klassische Trias: Aussprache, Grammatik, Wortschatz.
Ferner: Idiomatik und Stil (Register, Varietät)

⑦ Theoretische Vorwegnahme möglicher Schülerfehler bei der Stundenvorbereitung trägt zur Fehlervermeidung bei. Wenn Schüler beim Sprechen plötzlich innehalten, ist sofortiges Eingreifen des Lehrers hilfreich. Ein vom Lehrer mit verursachter Schülerfehler liegt vor, wenn der Schüler auf die Frage „What's this" nicht mit „that" antwortet, sondern mit „this". (Gelerntes Imitationsverhalten!) Freies Sprechen der Schüler hat seine Grenzen, wenn die Schüler muttersprachlich konzipierte Inhalte ins Englische mit starker Interferenz übertragen.
Das Bereithalten von Mustersätzen dient der Fehlerprophylaxe. Einige Beispiele zu „neuralgischen" Punkten:
The *next* street is the *nearest* way to the station.
My *elder* brother is three years *older* than I am.

Take this letter to the post-office and *bring* me some stamps please.
Do you *attend* this school? - No, I'm just *visiting.*
We *looked* around but we *saw* nothing.
Tell us what you *said.*
The stranger looked *angry,* but he didn't look *angrily* at me.

⑧ Fehlertoleranz ist ein flexibel zu handhabendes Instrument der inneren Leistungsdifferenzierung. Das Toleranzkriterium müßte theoretisch von Normen des *native speaker* ausgehen, nicht von deutschen Englischlehrern, die wegen der gleichen Ausgangssprache sprachliche „Komplicen" der Schüler sind.

⑨ Verstöße gegen Lernziele sind sofort zu berichtigen, ebenso *blunders.* Eine nachträgliche *Korrekturphase* stellt hohe Anforderungen an den Lehrer: Behalten oder Sammeln der Fehler, Zusammenfassen zu Schwerpunkten, Bereithalten der kognitiven Hilfen (Mustersätze, Regeln).

⑩ In der Sekundarstufe I enthält ungefähr jede zweite Äußerung der Schüler im Rahmen der gesprochenen Fremdsprache irgendeinen Fehler (HEUER 1976: 30-32). Lehrer und Schüler werden „immunisiert".

⑪ So z. B. gibt es viele Fehler im Bereich der Präpositionen, doch verglichen mit den richtig verwandten Präpositionen ist die Fehlerzahl relativ gering, ca. 5% nach einer vorläufigen Korpusauswertung (HEUER 1976: 95).

⑫ Einige Fehler sind Übergangsfehler (z. B. Verwechslung von Lang- und Kurzformen, das-s 3. Pers.Sg., *to do* in der Umschreibung), andere sind Langzeitfehler oder sogar „Fossilisationen", die auf der Hochschulstufe kaum veränderbar sind (z. B. fehlende Opposition v/w, falscher Gebrauch von *must).*

3.12. Leistungsmessung

Grundlagen

① Die Problemhaltigkeit des Begriffs Leistungsmessung liegt darin, daß er eine objektivierte Beurteilung suggeriert. Da jedoch Leistung nicht nach *psychometrischer* Genauigkeit meßbar ist, kommen übergreifende Gesichtspunkte zur Anwendung. Wegen der Wichtigkeit für die Zensurenfindung ist die Leistungsmessung von besonderer curricularer Bedeutung. Andere Begriffe: Leistungsbeurteilung, Lernzielkontrolle, Leistungsfeststellung.

② Beispiele aus der Unterrichtspraxis können die Schwierigkeiten der Lernzielkontrolle und der Notengebung veranschaulichen. Da die Englischleistung im Hinblick auf das oberste Lernziel der Kommunikationsfähigkeit nicht primär im schriftlichen Medium ermittelt werden kann, sind neue Verfahren zur Bewertung der *mündlichen Leistung* zu erproben.

③ Die Leistungsfeststellung hat einen diagnostischen Wert im Hinblick auf Lerndefizite der Schüler. Zugleich kann sie über die weitere erfolgreiche Mitarbeit im Fache bedingt Auskunft erteilen. Lernziele und Leistungsmessung müssen in einem engen Verhältnis stehen, damit der Schüler ihren Zusammenhang erfährt und zur Leistung motiviert wird.

④ Die Leistungsmessung im mündlichen und schriftlichen Bereich ergibt die Zensur. Faktoren wie Aufmerksamkeit und Mitarbeit sollten nicht einfließen, da sie nicht zur eigentlichen Fachleistung gehören.

⑤ Die Leistungsmessung im schriftlichen Bereich geschieht auf der Grundlage von Tests oder herkömmlichen Klassenarbeiten. Teile der Klassenarbeiten sind Umwandlungs- und Einsetzübungen, Fragen und Antworten, Textwiedergabe und -analyse, Diktat und Übersetzung.

⑥ In den neueren Richtlinien und Lehrplänen wird ausgeführt, daß die Englischzensur die *mündliche Leistung* in ausreichendem Maße zu berücksichtigen hat. Die *schriftliche Leistung* spielt in praxi dennoch eine große Rolle, weil die Verfahren zur Leistungsfeststellung im Schriftlichen einfacher sind.

⑦ Der Halo-Effekt kommt zustande, wenn nicht zu messende Faktoren berücksichtigt werden, wie z. B. die Schrift bei der Beurteilung einer Arbeit oder die Stimme bei der Beurteilung der gesprochenen Sprache. Der Serienfehler entsteht, wenn vorangehende Leistungen besonders gut oder schlecht waren und die nachfolgenden Leistungen im Urteil des Prüfenden auf- oder abwerten.

⑧ Das laute Vorlesen kann eine Übungsform sein, sollte aber nicht zur Bewertung der *Sprachbeherrschung* gebraucht werden. Das Abfragen von Vokabelgleichungen gibt keinen Aufschluß über die tatsächliche Festigkeit lexikalischer Einheiten.

⑨ Neue Formen zur Beurteilung der Leistung sind Interview, Rollenspiel, Schülerinteraktion, die selbständige Sprechleistung in wenig gesteuerter und freier Kommunikation. Das folgende Arbeitspapier einer Gruppe von Schulpraktikern gibt einen Einblick in Prüfverfahren der Praxis:

Möglichkeiten der Leistungsbewertung im mündlichen Bereich

In den von den Richtlinien geforderten Qualifikationen für den EU wird das Primat des Mündlichen aufgestellt. Eine Beurteilung der Gesamtleistung des Schülers, die hauptsächlich auf der Benotung schriftlicher Leistungen beruht, ist unzulässig. Nur mit Hilfe von eindeutigen Kriterien kann ein möglichst hoher Grad von Objektivität in der Beurteilung mündlicher Leistung erreicht werden.

Benotungskriterien

A) Hörverstehen

Diese Kategorie ist Voraussetzung dafür, kommunikativ zu reagieren.

1) Scheint alles ohne Schwierigkeit zu verstehen.
2) Versteht bei normalem Sprechtempo fast alles.
3) Versteht fast alles bei langsamerem Sprechtempo und gelegentlichen Wiederholungen.
4) Hat Schwierigkeiten dem zu folgen, was gesagt wird.
5) Kann nicht einmal einfache englische Unterhaltung verstehen.

B) Sprechen in der Situation

1) flüssig, unmittelbar verständlich, situativ angemessen
2) situativ angemessen, Verständlichkeit durch Fehler kaum behindert
3) situativ angemessen, erschwerte Verständlichkeit durch Fehler
4) Mängel in der situativen Angemessenheit, erhebliche Beeinträchtigung der Verständlichkeit
5) situativ unangemessen, sprachlich mangelhaft

C) Wortschatz

1) situationsgerechter Ausdruck mit Transfer
2) überwiegend situationsgerecht
3) situationsgerechter Wortschatz mit Hilfen
4) Mängel im Wortschatz vorhanden, jedoch einfache Verständigung möglich
5) Wortschatz ermöglicht keine sinnvolle Verständigung.

D) Aussprache und Intonation

1) phonetisch richtig, flüssig, intonatorisch sinnvoll, deutlich
2) immer verständlich, leichte Toleranz im phonetischen Bereich
3) partiell auftretende Mängel, jedoch Verständlichkeit gewährleistet
4) stellenweise unverständlich, korrekturbedürftig
5) schwerwiegende Ausspracheprobleme

E) Grammatik

1) richtige und situationsangemessene Anwendung von Strukturen
2) Macht in der Satzherstellung oder in der Grammatik gelegentlich Fehler, das Verstehen wird jedoch nicht beeinträchtigt.
3) Macht gelegentlich Fehler, die das Verstehen beeinträchtigen.
4) Falsche grammatische Strukturen führen zu Verständigungsschwierigkeiten.
5) grobe, noch reparable Mängel

Die Stufung 1-5 entspricht den Noten „sehr gut“ bis „mangelhaft“. Vergleichen wir die oben aufgeführten Kategorien miteinander und setzen sie in Relation zum obersten Richtziel, der anzustrebenden Kommunikationsfähigkeit, so wird eine unterschiedliche Gewichtung deutlich, die in der Beurteilung der mündlichen Leistung berücksichtigt werden muß. So könnten die Kategorien Wortschatz, Aussprache und Intonation, Grammatik einfach und die Kategorien Hörverstehen und Sprechen in der Situation zweifach gewertet werden.

Beurteilungsbogen

Mit folgendem Beurteilungsmuster können zu jeder Kategorie verschiedene Benotungen durchgeführt und dann zu einer Gesamtnote zusammengefaßt werden.

Klasse: ________ Kurs: ________ Name: ____________________

Sprechfertigkeitstest Nr. ________ Datum: ________ Thema: ________

Teil- ____________________________________ Gesamtnote ________

1) Hörverstehen ____________________________________
2) Sprechen in der Situation ____________________________________
3) Wortschatz ____________________________________
4) Aussprache u. Intonation ____________________________________
5) Grammatik ____________________________________

Erweiterungen

⑩ Das *Diktat* kommt nach OLLER (1971) dem Sprachleistungsfaktor sehr nahe, auf der anderen Seite ist es umstritten (BRINGS 1979). In den *Nacherzählungen* wird zusätzlich zur Sprachleistung auch die Gedächtnisleistung überprüft (SCHAFFERT 1971). *Einsetzübungen* und Satzkomplettierungen (wie der *cloze test)* überprüfen Sprachverständnis und Ausdrucksfähigkeit. Zusammenfassung und Perspektivierung von Texten stellen Transferleistungen besonderer Art dar. Die *Frage-Antwort-Übung* hat ihren Wert darin, daß der Schüler stärker zur Fragebildung herangeführt wird. *Bildbeschreibungen* haben nur begrenzten Wert, da sie nicht eine natürliche Form der Sprechtätigkeit sind. Zeitgemäße *Vokabelarbeiten* sind Erstellungen von Wortfeldern sowie Satzbildungen und Assoziationen zu vorgegebenen Reizwörtern. Die grammatischen Lernziele sind in Form kontextualisierter Sprache zu überprüfen.

⑪ Antwortrahmen in den Unterfragen

⑫ Antwortrahmen in den Unterfragen

⑬ Der englische Begriff *Test* ist weiter als der deutsche, der nur standardisierte und informelle Formen der Leistungsüberprüfung bezeichnet.

⑭ *achievement test:* Überprüfung der im Lehrgang erarbeiteten Lernziele
proficiency test: Allgemeine Sprachleistungsbeurteilung
aptitude test: Feststellung der Spracheignung

⑮ Standardisierte Tests sind an einer repräsentativen Population geeicht, informelle Tests beziehen sich auf kleine Bezugsgruppen wie Klassen.

⑯ Ein Test besteht aus Subtests, die sich auf unterschiedliche Fertigkeiten oder Spracheigenschaften beziehen. Ein *test item* ist die einzelne Aufgabe. In einem *multiple choice test* heißen die Informationsvorgaben *stem*, die Antwortmöglichkeiten *options,* die richtige Antwort *key*, die falschen Antworten *distractors.*

⑰ Vgl. Einführungen in Testtheorie

⑱ Die schriftlichen Testformen haben im Hinblick auf die Kommunikationsfähigkeit einen nur begrenzten Wert. Wenn der Unterricht auf zukünftige Tests ausgerichtet wird, üben die Tests eine Wirkung aus, die ihnen nicht zugedacht ist.

⑲ Antwortrahmen in den Unterfragen

⑳ Vgl. LEWIS/MASSAD - 1975 - *The teaching of English as a foreign language in ten countries*

Internationale Vergleiche können zur Kritik der ausgeübten Praxis führen. In England z. B. gibt es nicht über das Jahr verteilte Klassenarbeiten, sondern eine am Ende des Trimesters stattfindende Testphase, die primär schriftlicher Natur ist.

4 Didaktik der Literatur und Landeskunde

4.1. Lektüreunterricht

① Die Arbeit mit einer leichten Lektüre kann im 8. Schuljahr beginnen. Der Wortschatz der Lektüre muß in etwa dem *rezeptiven Wortschatz* der Schüler entsprechen, damit flüssiges Lesen ermöglicht wird. *Lehrbuchbegleitende Lektüren* sind also für den Anfang günstig. Die äußere Aufmachung der Lektüre (Bilder, übersichtliches Vokabelverzeichnis, kurze Anmerkungen) ist nicht zu unterschätzen. Die Lektüre bringt einen Motivationsschub mit sich, da durch sie die Schüler aus der Strenge des Lehrwerks „ausbrechen". Lektüre bedeutet *enrichment,* Auflockerung, Abwechslung.

② Der Erfolg einer Lektürebehandlung ist abhängig von einer klaren Zielsetzung, einem genauen Zeitplan und einer vorherigen Festlegung auf intensiv und extensiv *(kursorisch)* zu lesende Teile. Häusliches Lesen, Inhaltszusammenfassungen von möglicherweise auszulassenden Kapiteln und zügiges Vorgehen sind entscheidende Merkmale. Das *Prinzip des Verweilens,* so wichtig für die Lehrbucharbeit, würde bei der Lektürearbeit den Abwechslungscharakter aufheben.

③ Lehrgangsunterricht ist systematisch und konsequent: Die *Sequentialität* bestimmt die Arbeit (SAUER 1971:136). Die Lektüre ist frei von grammatischer *Progression,* der Wortschatz ist weitgehend für das rezeptive Können gedacht. Die Lektüre wirkt durch ihren Inhalt. Das Leseverhalten der Schüler im Lektüreunterricht sollte natürlich sein und dem bei der deutschen *Privatlektüre* entsprechen.

Lehrgangs- und Lektüreunterricht kann zwischen Systematik und Zufälligkeit bzw. zwischen Sequentialität und *enrichment* gesehen werden. Auf der anderen Seite kann der Gegensatz als Erweiterung gewertet werden, so daß der Lektüreunterricht eine Ausdifferenzierung des Lehrgangsunterrichts darstellt. Die Lektüre kann als „*Baustein*" gedacht werden, d. h. als ein Element innerhalb eines größeren Baukastensystems. Die klassische Form des Fremdsprachenlernens ist jedoch sequentiell: Die Lernmaterialien müssen in geordneter Form angeboten werden.

④ Die Kenntnis einiger verbreiteter Lektüren wird hier vorausgesetzt.
Vgl. K. CLAY, *Flight 201 to Madrid* (Klett)
E. ORTON, *The Red Mini* (Schöningh)
S. SPEIGHT, *Robin Hood* (Crüwell/Schroedel)

Die Erörterung der Beispiele muß sich auf die *Altersangemessenheit* der Inhalte und auf den Stellenwert im Lektüreangebot beziehen. Je nach Schultyp und Jahrgangsstufe müssen die mit der Lektüre verbundenen Ziele curricular begründet werden können und jenseits der zufälligen Auswahl stehen.

⑤ Die Textarbeit ist unter Literatur- und Landeskundeunterricht zu fassen. Probleme ergeben sich in folgenden Dimensionen: Literatursprache gegenüber Gemeinsprache, Originalausgabe gegenüber Adaption, Interpretationsschema gegenüber Kommunikationsspiel, klassische Literatur gegenüber Gegenwartsliteratur (HEUER 1979).

⑥ Der Begriff *Ganzschrift* ist historisch festgelegt, Lektüre ein weiter gefaßter Begriff und „Lesebogen" ein in neuerer Zeit gebrauchter Begriff zur Bezeichnung von thematisch geordneten Texten. Die Neusprachliche Reformbewegung kombinierte landeskundliche Einsichten mit aktueller Literatur namhafter Autoren. Heutige *Kursmaterialien:* CVK-Modelle Englisch (Cornelsen); Topical Texts (Klett); Kursmaterialien Englisch Sekundarstufe II (Lensing), Texts for English and American Studies (Schöningh).

⑦ Das Erscheinen immer neuer Lektüren stellte die Frage nach den wirklich relevanten Titeln. Der Allgemeine Deutsche Neuphilologenverband versuchte, einen mehr oder weniger verbindlichen Lektürekanon auf Grund der Erfahrungen seiner Mitglieder zu erstellen. Vgl. MIHM - 1972 - *Die Krise der neusprachlichen Didaktik,* 44-46.

⑧ Das Lernziel des *Leseverstehens* fördert die Ausweitung der Lektürearbeit und bewirkt die Aufnahme von längeren Erzählungen in die neuen Lehrwerke. Das Globalziel der *rezeptiven Kompetenz* bleibt jedoch umstritten, da das oberste Lernziel die Befähigung zur mündlichen Kommunikation ist, d. h. zum Sprechen der fremden Sprache. Die heutige Didaktik des Englischunterrichts auf der Gymnasialoberstufe verklammert Literaturunterricht und landeskundliche Unterweisung durch den textbezogenen Ansatz, der sowohl den Weg für umfangreiches Lesen als auch für intensive Klassengespräche offenläßt (FREESE/HERMES 1977).

Die Aussage BOHLENS ist eine Zusammenfassung der traditionellen Auffassung, daß der Fremdsprachenunterricht nicht Sprachunterricht, sondern *Kultur- und Literaturunterricht* sei.
Vgl. den „BOHLEN-Brief" in *NM* 1967:65.

⑨ Die *simplified readers* setzten sich nur langsam durch, weil sie gegen die puristische Auffassung von Literatur verstießen. Erst auf dem Hintergrund der Massenliteratur und der Verfilmung von Klassikern konnten sich die *simplified readers* den Weg in die Schulen bahnen. *(Easy Readers* bei Klett, *Structural Readers* bei Longman, *Guided Readers* bei Heinemann) Vgl. WEINRICH - 1966 - „Darf man Schulausgaben kürzen?", *Praxis,* 233-236.

⑩ Der Erklärungs- und Übungsapparat der Lektüren ist zunehmend umfangreicher geworden. Ursprünglich gab es Vokabel- und Sachhilfen. Die heutige Zeit hat Verständnisfragen und Übungsansätze für Grammatik- und Wortschatzarbeit erbracht.

4.2 Literaturdidaktik

① Die Kooperation zwischen *Literaturwissenschaft* und *Literaturdidaktik* wird im folgenden Zitat mit Aufgaben der Literaturdidaktik als Teil der Fachdidaktik verknüpft (HORSTMANN 1978: 10–11):

Wie Literaturdidaktik aufgrund des angestrebten kooperativen Verhältnisses wissenschafts- und literaturtheoretische Argumentationshilfen erwarten darf, so wird sie umgekehrt auch zur Bezugsdisziplin für die Philologien. Eine Literaturdidaktik, die wegen einer neuen Offenheit der Literaturwissenschaft gegenüber ihren Fragestellungen nicht länger gezwungen ist, etwa bildungstheoretisch fundierte Gegensysteme zur Fachwissenschaft zu entwerfen oder vorschnelle Elementarisierungen mit der undiskutierten Übernahme einer impliziten Poetik zu bezahlen, wird sich rasch zu einer Instanz entwickeln, die begründete Fragen an ihr Gegenüber zu stellen und Anregungen zu vermitteln vermag... In welche Richtung diese Impulse ziehen könnten, deuten die inzwischen von einigen Autoren aufgestellten, allerdings noch abstrakten Aufgabenkataloge für die Fachdidaktik an, die etwa folgende Punkte umfassen:

1) *Ständige Überprüfung wissenschaftlicher Inhalte auf ihre didaktische Umsetzbarkeit*
2) *Aufarbeitung und Bewußthaltung älterer Fakten der Wissenschaftstradition*
3) *Artikulation des Bedarfs gegenüber der Fachwissenschaft (Forschungsplanung)*
4) *Integrierende Funktion der Fachdidaktik als Vermittlung zwischen den expandierenden Disziplinen von pädagogischen Konzepten her*
5) *Selektion fachwissenschaftlicher Inhalte*
6) *Entwicklung von Vermittlungstechniken*
7) *Rückkoppelung von Praxis und Lehre*

② Die neuere Literaturdidaktik stellt den Leser nicht nur als passiven *Rezipienten* dar, sondern als aktiven Teilnehmer am Literaturgespräch. Da das Leseverhalten als Teil des menschlichen Gesamtverhaltens empirisch erforscht werden kann, entsteht eine entsprechende *Rezeptionsforschung*. HEUERMANN (1976: 193) hat die Situation folgendermaßen beschrieben:

Seit ungefähr einem Jahrzehnt ist in den Literatur- und Medienwissenschaften viel von Rezeptionsforschung die Rede. Im Zug einer allgemeinen Revision der traditionellen Philologien und als Konsequenz ihrer fälligen Neuorientierung in Richtung auf kommunikations- und sozialwissen-

schaftliche Prinzipien rückt die wahrnehmungs- und verstehensmäßig aktive Rolle *des Rezipienten verstärkt in das Zentrum der Aufmerksamkeit. So ist mittlerweile bekannt, daß die sowohl erkenntnistheoretisch-hermeneutisch als auch psychologisch-experimentell belegbare* Bewußtseinsabhängigkeit *rezeptiver Prozesse den Geltungsanspruch herkömmlicher Interpretations- und Analyseverfahren stark modifizieren (wenn nicht invalidieren), und so ist inzwischen unumstritten, daß die vielschichtige Bedingtheit literarischer Verstehensvorgänge weder im Zustand ästhetischer Kontemplation intuitiv erfaßt noch über den Weg theoretischer Reflexion systematisch bestimmt werden kann.*

Analysehilfen:

„Literatur- und Medienwissenschaften": Erweiterung der Literaturwissenschaft zur Kommunikations- und *Medienwissenschaft;* Medien (Massenmedien) als Literaturersatz, als Literatur mit anderen Mitteln.

„Aktive Rolle des Rezipienten": Der Leser nimmt als Rezipient Inhalte auf, verarbeitet, speichert und ruft sie wieder ab – eine Tätigkeit des aktiven Organismus.

„Bewußtseinsabhängigkeit": Dieser Begriff ist repräsentativ für die vorherrschende Rolle psychologischen Vokabulars (Wahrnehmung, Verstehen, Aufmerksamkeit, experimentell, intuitiv).

③ Vorlesungen über *Shakespeares* Werk standen im Mittelpunkt der englischen Literaturkunde und Literaturwissenschaft der Hohen Schulen und Universitäten des 18. und 19. Jahrhunderts. Bis heute ist Shakespeare verbindliche Lektüre der Gymnasialoberstufe geblieben und beansprucht in den Veranstaltungen der Universitäten einen herausragenden Platz. Shakespeare ist geradezu ein Testfall für die These, daß Literaturwissenschaft und Literaturdidaktik eine unauflösbare Einheit bilden.

Ein Kernproblem der Behandlung Shakespeares ist der didaktische Aspekt, d.h. die Frage, welche Werke Shakespeares wann und wie behandelt werden sollen. Die Stellung Shakespeares in den Lehrplänen der gymnasialen Oberstufe ist wechselhaft. Ein weiteres didaktisches Problem liegt in der Bestimmung *literarischer* und sprachlicher Lernziele, die die Behandlung der Dramen Shakespeares legitimieren. Auch hinsichtlich der Unterrichtsverfahren bestehen keine ganz einhelligen Ansichten.

Der folgende Text ist ein Beitrag zur Thematik „Shakespeare im Unterricht" anläßlich der Jahrestagung 1978 der Deutschen Shakespeare-Gesellschaft (West) (AHRENS 1977: 34-35):

Die schulpraktischen Erfahrungen und die curriculare Relevanz in den für die Kolleg- bzw. Studienstufe erlassenen Richtlinien und Empfehlungen der einzelnen Bundesländer lassen nicht nur insgesamt für die englische Literatur, sondern speziell auch für die Behandlung von Shakespeares Dramen im Unterricht kaum noch Optimismus aufkommen. Bei der Analyse dieser Richtlinien ergeben sich, wenn Shakespeare genannt ist, gravierende Diskrepanzen im Hinblick auf den Verbindlichkeitsgrad der Shakespeare-Lektüre, ihre Zuordnung zu einer bestimmten Jahrgangsstufe, die Definition der damit zu verfolgenden Lernziele, die Textauswahl sowie ergänzende Themen und methodische Hinweise. Nicht nur die überwiegende Bevorzugung von Macbeth *vor* Julius Caesar, King Lear, The Merchant of Venice, Hamlet, A Midsummer Night's Dream, Romeo and Juliet, *etc., sondern auch die zeitliche Ansiedlung der Lektüre in 12.2. oder 13.1. der Leistungskurse scheint sich verbreitet durchgesetzt zu haben...*

Ein besonderes Desiderat ergibt sich bei den didaktisch-methodischen Modellen für die Shakespeare-Behandlung, die nicht nur methodische Hinweise und Hilfen für die Interpretation geben, sondern die die Lernzieldiskussion um die Funktion des Literaturunterrichts im allgemeinen und der Shakespeare-Lektüre im besonderen einbeziehen.

(4) Die Frage nach dem Sinn von Dichtung wird seit Plato gestellt und beantwortet. *Poetizität* kann l'art pour l'art sein oder auch Deutemuster für die innere Existenz.

Der folgende Text ist der Schrift entnommen, der der erste Preis der Deutschen Akademie für Sprache und Dichtung in Darmstadt für die Beantwortung der Preisfrage „Kann man dichten ohne zu denken und denken ohne zu dichten" von 1974 zuerteilt worden ist (ICKLER 1977: 35–36).

Die poetisch gestaltete Welt ist sinnvoll. Wo sie es nicht ist, lesen wir eben etwas anderes, – ein Aus- und Umsteigen, das im wirklichen Leben gerade nicht möglich ist. Nach den Deutemustern der Literatur interpretieren und gestalten wir auch die eigene Lebenswelt: »equipment for living« also auch hier.

Man könnte überspitzt sagen: Nur erfundene Geschichten sind sinnvoll. Damit das Leben sinnvoll sei, – und wie könnte man anders leben! – muß es erfunden werden, auch das eigene, das schon vergangene wie das künftige. Die Dichtung liefert Vorbilder und Anleitungen.

Aber schon die Sprache ist ein sinnstiftendes Medium ersten Ranges. Durch Sprache organisieren und begreifen wir die Welt, allerdings nur durch die selbstgeschaffene sprachliche Form, weil man überhaupt nur Selbstgeschaffenes versteht und Verstehen in einem gewissen Sinne nichts anderes als Selbstschaffen ist. Dies ist der Grund, warum die trefflichen Formen, die der Dichter gefunden hat, von uns angeeignet werden müssen, bevor sie ihren Zweck erfüllen: Sie müssen uns so zu eigen werden, als hätten wir sie selber geschaffen. Daher ist das Auswendiglernen von Gedichten in allen intakten, d.h. ihrer selbst sicheren Kulturen eine Selbstverständlichkeit. Dichtungen sind die eigentlichen »Gebrauchstexte«.

Fiktionale Literatur, besonders im Bereich der Lyrik, ist ein spezifischer Ich- und Weltausdruck, der über die empirisch realen Phänomene hinausgeht. Je nach literarischer Erfahrung und persönlicher Wertewelt wird die wortkünstlerische Gestaltung von Wirklichkeit unterschiedlich beurteilt.

4.3 Landeskunde im Englischunterricht

① Der Begriff *Landeskunde* ist dem Konzept der Erdkunde entnommen („Länderkunde"). Eine „Kunde" ist keine Wissenschaft, sondern eine Lehre, eine Vermittlung von Wissen. Amerikawissenschaft als Amerikanistik ist der Amerikakunde vorgeordnet. Die in der Fragestellung angeführten Begriffe sind durch bestimmte Epochen geprägt, besonders auch in ihren politischen Untertönen (RADDATZ 1978). Die *Kulturkunde* ist durch die Wesenskunde der Nationalerziehung der zwanziger und dreißiger Jahre bestimmt. Auch die Begriffe Auslandskunde und Volkstumskunde wurden durch nationalpolitische und auch chauvinistische Bestrebungen erweitert. Der Begriff der Landeswissenschaft bzw. Länderwissenschaft hat sich in der DDR eingebürgert. Ein neutraler Begriff ist Landeskunde (GUTSCHOW 1968). Englandkunde und Amerikakunde sind – genau genommen – unscharf in ihrer Terminologie, da Englandkunde eine Großbritannienkunde und Amerikakunde eine Nordamerikakunde ist. Vgl. Auswahlbibliographie zur Landes- und Kulturkunde bei WELLER/SCHRÖDER 1977.

② Das heutige Konzept der England- und Amerikakunde für die Sekundarstufe I stellt nicht die Institutionen in den Mittelpunkt, sondern den Lebensalltag und die Lebensstrukturen (TABBERT/v. ZIEGESAR 1977: 5–14). Es geht mehr um elementare *soziokulturelle Informationen.* Ein Grundstock gleicher Themen erscheint in allen Schultypen, jedoch unterschiedlich ausdifferenziert. Die historische Dimension wird in der Hauptschule durch Aktualisierung und Personalisierung ersetzt.

Die Didaktisierung so umfangreicher Kultur- und Gesellschaftsräume wie die USA und England für die Hauptschüler kann nur nach dem

Prinzip des Exemplarischen und Kategorialen vorgenommen werden. Ein weiteres Problem ist die Frage, in welchem Maße die Zielländer in ihren eigenen Strukturen (dargestellt durch *native speaker*-Autoren) oder in ihren Beziehungen zum deutschen Ausgangsland gestaltet werden. Agieren z.B. Amerikaner in Amerika *oder* in Deutschland, oder geht es auch um englischsprechende Deutsche?

Die englandkundliche Problematik soll durch einen Text dargestellt werden, der von einer Sprach- und Textdidaktikerin in der im Bereich der Hauptschule weit verbreiteten Fachzeitschrift ENGLISCH veröffentlicht worden ist:

1. Der Themenbereich London sollte eingeschränkt werden, damit nicht beim Schüler die falsche Vorstellung entsteht, als sei allein die Hauptstadt repräsentativ. Statt des üblichen sightseeing *könnte man sich auf ein oder zwei interessante Örtlichkeiten beschränken (z.B.* Heathrow *und* Oxford Street*) und im übrigen konkrete Situationen (Tourismus, Arbeitswelt usw.) und ihre Bewältigung behandeln, z.B. Bus- und U-Bahn-Fahren, Eintrittskarten kaufen usw.*

2. Andere Bereiche wie die Industrie- und Erholungsgebiete sollten aufgewertet werden. Überdies erscheint im Sinne einer nur angenähert erreichten Ausgewogenheit die Einbeziehung Irlands unerläßlich...

3. Historische Texte sollten aus Hauptschulwerken eliminiert werden. So begrüßenswert grundlegende Kenntnisse der englischen und amerikanischen Geschichte sind, bleiben sie bei der Begrenzung des Hauptschullehrgangs notwendig isoliert und häufig ohne jeden Bezug zum Erfahrungs- und Erlebnishorizont der Schüler, an denen sich eine zeitgemäße Landeskunde orientieren muß.

4. Sachinformationen sollten bereits vom dritten Lehrjahr an – in zunächst bescheidenem Umfang – systematisch in den Unterricht einfließen. Auch später werden die Schüler vermutlich mehr mit Sach- als mit Erzähltexten konfrontiert (HERMES 1976: 21).

③ *Pragmatische Landeskunde* bezieht sich auf Grund- und Orientierungswissen, das für das Verständnis von Land und Leuten erforderlich ist. (SCHREY 1967) Eine *sprachbezogene Landeskunde* hat dienende Funktion für den Sprachunterricht (HÜLLEN 1969). Es kommt darauf an, auslandsspezifische Wörter in der richtigen Bedeutung zu vermitteln. Beispiele aus der Welt der englischen Schule: *prefect, assembly, school dinner, headmaster, Her Majesty's Inspector.* Die landeskundlichen Begriffe sind entweder kulturspezifisch oder kulturübergreifend und universell (ERDMENGER/ISTEL 1973).

Für die Textarbeit der Sekundarstufe II sind landeskundliche Kenntnisse erforderlich für das richtige Verständnis der Literatur. Kenntnisse zur Geistes- und Sozialgeschichte, zur Kunst und Philosophie stellen wichtige Interpretationshilfen dar. Die sozial- und politikwissenschaftliche Landeskunde widmet sich dem Ziel der Völkerverständigung durch Völkerbegegnung. Es gilt, grobe *Stereotypen* und Vorurteile abzubauen (KELLER 1968). Die sozialwissenschaftlich engagierten Vertreter der Landeskunde entwickeln eine integrative Landeswissenschaft, in der die Inhalte „politisiert" und auf Standpunkte bezogen werden (LANGER/SCHURIG 1972).

④ Die *Realienkunde* hat zwei Ebenen: Auf der einen sind die Realien politisch neutrale Informationen, auf der anderen Träger sozialer und politischer Konzepte des Auslands, die als Instrument der Veränderung im Inland benutzt werden. So wurde der britische Parlamentarismus als Reformgedanke in der Wilhelminischen Zeit eingesetzt. Die *Kulturkundebewegung* stiftete durch den fächerübergreifenden Begriff der Kultur eine neue pädagogische Einheit, deren Ideale später als Instrumente politischer Indoktrination gebraucht wurden (Wesenskunde, Kontrast des Deutschen mit dem Engänder, dem Franzosen usw.). In den sechziger und siebziger Jahren entwickelte sich die pragmatische Landeskunde und später die kritisch-emanzipative Landes- und Sozialkunde.

⑤ Die Landeskunde hat es schwer, sich als Wissenschaft in den Universitäten zu etablieren. Ein früher Versuch, ein Gesamtbild Englands mit starker psychologischer Interpretation zu entwerfen, ist das zweibändige Werk von DIBELIUS (1923). Die Erkenntnis, daß ein Einzelner das Gesamtspektrum des anderen Landes nicht darstellen kann, führte HARTIG (1928) zur Entwicklung seiner landeskundlichen Handbücher als Sammelwerk einzelner Spezialisten.

⑥ Die *implizite* Landeskunde vermittelt die Inhalte als Teil des Sprachlernprozesses, die *explizite* Landeskunde in rationaler Bewußtmachung. Die Lehrwerkkritik hat die landeskundlichen Anteile in den Lehrwerken untersucht und eine Reihe von Klischees und faktischen Fehlern ermittelt. (HEUER 1967, SPEIGHT 1974)

⑦ Damit Sie Ihre Entwürfe einordnen können, soll ein Lehrbuchtext zum Vergleich herangezogen werden:

Ten interesting facts about English schools

1) There is no school on Saturdays in England.

2) *School starts at nine o'clock.*
3) *The children can stay for school dinners.*
4) *There are lessons again in the afternoon.*
5) *Pupils have to do written exams in all subjects twice a year.*
6) *They get school reports after the exams.*
7) *A lot of children in English schools wear school uniforms.*
8) *They usually have a games afternoon once a week.*
9) *The boys usually play football in winter, cricket in summer. Most girls play hockey in winter, tennis in summer.*
10) *There are a lot of immigrant children in English schools.*
And how about school life in Germany?

(Good English, *Bd. 3, Hauptschulausgabe, 1977: 50)*

⑧ Auf folgende Begriffe kommt es an:
School football cup, school library, old pupil
Hintergrundinformation:
Assembly, school board (Major Walker)

5 Anhang: Übungen zur Strategie der Unterrichtsvorbereitung

5.1 Unterrichtsplanung: Vom Textinhalt zur Stundenstruktur

1. Die Textgrundlage

Sie werden gebeten, die folgenden zwei Interview-Ausschnitte *(The Good Companion. A New Guide.* Ausgabe für Realschulen, Bd. 5, 1974: 67–68) als Grundlage für eine Unterrichtsstunde im 9. Schuljahr des Leistungsbereichs der Realschule anzusetzen. Die umgreifenden Stundenziele sollen Übungen im Leseverstehen und im stellungnehmenden Sprechen sein. Entscheidend für diese Zielvorstellung ist das Konzept der Verarbeitung von zentralen Textinhalten. Bitte, machen Sie sich mit den Texten vertraut, die der Unterrichtsreihe USA zugeordnet sind und das Thema des Rassenproblems behandeln:

TIME interviewed some women who think they belong to the majority of the „Middle Americans".

„*Mrs Mildred Budion, 39, the wife of a New York City patrolman, worries about her changing neighborhood in the Sheepshead Bay area of Brooklyn. The Budions send their five children to Catholic schools:* With the public school system today, they don't get the discipline. If the nuns feel like belting them, they could. And then there's 'the mixture' in public schools. I lived on this block practically all my life, and there were very few changes. But more and more it's changing now. More and more superintendents are black, and that's how it all starts. I'm not against all blacks. If they're halfway decent, who minds them? I lived on 18th Street with a colored family. They were nice. If you get the right people, okay. But not the families that come here. These are from down South. Most of them are on welfare and have no sense of values. With the Negro people coming, I feel we'll have to get out. It won't be a safe city."

„*Mrs Mary Hargrove, 46, lives in Silver Spring, Md., and works as a florist's assistant in downtown Washington:* I won't come downtown after dark and neither will my friends. The city is deserted after dark. Everybody is afraid to walk on the streets. I think the Supreme Court is ruining the country with its decisions. Criminals are being released on technicalities. My husband is an oil-burner mechanic, and he used to be on call 24 hours a day. No more. He doesn't work after dark."

2. Die Stundenstruktur

Aufgabe

Versuchen Sie jetzt, die einzelnen Phasen einer auf die beiden Texte bezogenen Unterrichtsstunde festzulegen und mit Zielsetzungen zu versehen. Dabei sollte der Weg von der Hinführung über die erschließende Texterfassung bis zur freien Textverfügung führen.

Lösung

Vergleichen Sie Ihren Entwurf mit dem hier folgenden und stellen Sie Übereinstimmungen und Unterschiede fest. Stellen Sie sich bitte auf die hier vorgeschlagene Planung ein und folgen sie ihr theoretisch, da die weiteren Aufgaben darauf aufbauen.

1) Hinführung durch freies Gespräch über aktuelle Information über Amerika
2) Einführung neuer Wörter mit Rückfragen durch den Lehrer
3) Stilles Erlesen des Textes (Grobstruktur)
4) Spontane Reaktionen der Schüler
5) Zweites stilles Lesen (Feinstruktur)
6) Klärung unverstandener Wörter und Textteile
7) Schriftliche Fixierung von Antworten zur Frage *What do „Middle Americans" dislike?*
8) Diskussion/Rollenspiel: Ein Schüler stellt Meinungen einer Textperson dar und antwortet auf Fragen der Klasse.

3. Begründung und Ausfüllung der Stundenphasen

Phase 1: Die Hinführung

Die 1. Stundenphase steht im Rahmen der Einstimmung und des *small talk*. Die Schüler lernen den Gebrauchswert des Englischen als ständig ins Spiel gebrachte Anwendung des Gelernten kennen. Als allgemein zugängliche Informationsquelle dienen die Massenmedien, von denen das Fernsehen einen besonderen Informationsreiz ausübt. Fernsehfilme, die einen Bezug zum Stundenthema herstellen, wie z.B. die Erfolgsserie *Roots* von Alex Haley (im deutschen Fernsehen 1978 ausgestrahlt) bieten eine günstige Ausgangsbasis. Die Schüler bringen ihre außerschulischen Erfahrungs- und Lernprozesse ein und sind wegen der emotionalen Komponente bereit, die Anstrengung der fremdsprachlichen Kommunikation auf sich zu nehmen. Es ist für sie eine Art „Sprachsport", ihre Gedanken auch im Englischunterricht mitzuteilen und jenseits des Lehrwerks und seiner Progression sprachliche Fortschritts- und Erfolgserlebnisse buchen zu können. Wenn auf die allgemeine Frage *What did you like about „Roots"?* das Antwortreservoir der Klasse erschöpft ist, können gezielte Fragen nach Handlung und Charakteren eine zweite Welle von Sprachaktivität auslösen. Der Übergang bis zur heutigen Situation der Neger muß hergestellt werden, möglichst bis zur Nennung und Tafelfixierung wichtiger sozialkundlicher Begriffe wie *middle class* und *„Middle American"* (vgl. Textvorlage). Eine Landkarte der USA kann bei der Besprechung der Familiensaga *Roots,* spätestens aber bei der Textbehandlung (New York, Maryland, Washington) gesprächsflankierende und informationsvertiefende Bedeutung erlangen.

Phase 2: Einführung neuer Wörter

Aufgabe

Der 2. Stundenabschnitt ist der Einführung neuer Wörter gewidmet. Versuchen Sie, dem ersten Text über Mrs Mildred Budion sieben Vokabeln zu entnehmen, die nach Ihrer Einschätzung und Vermutung neu und wichtig sein könnten und die dem Kriterium des Zusammenhangs und der „Nachbarschaftswirkung" des Wortschatzes entsprechen.

Lösung

Vergleichen Sie Ihre Auswahl mit der hier vorgeschlagenen:

to be on welfare
block
neighborhood
superintendent
patrolman
mixture
decent

Das Wortfeld entspricht dem in der Hinführung behandelten Thema des Negers und seiner Situation. Daneben sind andere Bezüge und andere lexikalische Einheiten denkbar. Wenn für die weiterführenden Überlegungen die obige Liste zugrundegelegt wird, ergibt sich die Aufgabe, zu den neuen Wörtern die Sprechtätigkeit zu planen, mit der sie vorgestellt und geübt werden sollen. An der Wendung *to be on welfare* soll das beispielhaft gezeigt werden.

L.: You have said that a lot of negroes haven't got any jobs. That's right. They are unemployed. No job – no pay. But they need some money. They get it from the state. They go to an office and get some money there. They live on *welfare.* They are on *welfare.* By the way, you may know some people in Germany who are on *welfare,* too.

Diese Bedeutungsvermittlung ist eine kontextualisierende Erklärung. Sie ist anschaulicher als eine bloße Definition. Die Frage stellt sich jetzt, durch welche Aktivitäten die Wendung von den Schülern wiederholt und geübt werden kann.

1) L.: A lot of blacks are on *welfare.* What does that mean?
   S.: They get money from the state.
2) L.: Joe Nuggle is a negro. He's unemployed. He gets money from the state. What does he live on?
   S.: (He lives on) *welfare.*

Die zweite Fragetechnik ist wegen der nochmaligen Nennung des Wortes durch den Schüler übungsintensiver als die erste.

Aufgabe

Versuchen Sie jetzt, für die weiteren Wörter *block* und *superintendent* die mögliche Sprechtätigkeit des Lehrers für die Bedeutungsvermittlung und reproduktive Verwendung in Schüleräußerungen zu planen.

Lösung

Der Vergleich Ihrer Sprechplanung mit der hier vorgeschlagenen wird Ihnen Anregungen geben können, besonders auch im Hinblick auf unterschiedliche Techniken der Semantisierung und Schüleraktivierung.

block

L.: The New York people live in *blocks,* that is in big apartment buildings which run from one corner of a street to the next. Where do the Harlem negroes live?

S.: They live in *blocks.*

L.: What are *blocks* in America?

S.: *Blocks* are apartment buildings.

Auf die kontextualisierende Erklärung folgte eine Bestimmungsfrage und eine Definitionsfrage, die beide die Verwendung des eingeführten Wortes verlangen.

superintendent

L.: The apartment buildings are looked after by a *superintendent.* In England, he is called a caretaker. The *superintendent* is responsible for a group of apartments. What is the American word for caretaker?

S.: (It's) *superintendent.*

L.: Who's the *superintendent* or caretaker of this school?

S.: It's Herr ....

L.: What has a *superintendent* to do?

S.: He has to look after the apartment buildings.

Phase 3: Stilles Erlesen des Textes

Aufgabe

Welche Begründung gibt es für die Zielsetzung des sinnerfassenden leisen Lesens der Textvorlage?

Lösung

Für das stille Lesen sprechen folgende Gründe:

1) Der Text als die Wiedergabe eines Interviews mit der Zeitschrift TIME ist ein Lesetext, wie er uns im Medium der Zeitung und Zeitschriften täglich begegnet. Das fremdsprachliche Leseverhalten ist dem muttersprachlichen anzugleichen.
2) Der Text ist als authentischer Bericht mit vielen neuen Wörtern relativ schwierig. Das laute Lesen würde Aussprachefehler verursachen. Das stille Lesen ist sachadäquat, da es in erster Linie um Informationsaufnahme geht.
3) Das Phonetisieren kann von der semantischen Seite ablenken, besonders beim laut Lesenden selbst.
4) Das stille Lesen erlaubt individuelles Lesen. So kann jeder Schüler sein Lesetempo variieren.
5) Beim stillen Lesen ist jeder Schüler zur Arbeit aufgefordert. Beim lauten Lesen konzentriert man sich auf einen einzelnen.
(Auf der anderen Seite ist aber zu bedenken, daß beim stillen Lesen auf den „auditiven Aufnahmekanal" verzichtet wird.)

Aufgabe

Für das rasche, sinnergreifende stille Lesen müssen den Schülern konkrete Weisungen und Hilfen gegeben werden. An welche würden Sie denken?

Lösung

Da das informatorische Lesen langsam aufgebaut werden muß, empfehlen sich folgende Anweisungen zur Arbeitstechnik:

1) Leitlinie *„reading for gist": Try to get the main ideas. Find out what Mrs Budion and the other woman like and dislike? What are their opinions?
2) Leitlinie *„inferencing":* If there is a word you don't know, try to get the meaning from the whole sentence. Don't worry about a single word if you can get the idea behind it.
3) Leitlinie *„using the dictionary":* If the meaning of a sentence depends upon one single word, then look it up in the vocabulary at the end of the book.
4) Leitlinie *„working within a time limit":* You have ten minutes time to read through the texts.

Phase 4: Spontane Reaktionen der Schüler

Aufgabe

Welche Überlegungen zum Impuls- und Frageverhalten des Lehrers sind für diesen Stundenabschnitt anzustellen? Wegen der grundsätzlichen Bedeutung der Phase der spontanen Reaktion *(expressing one's impressions)* soll ein Schema des Fragerepertoirs entwickelt werden.

Lösung

1) Lehrer fordert die Schüler mimisch zum Sprechen auf.
2) Falls keine Reaktionen kommen, kann eine offene Frage mit weitem Fragehorizont gestellt werden:
   What do you think?
   What are their opinions?
3) Erst nach Beendigung des ersten Durchgangs der Schüleräußerungen sollten geschlossene Fragen mit engem Horizont gestellt werden:
   What does Mrs Budion mean by saying that...
   What does Mrs Hargrove think about the Supreme Court?

Phase 5: Zweites stilles Lesen

Aufgabe

Welche methodischen Gesichtspunkte können für diese Phase angeführt werden?

Lösung

1) Ein zweites stilles Lesen unter anderem Aspekt wie *Underline the words you don't know* trägt zur tieferen Verarbeitung bei.

2) Da der Text nicht für eine Reproduktion geeignet ist, kann er durch eine Lesewiederholung rezeptiv weiter erschlossen werden.

Phase 6: Klärung unverstandener Wörter und Textteile

Aufgabe

Welche Verfahren und Versprachlichungen kommen bei diesem Stundenabschnitt zur Anwendung?

Lösung

1) Schüler fragen nach Wortbedeutungen: *What does the word „deserted" mean?*
   I don't know the expression „released on technicalities".
   Can anybody explain the meaning of the sentence in line 5.
2) In Schüler-Schüler-Interaktion werden die Fragen geklärt. Erst wenn kein Schüler antworten kann, schaltet der Lehrer sich ein.
3) Der Lehrer fragt nach schwierigen Wörtern, die noch nicht behandelt worden sind.

Phase 7: Schriftliche Fixierung von Antworten zur Frage *What do „Middle Americans" dislike?*

Aufgabe

Welchen Beitrag leistet diese Phase für den Lernprozeß?

Lösung

1) Da der bisherige Unterricht mündlich ablief, bedarf es eines Wechsels. Eine schriftliche Arbeitsphase bietet sich an.
2) Eine Systematisierung und Erkenntnissicherung faßt die Textinhalte übersichtlich zusammen.
3) Die Schüler üben in dieser Phase Redemittel zum Sprechakt *dislike*, wie z.B. *don't like, hate, reject, think... to be bad.* (Diese Ausdrücke werden vorher angegeben und evtl. an die Tafel geschrieben.)

Phase 8: Diskussion/Rollenspiel: Ein Schüler stellt Meinungen einer Textperson dar und antwortet auf Fragen und Einwände der Klasse

Aufgabe

Welche Funktion hat diese Schlußphase der Stunde?

Lösung

1) Jeder Schüler legt sich die Meinung eines „Middle American" zurecht: *Each of you is Mrs Budion. Think about what you are going to say. Someone is going to come out to the front of the class. The rest of the class will ask questions and perhaps oppose you. Then you must try to defend yourself.*
2) Indem ein Schüler vor der Klasse steht und agiert, gelangt ein dramaturgisches Element in das Unterrichtsgeschehen. Der übliche Frontalunterricht wird dynamisiert. Zugleich erfolgt durch die vermehrte Leistungsbeanspruchung des argumentierenden Schülers eine innere Differenzierung.
3) Im Rahmen der zur Verfügung stehenden Redemittel muß die gedankliche Durchdringung des Rassenproblems angestrebt werden.

5.2 Lehrentwurf: Von einem 10-Zeilen-Text zur 45-Minuten-Stunde

1. Der authentische Text: Begriffsbestimmung und Beispiel

Authentische Texte – im Gegensatz zu didaktisch konstruierten – versprechen einen größeren Realitätsbezug. Authentizität dokumentiert und motiviert.

Aufgabe

Versuchen Sie, eine Definition authentischer Texte im Englischunterricht zu geben.

Lösung

Die Definition authentischer Texte erbringt folgende Unterscheidungen:

Ein authentischer Text richtet sich an einen allgemeinen Leser, nicht speziell an den Schüler und seine entwicklungs- und lernpsychologischen Bedingungen.

Darüber hinaus lassen sich weitere Begriffsdifferenzierungen vornehmen:

- Für den Unterricht erstellte Texte sind als semi-authentisch zu bezeichnen, wenn sie auf eine authentische Vorlage oder Quelle zurückgehen. (Authentizität der Sache)
- Semi-authentisch sind auch solche Texte zu nennen, die für Unterrichtszwecke von *native speakers* entworfen sind. (Authentizität der Sprache)

Das Ergebnis dieser Begriffserläuterungen liegt darin, daß authentische Texte, so wertvoll sie im eigenen Rechte sein können, an den Auffassungs- und Lernbedingungen der Schüler vorbeigehen können, und daß semi-authentische Texte, so schülerbezogen sie auch sein mögen, im Sprachlichen oder Inhaltlichen nicht alle Voraussetzungen erfüllen können. Es ist die Aufgabe der Lehrwerkautoren und Textproduzenten, ein Maximum an didaktisch-methodischer Effektivität und sprachlich-landeskundlicher Authentizität zu erreichen.

Für die nächste Überlegung soll folgender authentischer Text als Beispiel zugrundegelegt werden:

I was looking over the complainants' bench one night, and there's this old man sitting there, calm and patient as anything, with blood trickling down his head. He's mopping it off the side of his head with a handkerchief, and just waiting very quietly to see someone. He was a cab driver and someone had mugged him. He'd been mugged so often he knew the whole drill. He knew no one would find the mugger or get his money back, but he had to come in and report or he wouldn't get the insurance, so he came in. And he answered the questions and got back in his cab and went back to work ...

James Mills: Report to the Commissioner, Pan, 1972

(*The Good Companion. A New Guide.* Ausgabe für Realschulen, Bd. 5, 1974: 84–85)

Aufgabe

Können Sie den Text mit Hilfe folgender Fragen einordnen?

1) Welches Land ist der soziokulturelle Bezugspunkt des Textes?
2) Welche sprachlichen und landeskundlichen Hinweise liefert der Text dafür?
3) Welche Vermutung haben Sie über die Quelle des Textes?

Lösung

Zu 1) USA

Zu 2) *cab* (British Standard: *taxi*), *mugging* (Raubüberfall, bes. Geldraub)

Zu 3) *Report to the Commissioner* von James Mills (geb. 1932) ist kein offizieller Bericht, sondern ein Roman.

2. *Entwicklung einer Stundenidee*

Aufgabe

Sie werden gebeten, auf der Grundlage des vorgestellten Textes eine Stundenplanung für ein 9. oder 10. Schuljahr zu entwerfen. Fixieren Sie zuerst das Stundenziel, gegliedert nach Grobziel und Feinziel.

Lösung

Zum Vergleich wird folgender Vorschlag unterbreitet:

Grobziel:

Erschließung eines Textes über Kriminalität (hier: *mugging*) in den USA: Personenbeschreibung von gesuchten *muggers.*

Feinziele im sprachlichen Bereich:

Wortschatzerweiterung

für produktiven Gebrauch:	*für rezeptiven Gebrauch:*
cab driver	*complainants' bench*
to mug	*to trickle down*
to report	*to mop off*
insurance	

Feinziele im Bereich der Fertigkeiten:

Sinnerschließendes stilles Lesen eines anspruchsvollen Textes;
schriftliche Personenbeschreibung;
selbständiges Arbeiten mit vorgegebenem Wortschatz *(partly bald, beard, cross-eyed)*

Aufgabe

Versuchen Sie jetzt, sich eine konkrete Stunde zu überlegen, die auf folgenden Grundphasen aufbaut:

1) Freies Gespräch mit den Schülern über eine Thematik, die das *mugging* einführt
2) Vokabeleinführung und Texterschließung
3) Übungen zur Personenbeschreibung

Lösung

Zu 1) Have you got a bike? Whose bike has been stolen? What did you do when you found out that someone had stolen your bike? Did you go to the police? What did the police ask you? Did you get your bike back? What else has been taken away from you? Let's suppose your bike has been stolen. What would you tell the police? Do you think you'll get your bike back? Why do you think so? Now then, let's hear about a man who was mugged and had to go to the police. Do you know what mugging is?

Zu 2) Ein Vokabelzusammenhang mit Nachbarschaftswirkung der neuen Wörter läßt sich entweder mit Bezug auf den zugrundegelegten Text oder mit Hilfe eines eigenen Kontextes erreichen.
Dem sinnergreifenden Lesen des Textes folgt eine Anschlußphase der bisher noch nicht geklärten neuen Wörter (Schülerfragen, Lehrerfragen).

Zu 3) Die Entwicklung dieser Phase verlangt didaktische Phantasie. Idee: Zwei lebensgroße „Papiergangster" (zu Hause angefertigt) werden in der Mitte der Tafel angebracht. Zur Erleichterung für die Personenbeschreibung dienen an den Tafelseiten (evtl. Klapptafel) vor der Stunde angeschriebene Wortfelder *(face: round, square; hair: curly, partly bald)* und Inhaltshilfen *(age, sex, clothes, weapons).* Die Klasse wird in zwei Gruppen eingeteilt, und jede Gruppe erhält einen „Papiergangster" zugeordnet. Die Schüler erhalten die Aufgabe, in Partnerarbeit eine Personenbeschreibung anzufertigen. Je Gruppe sollen Arbeiten vorgelesen werden, die von einer unabhängigen „3-Schüler-Jury" beurteilt werden. So ergeben sich mehrere natürliche Sprechanlässe: Auswahl der Gruppenvertreter für die Personenbeschreibung; Benennung der „Jury"; Begründung der Beurteilung.

3. *Lehrentwurf*

Der folgende Stundenentwurf ist von zwei Studenten des 2. Semesters im Rahmen eines schulpraktischen Proseminars verfaßt worden. Die Grundlage dafür ist der oben behandelte Text des Lehrwerks *The Good Companion. A New Guide,* Ausgabe für Realschulen, Bd. 5.

Unterrichtsentwurf

I. *Die Klasse:* 9. Schuljahr (Realschule)

A: Klassenstruktur: 26 Schüler, davon 17 Jungen und 9 Mädchen
Grundkurs Englisch
B: Stand der Englischkenntnisse: Grammatikalische Ziele erfüllt, Wiederholungen nötig, Vertiefung der Sprechakte erforderlich.

II. *Stundenthema innerhalb einer Gesamtplanung*
Amerikakunde: Problems of the Police
Das Thema der Stunde:
A. „Just another Mugging" von James Mill (The Good Companion. A New Guide 5, S. 84)

B. Personenbeschreibung unter Zuhilfenahme spezifischen Vokabulars

III. *Stundenziel*

A. Grobziel: Einblick in die Problematik der amerikanischen Kriminalität – Darstellung eines der Hauptprobleme der Polizei *(mugging).*

Die Schüler lernen, mit bekanntem und teilweise neuem Vokabular eigenständig zu arbeiten.

B. Feinziele: Wortschatzerweiterung *(complainants' bench, to be patient, to trickle down, blood, to mop s.th. off, cab driver, drill, insurance)*

Schulung des freien Sprechens, besonders bei der Personenbeschreibung.

Selbständiges Arbeiten mit neuem Vokabular *(partly bald, beard, flat, cross-eyed, sex)*

IV. *Didaktische Überlegungen*

A. Begründung des Stundenthemas:
Der Text „Just another mugging" ist ein Beitrag zur Unterrichtsreihe „USA-Social Problems".
Im ersten Teil der Stunde sollen die Schüler mit dem Phänomen „mugging" konfrontiert werden. Das Thema ist geeignet, die Parallelen der Kriminalität in den USA und in der Bundesrepublik Deutschland aufzuzeigen.
Im zweiten Teil der Stunde soll zur Erweiterung dieses Themas die Personenbeschreibung dienen. Die Schüler werden vermutlich stärker motiviert sein als bei reiner Textarbeit, da dieser Teil der Stunde in Form eines Wettbewerbs gestaltet wird.

B. Schwierigkeitsanalyse:

1. Des sprachlichen Inhalts
   a) im grammatischen Bereich
   - die häufige Verwendung von Adjektiven im zweiten Teil der Stunde, die für die Personenbeschreibung notwendig sind

   b) im lexikalischen Bereich
   - Konfrontierung mit amerikanischem Wortgut
   - Der kurze Text bietet relativ viele unbekannte Vokabeln, die flüssiges Lesen und sofortiges Verstehen erschweren können.
2. des landeskundlichen und kulturkundlichen Inhalts
   - fehlende Kenntnis über das Ausmaß der Kriminalität, um die angesprochene Problematik voll erfassen zu können.
3. der Lern- und Arbeitstechnik
   - Verstehen des Auftrags zum Wettspiel, da diese Erarbeitungsform der Klasse relativ unbekannt ist
   - Die Schüler könnten Scheu haben, die an der Tafel angeführten Vokabeln, die ihnen noch nicht bekannt sind, zu verwenden.

V. *Methodische Überlegungen und Medieneinsatz*

In der ersten Unterrichtsphase sollen die Schüler durch den *small talk* zu freiem Sprechen motiviert werden. Damit das Interesse jedes Schülers geweckt wird, soll auf eigene Erfahrungen eingegangen werden. Falls keine eigenen Erfahrungen vorliegen, soll an einem konkreten Beispiel die Sprechaktivität der Schüler angeregt werden.

Die Vokabeleinführung erfolgt von Seiten des Lehrers und soll den Schülern den Sinn der neuen Wörter mit Hilfe eines selbstgeschriebenen Textes verdeutlichen.

Durch die Tafelanschrift sollen die Schüler die Rechtschreibung der neuen Vokabeln kennenlernen.

Ob alle Wörter verstanden sind, wird durch weitere Rückfragen durch den Lehrer geprüft. Die Schüler sollen mit eigenen Satzkonstruktionen und der Verwendung des neuen Vokabulars reagieren.

Das leise Lesen des Textes soll den Schülern die im Text angesprochene Problematik verdeutlichen.

Hierbei werden die zuvor erarbeiteten Vokabeln auf einen anderen Kontext übertragen. Durch anschließende Fragen des Lehrers, die den Inhalt des Textes betreffen, soll überprüft werden, ob der Inhalt verstanden ist. Unklarheiten sollen behoben und die Schüler zum Textverständnis geführt werden.

Treten Aussprachefehler der Schüler auf, werden diese nach den Sprechaktivitäten verbessert, doch empfiehlt es sich bei schweren Sprachverstößen, sofort einzugreifen.

Eine dann folgende Binnendifferenzierung soll der verschiedenen Begabung der Schüler gerecht werden. So werden 3 Gruppen (2 wetteifernde Gruppen und eine Jury) mit verschiedenen bzw. ähnlichen Arbeitsanweisungen beauftragt.

Durch die Gruppenarbeit soll die Arbeit der Schüler miteinander gefördert werden.

Die schriftliche Hausarbeit schließt sich gut an das Thema an, da sie den Themenbereich sinnvoll erweitert (Personenbeschreibung - Situationsbeschreibung).

VI. *Planung des Stundenverlaufs*

Lernrhythmisch gegliederter Stundenaufbau

1) Small Talk
2) Vokabeleinführung
3) Rückfragen zu den Vokabeln

4) Beantworten der Fragen unter Verwendung des neuen Vokabulars durch die Schüler
5) Leises Lesen des Textes
6) Vokabelfragen von Seiten der Schüler
7) Fragen zum Inhalt des Textes durch den Lehrer
8) Erklärung des Wortschemas und der Funktion der Bilder
9) Erklärung des Wettspiels
10) Einteilung der Gruppen und Auswahl der Jury
11) Beschreibung (schriftlich) der Bilder
12) Vorlesen der Bildbeschreibungen
13) Bewertung und Begründung der Auswahl durch die Jury
14) Hausarbeit

Mögliche Lehrersprache	*Erwartete Schülerreaktion) (Kurzantworten möglich)*
Good morning! I'm ..., and today it's my turn to teach you.	
I'd like to ask you whether you've a bike. Do you have a bike...?	Yes, I have.
And what about you...?	No, I haven't a bike.
I think that most of you have a bike, but has your bike ever been stolen?	Yes, it has.
What did you do when you noticed that your bike had been stolen?	I went to my parents and told them that my bike had been stolen.
Did you go to the police?	Yes, I did.
What did the police ask you?	They asked me – when it had been stolen. – where it had been stolen. – what colour it was.
Did you get your bike back?	No/Yes.
That's bad.	
Then you're lucky.	

... (gekürzt)

Now, let's hear about a man who was mugged and also had to go to the police.
But first I have to explain some new words to you.
A little boy and a little girl liked to play with knives. One day the little girl cut the little boy's leg and a lot of *blood* came out of his leg.
The blood *trickled on to* the floor, that means that the blood flowed (dripped) on to the floor.
When his mother saw the blood on the floor, she *mopped it off.* You can also say: she wiped the blood off.
Then the mother and the little boy took a *cab* and went to hospital.
Cab is the American expression for taxi.
The boy had often been in hospital before and that's why he knew what the doctors would ask and tell him.
He knew the *whole drill* or you can say that he knew all about it.
The boy had to stay in hospital for ten days. He couldn't go home earlier and so he had to wait *patiently* for the day when he could go home. Patiently means to wait quietly.

I don't understand the meaning of that word.

Little children aren't patient before Christmas. They want to have their presents earlier. They can't wait quietly for Father Christmas.
Do you get it now?

His mother didn't need to pay the doctors and the hospital, because she had an *insurance.*

I don't know what insurance means.

When two cars have an accident, the drivers needn't pay, because they have an insurance. The insurance company pays the money.

Now I'd like to ask you about the text and the new words.

- What happened when the girl cut the boy?

When the girl cut the boy blood came out of his leg.

- What did the blood do then?

It trickled on to the floor.

- What did the mother do when she came in?

She mopped the blood off.

- what are taxis called in America?

In America taxis are called cabs.

- Why didn't the mother need to pay for the doctors?

She didn't need to pay for the doctors, because she had an insurance.

Now open your books at page 84. I want you to read the story „Just another mugging" silently. Underline the words which you still don't know. You've got four minutes time, because it's a short text, isn't it.

Have you finished?

Yes/No.

Let's wait one minute for the rest of you.
Please be quiet!
Are there any words which are still unknown? Then let's have them, please?

Yes, I don't understand the meaning of...

Finally, I'd like to ask you about this text.

- Who has been mugged?

The cab-driver has been mugged.

- Where was the cab-driver waiting?

He was waiting at the police-station.

- What was he waiting for?

He was waiting for the police to ask him about the mugger.

- Why did he know the whole drill?

He knew the whole drill, because he had often been to the police to tell them that he had been mugged.

- Why did he go to the police although he knew they couldn't help him?

He went to the police, because he wanted to get his insurance.

- What would the cab-driver do if he had seen the mugger?

Then the cab-driver would
- tell the police that he had seen the mugger.
- describe the mugger.

Imagine that the cab-driver has to give the police a detailed description of his mugger.
On the board you can see the most important words you need for the description of a person.
Please, look carefully at them, I'll read *the new words* for you:
beard, curly, partly-bald, cross-eyed, sex
Who would like to read all of them?

Body: fat, thin, weak, strong, *face:* small, round, narrow, *hair:* colour of the hair, curly, long, short, partly-bald, beard, *eyes:* colour of the eyes, cross-eyed, *nose:* flat, long, big, *mouth:* thin or thick lips; legs, feet, age, sex, clothes

Who'd like to read them again?
Well done.
Now, I'll show you two muggers, Jim and Jack. Jutta will help me.
(Aufhängen der Bilder)
Don't laugh, they are very dangerous, every policeman knows them.

It's your job now to describe them. We need two groups. Group I has to describe Jim, group II has to describe Jack. After 5 minutes one member of each group has to read out his description.

A jury has to decide which description is the best one.
First of all, who wants to be a member of the jury, we need three people.
Come on, don't be shy.

How about Marco?
Who else? – Christiane?
Okay, please take your chairs and come out to the front of the class.

Now the others can begin, this is group I, that is group II. You have 5 minutes time!

(Zur Jury gewandt). When the two groups have described the two muggers, you must decide who did it best. Each of you has one point. You can give it to group I, or to group II.
But then you'll have to explain your decision. You must tell us why you liked it or you didn't like it. For example you can say that you liked it, because it was very funny, or you could understand it very well or that you liked it because it was a very exact description.

(Zur Klasse gewandt). I hope you've finished.
You can decide yourselves which member of each group is going to read the description.

Please begin.	Schüler liest vor.
That was well done.	
The next one please.	Schüler liest vor.
Very good.	

Now it's the jury's turn.
Please tell us about your decision.

Sch. 1: I think group I was better.
Sch. 2: I liked group II best.
Sch. 3: I think that group I was the better group.

Group I is the winner!
Thank you very much, but now explain your choice.

Sch. 1: I think group I's description was very funny.
That's why I liked it.
Sch. 2: I liked group II, because the description was so easy to understand and one could imagine the mugger.

Sch. 3: I also liked group I, because the description was more exact than that of group II.

You may go back to your seats now.
Your homework: Imagine you are the cab driver. Tell your story:
„How I got mugged".

That's it for today.

VII. *Hilfsmittel und audiovisuelle Medien:*

1. The Good Companion. A New Guide, Bd. 5 (Diesterweg)
2. Selbstgemalte Bilder zweier „Mugger".

VIII. *Benutzte Literatur:*

1. Peter Bromhead: Life in Modern America (Longman)
2. Harald Gutschow: Eine Methodik des elementaren Englischunterrichts (Cornelsen)
3. Helmut Heuer: Die Englischstunde (Henn)

5.3. Lehrerfrage und Schülerantwort: Wechselbeziehungen zwischen Frage- und Antworttypen

1. Allgemeines zur Lehrerfrage

Die Lehrerfrage ist in der Regel eine didaktische Frage, d.h. die Antwort ist dem Fragenden bekannt. „Echte" Lehrerfragen sind im Unterricht selten. Seit der Reformpädagogik gilt der Grundsatz, daß Lehrerfragen, wenn immer möglich, durch „Impulse" oder „Anstöße" zu ersetzen sind.

Da die Fragen den Unterricht steuern, müssen sie sorgfältig geplant und eingesetzt werden. Doppel- und Dreifachfragen verwirren die Schüler.

Auf der sprachlichen Oberfläche wird zwischen Entscheidungsfragen *(yes/no questions)* und Bestimmungsfragen (weitgehend *wh-questions*) unterschieden. Die Alternativfrage *(Is it a pencil or a ball pen?)* ist sowohl der Entscheidungsfrage *(Is it a pencil?)* als auch der Bestimmungsfrage *(What is it?)* zugeordnet.

Jede Frage läßt sich im Sinne einer Sprechfunktion als Aufforderung darstellen. *What did he say?* kann umschrieben werden mit *Tell me what he said.*

2. Frage- und Antwortvariationen zu einem Lehrbuchtext

Machen Sie sich bitte mit folgendem Text für ein 6. Schuljahr vertraut.

ALONE IN LONDON

Mike and Klaus came to Buckingham Palace. They wanted to see the „Changing of the Guard". A lot of people were waiting. There were policemen on horses, too.
The quards came in their red uniforms. Klaus listened to the music. Then he took some photos. It wasn't very easy. There were too many people.
Then he looked for Mike. But Mike wasn't there.
Klaus shouted, „Mike, where are you?"
But Mike didn't answer.

Klaus was worried. He was alone in the big city.
He didn't know what to do. He walked along the streets. He looked for Mike, but he didn't find him.
Suddenly he had an idea. He went into a little shop.
„A card of London, please," he said to the shop assistant.
„How about this one? It has got Tower Bridge on it. Or would you like that one? Buckingham Palace."
„Oh no," said Klaus, „that's not right. I need something with the streets on it."

„A *map* you mean, not a *card.* Here you are, dear. That's 60p."
Klaus paid and went out. He felt better now.

Klaus was hungry and thirsty. He bought some sandwiches and a drink. Then he went into a park. He sat down on a bench. There was an old man at the other end. Klaus ate his sandwiches. Then he looked at his map. He wanted to find the right station. He found a lot of stations on his map.
„Excuse me, please", he said to the old man. „How can I get to Hemel Hempstead? I don't know which station is right."
„You want Euston," the old man said. „Go by underground. The underground station is over there. Euston is three stations from here."
„Thank you very much."
Klaus was quite happy now.

Mike was waiting at Hemel station.
„Where were you, Klaus? I looked for you, but I couldn't find you."
„Well, I was in London. I bought a map, and I found my way back to Hemel Hempstead." *(Good English,* Bd. 2, unit 3, phase 2)

Die Schüler haben die tragende grammatische Struktur, das *past,* in der vorausgehenden Unit kennengelernt. Die neuen Wörter des Textes und die londonkundlichen Begriffe sind in der Vorlaufphase eingeführt und erarbeitet worden. Der Text wird vom Tonband dargeboten und von den Schülern gelesen. Er wird verstanden und beifällig aufgenommen.

Aufgabe

Stellen Sie sich nun vor, daß Sie den Text durch eine Frage-Antwort-Interaktion wiederholen und vertiefen wollen. Ihre Aufgabe besteht darin, fünf wichtige Fragen zum Text zu stellen.

Die Formulierung der Fragen ist Ihnen sicherlich sehr leicht gefallen, obgleich Sie dann und wann gezögert haben und sich überlegten, ob Ihre Fragen auch alle wichtigen Gesichtspunkte des Textes erfaßten und für die Schüler nicht zu schwer waren.

Glauben Sie, daß Sie einen großen Spielraum bei der Fragebildung gehabt haben? Würden die Fragen anderer Englischlehrer gleich bzw. ähnlich aussehen oder im Semantischen und Lexikalischen abweichen?

Lösung

Sie haben richtig vermutet, wenn Sie für großen Spielraum und Variabilität votierten.

Ein Versuch mit vier Studenten eines fachdidaktischen Hauptseminars ergab, daß die vier Vpn bei ihren 4 x 5 = 20 Fragen nur eine einzige Frage gestellt hatten, die zweimal vorkam. Die anderen 18 Fragen streuten. Vielleicht interessiert es Sie, Ihre Fragen mit den 20 Fragen zu vergleichen.

Vpn 1

1) What happened to Klaus at Buckingham Palace?
2) What did he do when he could not find his way?
3) What happened in the little shop?
4) Whom did he meet in the park?
5) Did he find his friend?

Vpn 2

6) What were they doing at Buckingham Palace?
7) What happened to the boys?
8) What was Klaus's problem?
9) Who helped Klaus?
10) Did the boys meet again?

Vpn 3

11) What happened at Buckingham Palace?
12) Why did Klaus buy a map of London?
13) What happened in the little shop?
14) How did Klaus know the name of the right underground station?
15) What is the ending of the little story?

Vpn 4

16) What did they see at Buckingham Palace?
17) What did Klaus do when he noticed that he had lost Mike?
18) What was Klaus's mistake in the little shop?
19) What did he do when he had bought the map?
20) How did he find his way back home?

Aufgabe

Wenn Sie die Qualität der Fragen beurteilen sollten, nach welchen Kriterien würden Sie vorgehen?

Lösung

Folgende Kriterien bieten sich an:

1) Wird die Handlung in ihren wichtigen Phasen und Drehpunkten erfaßt?
(Klaus lost Mike at Buckingham Palace. He needed a map of London – not a card. He asked for the right underground station. He found his way back to Hemel Hempstead.)
2) Ist die grammatische Schwierigkeit einem 6. Schuljahr (= 2. Lernjahr) angemessen?
3) Gibt die Frage den Schülern die Möglichkeit, genau und zugleich ausführlich zu erzählen?

Vpn 1 erfüllt die Kriterien zum großen Teil. Die Fragen 1 bis 3 eröffnen durch das Fragewort *what* und die Handlungsverben *to happen* und *to do* reichhaltige Antwortmöglichkeiten. Die Fragen 4 und 5 sind zwar geschlossen und laden zu Kurzantworten ein, können aber durch einen Zusatz wie *Tell us all about that* oder *Tell us more* erweitert werden.

Vpn 2 bringt den alten Mann besser ins Spiel als Vpn 1. Auch wird die Wiederholung von *to happen* vermieden. Die Fragen 9 und 10 vom Typ der geschlossenen Frage und der Entscheidungsfrage sind strukturgleich mit den letzten beiden Fragen der Vpn 1. Die Frage 8 *(What was Klaus's problem?)* ist offen und für leistungsstarke Schüler eine Gelegenheit, einen größeren Sachverhalt darzustellen, jedoch für schwächere Schüler eine Überforderung. Auch die Frage 6 *(What were they doing at Bukkingham Palace?)* ist schwer, da die Schüler zum Gebrauch der *progressive form* angeregt werden, obgleich der vorliegende Text nur die *simple form* benutzt und die Schüler sich erst nach Festigung von *simple past* dem *past progressive* nähern.

Vpn 3 hält offene Fragen mit großem Antwortradius bereit. Die Erzählstruktur wird in ihren Knoten voll erfaßt. Die *why*-Frage, die als eine zur Begründung auffordernde „Transferfrage" betrachtet werden kann, ist anspruchsvoll, doch elementar für jedes Sprechen. Auch die *how*-Frage der Vpn 3 ist eine solche sprachauslösende Frage.

Vpn 4 bringt eine Häufung der *what*-Frage und der grammatischen Schwierigkeiten *(past perfect)*.

Für die Qualität der Fragen wären folgende Rangplätze zu vergeben:

Vpn 3 (am besten), Vpn 1 und 2, Vpn 4.

Die vergleichende Analyse hat einige Strukturmerkmale der 20 Fragen ergeben:
1) Dominanz der *what*-Frage (13 von 20)
2) Unterrepräsentation der Entscheidungsfrage (2 von 20)

Gelten diese Merkmale auch für die Struktur Ihrer Fragen?

Die Gründe für die Variabilität der Fragen liegen in der Vielzahl der Faktoren, die eine Frage beeinflussen. Folgende Faktoren üben einen Einfluß auf Form und Inhalt der Fragen aus:

1) Die Konstitution des Textes (Textsorte, Textstruktur, Textkomplexität)
2) Die Intention des Lehrers (Lernziel)
3) Das Sprachniveau der Schüler (Alter, Schuljahr, Leistungsstand)
4) Der Ort der Frage in der Fragesequenz (Vorangehende und nachfolgende Fragen)

Die Variabilität, die beim Fragen sichtbar wird, zeigt sich auch beim Antworten.

Aufgabe

Sie werden jetzt gebeten, auf eine Frage eine Antwort zu geben, von der Sie glauben, daß sie so Schüler des 6. Schuljahres geben würden. Als Frage nehmen wir die 1. Frage der Vpn 1: *What happened to Klaus at Buckingham Palace?*

Lösung

Vergleichen Sie Ihre Antwort mit den Antworten der vier Vpn.

Vpn 1: He lost Mike.

Vpn 2: Klaus listened to the music. He took some photos. Then he looked for Mike. But Mike wasn't there.

Vpn 3: Klaus shouted, „Mike, where are you?" But Mike was gone.

Vpn 4: When Mike wasn't there, Klaus was worried because he was alone in London.

Wiederum zeigt sich der große Äußerungsspielraum der Antworten.

Die Antworten erfolgen in Dimensionen, die unterschiedlich besetzt sein können:

Dimensionen der Antworten

1) Äußerungsmenge (wenig/viel)
2) Art der Textreproduktion (wörtlich/frei)
3) Komplexität in Lexik und Grammatik (gering/groß)

Aufgabe

Gehen wir wieder davon aus, daß Grammatik und Lexik des Textes „Alone in London" bekannt seien und eine Unterrichtsstunde zur Textdarbietung und Textbehandlung in einem 6. Schuljahr zu planen sei. Die Aufgabe besteht darin, eine Stunde mit mindestens fünf Phasen zu planen, in der möglichst *keine* Lehrerfrage vorkommt.

Fixieren Sie die Phasen und schreiben Sie die Instruktionen auf, mit denen Sie die Schüler aktivieren wollen.

Lösung

Bitte vergleichen Sie Ihre Planung mit den folgenden Modellen:

Modell 1

1) Lesen (Lehrer, Schüler)	*(Let's read our text.)*
2) Umwandlung in eine Spielszene	*(First, we are going to act the scene at Buckingham Palace)*
3) Versprachlichung der Spielszene	*(Tell us what you acted.)*
4) Fragen durch Schüler	*(Ask some questions on the text)*
5) Schüler berichten über ihr eigenes Großstadterlebnis	*(I'm sure one of you has lost his way in a big city, as Klaus did.)*

Modell 2

1) Demonstration von „London-Requisiten" und Reaktionen der Schüler	(Londoner Stadtplan, Bild vom Buckingham Palace, U-Bahn Fahrkarte)
2) Tonbandpräsentation des Textes (zweimal)	
3) Verknüpfung von Textfigur und ihren Sprechakten (ggf. textunterstützt)	*Klaus in the little shop – „A card of London, please."* *Klaus in the park – „How can I get to Hemel Hempstead?"* *Klaus in Hemel – „Well, I was in London."* *Shop assistant – „How about this*

	one?" „A map you mean, not a card." *The old man in the park – „You want Euston. Go by underground."* *Mike at Hemel Hempstead station – „Where were you?" „I looked for you."*
4) Äußerungen auf Reizsätze	*Suddenly Klaus had an idea. – „He went into a little shop."* *Klaus was hungry and thirsty. – „He bought some sandwiches and a drink."*
5) Schriftliche Wiedergabe des Inhalts.	

Aufgabe

Versuchen Sie jetzt, die Lehrerfrage zu finden, die zu folgender Schülerantwort führte: „Klaus looked for Mike. But Mike wasn't there."

Lösung

Sind Sie sicher, daß Ihre Frage die angegebene Antwort hervorruft? Vergleichen Sie Ihre Frage mit jenen, die die vier Vpn. gefunden haben.

Vpn 1: *What did Klaus do?*

Vpn 2: *What happened at Buckingham Palace?*

Vpn 3: *What happened when Klaus couldn't see Mike?*

Vpn 4: *What did Klaus do when he didn't see Mike?*

Die Fragen der Vpn 1 und 2 sind zu allgemein und umfangreich, die der Vpn 3 und 4 rufen nur den ersten Satz der Antwort ab, da sie selbst den zweiten Satz vorgeben.

Die Aufgabenstellung verlangt eine geschlossene Frage mit hoher Präzision. Gleichzeitig muß sie so aufgebaut sein, daß die beiden Tatbestände der Antwort erfaßt werden (Klaus schaut sich um. Mike ist fort). Die Verknüpfung der beiden Sätze der Antwort wird dadurch erschwert, daß das Objekt des ersten Satzes das Subjekt des zweiten Satzes wird (Das Rhema des ersten Satzes wird zum Thema des zweiten Satzes). Die optimale Frage müßte dann so lauten:

Who did Klaus look for and what did he find out (discover) then?
Wiederum zeigt der obige Versuch zur Fragekonstruktion die Vielfalt der Möglichkeiten, die sicherlich nicht alle gleich gut sind.

Aufgabe

Versuchen Sie in einem weiteren Versuch, die Frage zu folgender Antwort zu finden:

„Oh no", said Klaus, „that's not right. I need something with the streets on it."

Vergleichen Sie Ihre Frage mit denen der Vpn.

Lösung

Vpn 1: What did Klaus say when the shop-assistant misunderstood him?

Vpn 2: What did Klaus say when he got the wrong thing?

Vpn 3: What did Klaus say when he got the card from the shop-assistant?

Die stereotype Frage *What did he say?* ist durch einen Nebensatz zu erweitern, der dann wieder viele inhaltliche und formale Gestaltungsmöglichkeiten besitzt. Variationen von *What did he say?* sind wünschenswert, wie z.B. *What did he answer (reply)?* oder *How did he react?*

3. Offene und geschlossene Lehrerfragen in einer Unterrichtsstunde

Vergegenwärtigen Sie sich folgende Stundeneröffnung und achten Sie besonders auf die Lehrerfragen und die von ihnen abhängigen Schülerantworten. Die Stunde wurde 1973 in einem 7. Schuljahr (32 Schüler) einer Gesamtschule gehalten. Die wiedergegebene Stundeneröffnung – der Text entspricht 4½ Minuten Unterrichtszeit – greift auf die frühere Behandlung von „*Punch and Judy*" zurück und führt zum Stundenthema „*circus*" hin. (Sprachliche Korrekturen stehen in eckigen Klammern).

1. L.: Well, boys and girls, (äh) you 've done [you did] a lot of grammar last week, you know, we 've done comparison. Today we want [we are going to] to talk about something quite different. We want [We are going] to talk about shows, shows. Tell me, what kind of shows do we know? ___ Frank.

1. S.: The circus.

2. L.: Ah, the circus-show. We would say as you know circus shows which are the forms of
oh, Barbara is here again, hello.

2. S.: The Punch and Judy Show.
3. L.: Will you please talk [speak] very loud.
3. S.: Punch and Judy Show.
4. L.: Yes, do you know other [any other] forms of shows? ___ Andy.
4. S.: The sing show.
5. L.: Yes, perhaps we would say a music-show with (äh) pop-stars, yes, can you tell me some names of such shows? You probably know them from television.
5. S.: Disco and (äh) Hit-Parade (deutsche Aussprache)
6. L.: Hit parade, yes.
6. S.: Hit parade, the big (unverständlich)
7. L.:Yes, do you know singers [any singers] who make such shows? ___ Pop singers?
7. S.: Mc Gould is a pop singer.
8. L.: Yes, can you talk [speak] louder please.
8. S.: Mc Gould is a pop singer.
9. L.: Yes, or
9. S.: David Cassidy.
10. L.: Yes.
10. S.: Frank Connelly.
11. L.: All right, yes. „The Tom Jones Show" perhaps is famous.
12. L.: Now, one of you said „The Punch and Judy Show". Let's try to remember. We had a lesson in our book about „The Punch and Judy Show". Do you remember? Which persons were in „The Punch and Judy Show"? You played it. Birgit.
11. S.: Punch, Judy and ___ the ___
13. L.: The dog. What was the dog's name? (äh) Dirk.
12. S.: Toby.
14. L.: It was Toby. There was somebody else, (äh), Annemarie.
13. S.: The policeman.
15. L.: Ah, yes, can you just remember: what happened in that show? ___ just in a few words, (äh) Ulrike.
14. S.: (Äh) the policeman (äh) wanted to arrest Punch.
16. L.: Why?
15. S.: (äh) He (äh) he had sto ___
17. L.: What did he think?

16. S.: He think (äh) __
18. L.: He thought __
17. S.: He had stolen
19. L.: He thought __
18. S.: He thought he had stolen the dog.
20. L.: Ah, yes, and what about the Punch? [What about Punch?] What did he say? Birgit.

Aufgabe

Vergleichen Sie die Fragen in 1L *(What kind of shows do we know?)*, in 4L *(Do you know any other forms of shows?)*, in 5L *(Can you tell me some names of such shows?)* und in 7L *(Do you know any singers who make such shows?)*

Lösung

Die Fragen in 1L, 4L und 5L sind inhaltlich gleich. Wenn auch die Frage in 7L einen neuen Inhalt aufgreift, ist sie in der Struktur mit den vorangehenden Fragen gleich, da alle Antworten nur *Reihen* ergeben.

Aufgabe

Welcher Unterschied besteht zwischen der Frage in 7L *(Do you know any singers who make such shows?)* und in 12L *(Which persons were in the Punch and Judy Show?)*?

Lösung

Die Antwort zur Frage in 7L ergibt eine *unbeschränkte Reihe* (beliebig viele Namen), die zur Frage in 12L eine *beschränkte Reihe* (begrenzte Anzahl von Namen).

Aufgabe

Mit der Frage in 15L *(Can you remember: what happened in that show?)* gebraucht der Lehrer einen anderen bislang noch nicht vorgekommenen Fragetyp. Worin bestehen seine Merkmale? Er erscheint auch in den Fragen von 16L, 17L, 20L.

Lösung

Die Schüler können sprachliche *Felder* bilden. Ihre Antworten gehen über bloße *Reihen* hinaus.

Die Fragen, die den Schülern Feldverhalten ermöglichen, nennen wir *offene* Fragen. Die geschlossenen Fragen sind solche, deren Antworten Reihen bilden. Auf offene Fragen reagieren die Schüler mit längeren Äußerungen, die dem produktiven Sprachverhalten nahe kommen. Auf geschlossene Fragen reagieren die Schüler oft mit Kurzantworten.

Die obige Stundendokumentation zeigt in der Verteilung der geschlossenen und offenen Fragen eine Gruppenbildung („Klumpenbildung"). Diese Verteilung von geschlossenen und offenen Fragen gibt Anlaß zur Hypothese, daß diese Gruppenbildung überzufällig ist. Es scheint eine Beharrlichkeit (Perseveranz) der Fragetypen *offen* und *geschlossen* zu geben. Der Fragende befindet sich gleichsam in der Schwungkraft eines bestimmten Fragetyps.

4. Zusammenfassung der Ergebnisse

1) Die Variabilität von Fragen und Antworten ist wegen der Vielfalt der daran beteiligten Faktoren sehr groß. Jedoch gibt es nur eine beschränkte Zahl optimaler Fragen und Antworten.
2) Die Lehrerfrage ist nicht unbedingt notwendiger Bestandteil des Unterrichts. Es lassen sich Stunden ohne Lehrerfrage planen. Außersprachliche Impulse sowie Schülerfragen können die Lehrerfragen teilweise ersetzen.
3) Geschlossene Fragen sind präziser und häufig auch leichter zu beantworten als offene Fragen. Sie geben aber dem Schüler kaum die Möglichkeit zum freien Gebrauch der Sprache wie bei den offenen Fragen.

5. Weiterführende Überlegungen

Im Anfangsunterricht ist die Lehrerfrage wegen der sehr eingeschränkten Lexik und Grammatik besonders schwierig. Sie muß knapp, gezielt und verständlich sein. Der geschlossene Fragetyp ist im Anfangsunterricht geeigneter als der offene.

Das Lernziel der Kommunikationsfähigkeit verlangt eine frühe Einübung der Schüler in die Fragebildung. Durch Frage-Antwort-Ketten können die Schüler von Anfang an die Rolle des Fragenden ausüben. Die Schwierigkeit der Fragebildung wird entschärft, die Angst vor der Fragestellung abgebaut, die Schüleraktivität vermehrt, die Schülersprechzeit verlängert.

Literaturverzeichnis

ACHTENHAGEN, FRANK -²1971- *Didaktik des fremdsprachlichen Unterrichts.* Grundlagen und Probleme einer Fachdidaktik, Weinheim: Beltz (= Pädagogisches Zentrum. Veröffentlichungen Reihe D: Didaktik – Analysen und Modelle, 7) (1. Auflage 1969)

ACHTENHAGEN, FRANK und HILBERT L. MEYER -1971- (eds.) *Curriculumrevision – Möglichkeiten und Grenzen,* München: Kösel

AHRENS, RÜDIGER -1977- „Die Tradition der Shakespeare-Behandlung im Englischunterricht", Themenheft *Shakespeare im Unterricht,* Rüdiger Ahrens (ed.), *anglistik & englischunterricht,* Bd. 3, 12–38

ALTMAN, HOWARD -1977- „Individualized foreign language instruction and systems thinking: symbiosis and synergism", *System,* 76–83

ARNDT, HORST -1971- „Erkenntnistheoretische Grundlagen von Chomskys Theorie des Spracherwerbs", *Neusprachliche Mitteilungen aus Wissenschaft und Praxis,* 65–72

ARNDT, HORST -1974- „Sprachtests als Instrument zur Eignungsmessung. Möglichkeiten zur Lerngruppendifferenzierung im L 2-Bereich", *Der fremdsprachliche Unterricht,* Heft 31, 2–18

ARNDT, HORST -1976- *Fremdsprachen-Lernpsychologie.* Deutsches Institut für Fernstudien an der Universität Tübingen (ed.) (Didaktik und Methodik des Englischunterrichts an der Sekundarstufe I), Berlin: Cornelsen – Velhagen & Klasing, Weinheim: Beltz

ARNDT, HORST und FRANZ-RUDOLF WELLER -1978- (eds.) *Landeskunde und Fremdsprachenunterricht* (=Schule und Forschung), Frankfurt: Diesterweg

ARNDT, HORST und RICHARD W. JANNEY -1979- „Cognitive factors in communicator credibility", *Die Neueren Sprachen,* 2–17

ASSHEUER, JOHANNES und MATTHIAS HARTIG -1976- *Aufbau einer Schulgrammatik auf der Primar- und Sekundarstufe,* Düsseldorf: Schwann

BARBER, CHARLES L. -1964- *Linguistic change in present-day English,* London: Oliver & Boyd

BARBER, CHARLES L. -1976- „Linguistic change in present-day English: a few notes", *Zielsprache Englisch,* Heft 1, 1–4

BARTH, ADOLF und ULRICH HALFMANN -1979- *Das Anglistikstudium: Eine praktische Einführung,* Düsseldorf: Bagel, München-Bern: Francke

BAUGH, ALBERT -1951- *A history of the English language,* London: Routledge & Kegan Paul

BAUSCH, KARL-RICHARD -1974- (ed.) Themenheft *Sprachlehrforschung,* Zeitschrift für Literaturwissenschaft und Linguistik, Heft 13

BAUSCH, KARL-RICHARD, ULRICH BLIESENER, HERBERT CHRIST, KONRAD SCHRÖDER, URTE WEISBROD -1978- (eds.) *Beiträge zum Verhältnis von Fachsprache und Gemeinsprache im Fremdsprachenunterricht der Sekundarstufe II* (= Manuskripte zur Sprachlehrforschung, Nr. 12/13, hrsg. Seminar für Sprachlehrforschung der Ruhr-Universität Bochum)

BECKER, HELMUT u.a. -1976- *Soziale Organisation, soziales Lernen und Differenzierung,* Heft 2, Gemeinnützige Gesellschaft Gesamtschule e.V. (ed.) Arbeitsmaterialien 4/76, Bochum

BEILE, WERNER -1979- *Typologie von Übungen im Sprachlabor – zur Entmythologisierung eines umstrittenen Sachfelds,* Frankfurt: Diesterweg (=Schule und Forschung), (in Herstellung)

BELJAJEW, B.W. -1967- „Über die grundlegende Methode und die Methodiken für den Fremdsprachenunterricht", *Programmiertes Lernen und programmierter Unterricht,* 118–126

BLACK, COLIN und WOLFGANG BUTZKAMM -1977*(a)*-„Zum Problem der Unterrichtsmethode: Ein Forschungsvorschlag", *Die Neueren Sprachen,* 156–163

BLACK, COLIN und WOLFGANG BUTZKAMM -1977*(b)*- „Sprachbezogene und mitteilungsbezogene Kommunikation im Englischunterricht", *Praxis des neusprachlichen Unterrichts,* 115–124

BLÄTTNER, FRITZ -1962- *Geschichte der Pädagogik,* Heidelberg: Quelle & Meyer (1. Auflage 1951)

BLUDAU, MICHAEL -1975- „Didaktische Dialoge – Ein Beitrag zur Operationalisierung kommunikativer Lernziele im Englischunterricht", *Praxis des neusprachlichen Unterrichts,* 251–264

BLUDAU, MICHAEL -1979- „Hatte Dr. Johnson recht? oder Kommentar zum Verhältnis zwischen progressiven Theorien und der Wirklichkeit des Fremdsprachenunterrichts", *Neusprachliche Mitteilungen aus Wissenschaft und Praxis,* 65–66

BLUDAU, MICHAEL, HERBERT CHRIST, WERNER HÜLLEN, ALBERT RAASCH, FRANZ JOSEF ZAPP -1973- „Die Tätigkeitsmerkmale des Fremdsprachenlehrers", *Neusprachliche Mitteilungen aus Wissenschaft und Praxis,* 194–198

BLUDAU, MICHAEL, HERBERT CHRIST, WERNER HÜLLEN, ALBERT RAASCH, FRANZ JOSEF ZAPP -1978- „Zur Ausbildung und Fortbildung von Fremdsprachenlehrern. Überlegungen zu einem Curriculum", *Neusprachliche Mitteilungen aus Wissenschaft und Praxis,* 142–165

BOHLEN, ADOLF -^{4}1963- *Methodik des neusprachlichen Unterrichts,* Heidelberg: Quelle & Meyer (1. Auflage 1953)

BOHLEN, ADOLF -1967- „Brief an den 1. Vorsitzenden des ADNV", *Neusprachliche Mitteilungen aus Wissenschaft und Praxis,* 65

BORNEMANN, RICHARD -1954- *Der englische Unterricht,* 2 Bd., Hannover: Schroedel

BRAMMERTS, HELMUT, ANTJE RUZICKA-BETTIN, BRIGITTE WÜLFRATH-1979- *Grundkurs Didaktik/Methodik der Fremdsprachenvermittlung,* Teil 1 (= Manuskripte zur Sprachlehrforschung, Nr. 11, hrsg. Seminar für Sprachlehrforschung der Ruhr-Universität Bochum), (in Herstellung)

BREDENKÖTTER, HEINRICH und FRIEDRICH DENIG -1976- *Untersuchung zur Fremdspracheneignung* (= Manuskripte zur Sprachlehrforschung, Nr. 10, hrsg. Zentrales Fremdspracheninstitut der Ruhr-Universität Bochum)

BRINGS, FRIEDHELM u.a. -1979- „Für und wider das Diktat", *Zielsprache Englisch,* Heft 2, 12–26

BRODKE, DIETER -1975- (ed.) *Schulfernsehen im fremdsprachlichen Medienverbund.* Über das Verhältnis von Fernsehfilmen und Begleitmaterial im Fremdsprachenunterricht (=Paderborner Werkstattgespräche, Bd. 6, FEOLL- Institut für Unterrichtswissenschaft), Paderborn und Hannover: Schöningh und Schroedel

BROOKS, NELSON -1960- *Language and language learning,* New York: Harcourt, Brace & World

BÜHLER, URS BEAT -1972- *Empirische und lernpsychologische Beiträge zur Wahl des Zeitpunktes für den Fremdsprachenunterrichtsbeginn,* Zürich: Füssli

Bundesarbeitsgemeinschaft Englisch an Gesamtschulen -1978- *Kommunikativer Englischunterricht.* Prinzipien und Übungstypologie, München: Langenscheidt-Longman

Bundesministerium für Bildung und Wissenschaft -1978- *Hochschulausbildung. 22 Orientierungspunkte,* Bonn

BURSTALL, CLARE u.a. -1974- *Primary French in the balance.* A report of the National Foundation for Educational Research in England and Wales, Windsor (Berkshire): NFER Publishing Company

BUTTJES, DIETER -1977- „Microteaching im Fachpraktikum Englisch", *Neusprachliche Mitteilungen aus Wissenschaft und Praxis,* 91–96

BUTTJES, DIETER -1978- „Schülerleistungen im fremdsprachlichen Schulfernsehen: empirische Beobachtungen beim Einsatz der Sendereihe 'Port of Secrets'", *Praxis Schulfernsehen,* 92–94

BUTTJES, DIETER und GERT SOLMECKE -1978- „Unterrichtsanalyse in der Lehrerausbildung: Entwurf eines Beobachtungsinstrumentes", *Die Neueren Sprachen,* 51–60

BUTZKAMM, WOLFGANG -1973- *Aufgeklärte Einsprachigkeit.* Zur Entdogmatisierung der Methode im Fremdsprachenunterricht, Heidelberg: Quelle & Meyer

CANAVAN, JOHN R. -1972- „The English and German demonstratives", *Praxis des neusprachlichen Unterrichts,* 252–258

CARROLL, JOHN B. -1972- „Fundamental considerations in testing for English language proficiency of foreign students", *Teaching English as a second language,* H.B. Allen und R.K. Campbell, (eds.), New York: McGraw - Hill, 313–320

CHIOUT, HERBERT und WILHELM STEFFENS -[4]1979- *Unterrichtsvorbereitung und Unterrichtsbeurteilung,* Frankfurt: Diesterweg

CHOMSKY, NOAM -[8]1969- *Syntactic Structures,* The Hague und Paris: Mouton (1. Auflage 1957)

CHRIST, HERBERT, KONRAD MACHT und ANTON v. WALTER -1977- *Daten und Statistiken zum Englischunterricht und zur Sprachenwahl* (=Augsburger I- & I-Schriften, ed. Thomas Finkenstaedt und Konrad Schröder, Bd. 2), Universität Augsburg

CHRIST, HERBERT und ELISABETH LIEBE -1978- *Dokumente zur Schulsprachenpolitik in der Bundesrepublik Deutschland* (= Augsburger I- & I-Schriften, ed. Thomas Finkenstaedt und Konrad Schröder, Bd. 7), Universität Augsburg

CORDER, PIT S. -1975- „Error analysis, interlanguage and second language acquisition", *Language Teaching & Linguistics: Abstracts,* 201–218

CORRELL, WERNER -1967- „Psychologische Grundlagen für die Differenzierung des Schulunterrichts", *Praxis des neusprachlichen Unterrichts,* 331–342

CROON, WINFRIED -1978- „Ist die Lehrer-Leistung meßbar?" *Praxis des neusprachlichen Unterrichts,* 235–243

CZECZATKA, DIETRICH -1973- „Englisch auf der Orientierungsstufe in Schleswig-Holstein", *Neusprachliche Mitteilungen aus Wissenschaft und Praxis,* 30–34

DENNINGHAUS, FRIEDHELM -1970/1971- „Die wechselseitigen Einflüsse zwischen der Linguistik und dem Fremdsprachenunterricht", *Praxis des neusprachlichen Unterrichts,* 1970: 407–418, 1971: 31–40

DENNINGHAUS, FRIEDHELM -1975- „Methoden der expliziten Lernzielbestimmung", *Praxis des neusprachlichen Unterrichts,* 127–141

DIBELIUS WILHELM - 1923 - *England, 2 Bd.,* Stuttgart und Berlin: Deutsche Verlags-Anstalt

DIETRICH, INGRID - 1973 - „Pädagogische Implikationen der Einsprachigkeit im Fremdsprachenunterricht", *Praxis des neusprachlichen Unterrichts,* 349-358

DIETRICH, INGRID -1974- *Kommunikation und Mitbestimmung im Fremdsprachenunterricht,* Kronberg/Ts.: Scriptor

DIETRICH, RAINER -1976- (ed.) *Aspekte des Fremdsprachenerwerbs.* Beiträge zum 2. Fortbildungskurs „Deutsch als Fremdsprache", Kronberg/Ts.: Scriptor

DIGESER, ANDREAS -1978- *Phonetik und Phonologie des Englischen.* Ein Lernbuch mit Übungen, Paderborn: Schöningh (= UTB 666)

DODSON, CARL J. -1967- *Language teaching and the bilingual method,* London: Pitman

DOYÉ, PETER -1971- *Systematische Wortschatzvermittlung im Englischunterricht, Hannover:* Schroedel, Dortmund: Lensing

DOYÉ, PETER und DIETER LÜTTGE -1977- *Untersuchungen zum Englischunterricht in der Grundschule.* – Bericht über das Braunschweiger Forschungsprojekt „Frühbeginn des Englischunterrichts" FEU, Braunschweig: Westermann

EDELHOFF, CHRISTOPH -1976- (ed.) *Das Sprachlabor im kommunikativen Fremdsprachenunterricht.* Hessisches Institut für Lehrerfortbildung, Reinhardswaldschule, 3501 Fuldatal 1/Kassel

EDELSTEIN, WOLFGANG, FRITZ SANG und WERNER STEGELMANN,-1968- *Unterrrichtsstoffe und ihre Verwendung in der 7. Klasse der Gymnasien in der BRD* (Teil I): Eine empirische Untersuchung (Studien und Berichte, Bd. 12), Institut für Bildungsforschung in der Max-Planck-Gesellschaft, Berlin

ENGEL, ULRICH u.a. -1977- *Mannheimer Gutachten zu ausgewählten Lehrwerken Deutsch als Fremdsprache,* Heidelberg: Groos

EPPERT, FRANZ -1973- *Lexikon des Fremdsprachenunterrichts,* Bochum: Kamp

ERDMANN, PETER -1976- „'Some' and 'any' im Englischen", *Linguistik und Didaktik,* 292–306

ERDMENGER, MANFRED und HANS-WOLF ISTEL -1973- *Didaktik der Landeskunde,* München: Hueber

FELIX, SASCHA -1976- *Entwicklungsprozesse im natürlichen und gesteuerten Zweitsprachenerwerb,* Arbeitspapiere zum Spracherwerb Nr. 17, Englisches Seminar der Universität Kiel

FICHTNER, BERND, WILFRIED LIPPITZ und WOLFGANG POPP -1978- *Handbuch: Schulpraktische Studien,* Kronberg/Ts.: Scriptor

FINKENSTAEDT, THOMAS -1974- „Anglistik und Berufsbezogenheit", *Die Neueren Sprachen,* 9–18

FINKENSTAEDT, THOMAS -1978- „Über einige Wechselbeziehungen zwischen Anglistik und Englischunterricht", *Neusprachliche Mitteilungen aus Wissenschaft und Praxis,* 135–142

FLECHSIG, KARL-HEINZ -1965- (bearb.) *Neusprachlicher Unterricht I,* Quellen zur Unterrichtslehre, Bd. 10, Georg Geißler (ed.), Weinheim: Beltz

FLECHSIG, KARL-HEINZ -1971- „Forschung im Bereich des Fremdsprachenunterrichts", *Handbuch der Unterrichtsforschung,* Teil III, Karlheinz Ingenkamp (ed.), Weinheim: Beltz, 3153-3276

FLECHSIG, KARL-HEINZ -1977- „Prüfungen als Erkenntnisgegenstand und Handlungsbereich der Didaktik", *Kleine Fibel zur Prüfungsvorbereitung.* Ulrich Peter Ritter (ed.), (=Blickpunkt Hochschuldidaktik, 45), 5–16, Arbeitsgemeinschaft für Hochschuldidaktik e.V., (Rothenbaumchaussee 32, Hamburg 13)

FODOR, J.A., T.G. BEVER und M.F. GARRETT -1974- *The psychology of language.* An introduction to psycholinguistics and generative grammar, New York: McGraw-Hill

FREESE, PETER und LIESEL HERMES -1977- (eds.) *Der Roman im Englischunterricht der Sekundarstufe II,* Paderborn: Schöningh (Informationen zur Sprach- und Literaturdidaktik 11)

FREUDENSTEIN, REINHOLD -[4]1975- *Unterrichtsmittel Sprachlabor.* Technik. Methodik. Didaktik, Bochum: Kamp

FREUDENSTEIN, REINHOLD -1970(a)- „Aufgaben und Möglichkeiten der Unterrichtsmethodik. Dargestellt am Beispiel des Fremdsprachenunterrichts", *Erziehungswissenschaft 2,* Klafki u.a. (eds.), (= Funk-Kolleg Erziehungswissenschaft), Frankfurt: Fischer, 167–187

FREUDENSTEIN, REINHOLD -1970(b)- „Die Lehrbuchlektion als Arbeitsprojekt im Fremdsprachenunterricht", *Der fremdsprachliche Unterricht,* Heft 15, 2-9

FREUDENSTEIN, REINHOLD und HANS-EBERHARD PIEPHO -1977- „Reformfeindlich und praxisfremd. Anmerkungen zu den Normenbüchern Englisch und Französisch", *Abitur-Normen gefährden die Schule,* Andreas Flitner und Dieter Lenzen (eds.), München: Piper, 168–174.

GERMER, ERICH -[3]1975- *Die Aussprache im Englischunterricht,* Hannover: Schroedel, Dortmund: Lensing (1. Auflage 1970)

GERMER, ERICH -1977: *Deutsche Mundart und englische Aussprache,* Berlin: Cornelsen-Velhagen & Klasing

GESTER, FRIEDRICH WILHELM -1972- „Pattern und pattern practice", *Praxis des neusprachlichen Unterrichts,* 37–46

GESTER, FRIEDRICH WILHELM -1976- „Transformationelle, kommunikative und traditionelle Grammatik", *Praxis des neusprachlichen Unterrichts,* 345–354

GILL, PETER -1970- „Zur Analyse und Bewertung von neusprachlichen Unterrichtsstunden", *Die Neueren Sprachen,* 481–486

GLAAP, ALBERT-REINER -1975- „Kritische Synopse der nordrhein-westfälischen Richtlinien für den Englischunterricht in der Sekundarstufe I", *Neusprachliche Mitteilungen aus Wissenschaft und Praxis,* 202–212

GÖRLACH, MANFRED -1974- *Einführung in die englische Sprachgeschichte*, Heidelberg: Quelle & Meyer (UTB 383)
GOMPF, GUNDI -1971- *Englisch in der Grundschule.* Schulversuche in der BRD, Frankreich, Schweden und der CSSR, Weinheim: Beltz (Hrsg. Deutsches Institut für Internationale Pädagogische Forschung)
GRAMSCH, ELISABETH -1972- „Entwurf eines Kriterienkataloges für die Beurteilung von Unterrichtsstunden", *Englisch*, 87–88
GUTSCHOW, HARALD -1964- *Englisch an Volksschulen*, Berlin: Cornelsen
GUTSCHOW, HARALD -1968- „Kulturkunde oder Landeskunde?" *Englisch*, 1–6
GUTSCHOW, HARALD -1977- „Zum Problem der theoretischen Begründung der Didaktik des Fremdsprachenunterrichts", *Englisch*, 1–6
GUTSCHOW, HARALD -1978- *Eine Methodik des elementaren Englischunterrichts.* Probleme und Arbeitsformen, Berlin: Cornelsen-Velhagen & Klasing
HAASE, ALFRED -³1964- *Englisches Arbeitswörterbuch.* Der aktive Wortschatz in Wertigkeitsstufen und Sachgruppen, Frankfurt: Diesterweg (1. Auflage 1959)
HAENICKE, GUNTA -1977- „Schulbibliothek", *Reallexikon der englischen Fachdidaktik*, Konrad Schröder und Thomas Finkenstaedt (eds.), Darmstadt: Wissenschaftliche Buchgesellschaft, 209–211
HALBE, HELLI -1976- (ed.) *Psycholinguistik*, Darmstadt: Wissenschaftliche Buchgesellschaft
HARTIG, PAUL -⁶1971- (ed.) *England* (=Handbücher der Auslandskunde), 6. neubearbeitete Auflage der *Englandkunde* (1. Aufl. 1928), Frankfurt: Diesterweg
HECHT, KARLHEINZ -1977- *Englisch/Sekundarstufe I.* Unterrichtsplanung und Unterrichtsgestaltung, Bd. 2: Unterrichtsgestaltung, Donauwörth: Auer
HEIMANN, PAUL, GUNTER OTTO und WOLFGANG SCHULZ -⁹1977- *Unterricht.* Analyse und Planung, Hannover: **Schroedel (1. Auflage 1965)**
HERMANN, GISELA -1978- *Lernziele im affektiven Bereich.* Eine empirische Untersuchung zu den Beziehungen zwischen Englischunterricht und Einstellungen von Schülern, Paderborn: Schöningh
HERMES, LIESEL -1976- „Englandkundliche Texte in Lehrwerken für die Hauptschule", *Englisch*, 17–22
HERTKORN, OTTMAR -1978- „Das 'Mannheimer Gutachten' – Eine kritische Betrachtung", *Zielsprache Deutsch*, Heft 2, 6–16
HEUER, HELMUT -1967- „Zur Problematik des Amerikabildes in den Englisch-Lehrbüchern der Volksschule", *Jahrbuch für Amerikastudien*, 227–239

HEUER, HELMUT -1968- *Die Englischstunde.* Fallstudien zur Unterrichtsplanung und Unterrichtsforschung, Wuppertal und Ratingen: Henn

HEUER, HELMUT -1969- „Lehrbuchforschung und Lehrbuchkritik. Versuch eines objektiven Zugriffs", *Praxis des neusprachlichen Unterrichts,* 365–386

HEUER, HELMUT -1970- *Brennpunkte des Englischunterrichts.* Grundschule. Hauptschule. Fachoberschule. Gesamtschule. Gymnasialoberstufe, Wuppertal und Ratingen: Henn

HEUER, HELMUT -1972(a)- *Curriculum: Englisch.* Literaturbericht und Auswahlbibliographie, Dortmund: Lensing

HEUER, HELMUT -1972(b)- „Textimmanente Differenzierung. Ansprüche der äußeren und inneren Differenzierung an die Text- und Übungsgestaltung im Fremdsprachenunterricht", *Der fremdsprachliche Unterricht,* Heft 21, 13-22

HEUER, HELMUT -1976- *Lerntheorie des Englischunterrichts.* Untersuchungen zur Analyse fremdsprachlicher Lernprozesse, Heidelberg: Quelle & Meyer

HEUER, HELMUT -1977- „Lehrplan", *Reallexikon der englischen Fachdidaktik,* Konrad Schröder und Thomas Finkenstaedt (eds.), Darmstadt: Wissenschaftliche Buchgesellschaft, 126–130

HEUER, HELMUT -1978- „Zielsprache, Lernzielsprache und Lernersprache im Englischunterricht", *Linguistik und Didaktik,* 181–187

HEUER, HELMUT -1979- „Zu einigen Widersprüchen im fremdsprachlichen Literaturunterricht", *Literatur im Unterricht,* Herbert Mainusch (ed.), München: Fink, 147–154

HEUER, HELMUT, RICHARD MATTHIAS MÜLLER und HELMUT SCHREY -1970- „Möglichkeiten der Lehrwerkforschung und Lehrwerkkritik", *Praxis des neusprachlichen Unterrichts,* 1-6; Reprint in: *Lehrwerkkritik – ein Neuansatz,* H. Heuer und R.M. Müller, (eds.) Dortmund: Lensing 1973 (=Lehrwerke und Curriculum im fremdsprachlichen Unterricht, Heft 1)

HEUER, HELMUT und EGON HEYDER -1971- „Das Lernen neuer Wörter in Beziehung zur Vokabelanzahl, zur Darbietungsmethode und zur Altersstufe," *Praxis des neusprachlichen Unterrichts,* 21–27

HEUER, HELMUT und RICHARD MATTHIAS MÜLLER -1973- (eds.) *Lehrwerkkritik – ein Neuansatz,* Dortmund: Lensing

HEUER, HELMUT und RICHARD MATTHIAS MÜLLER -1975- (eds.) *Lehrwerkkritik 2:* Landeskunde, Illustrationen, Grammatik, Dortmund: Lensing

HEUER, HELMUT und DIETER BUTTJES -1979- „Ziele des Englischunterrichts", *Grundkurs Didaktik Englisch,* Hans Hunfeld und Konrad Schröder (eds.), Kronberg/Ts.: Scriptor, 1–17

HEUER, HELMUT und PETER PARRY -[4]1979- *Hands up!* Classroom phrases in Englisch and German, Hannover und Dortmund: Schroedel / Crüwell (1. Auflage 1971)

HEUER, HELMUT, HARTMUT KLEINEIDAM, EDZARD OBENDIEK und HELMUT SAUER -1979- (eds.) *Dortmunder Diskussionen zur Fremdsprachendidaktik.* Kongreßdokumentation der 8. Arbeitstagung der Fremdsprachendidaktiker Dortmund 1978, Dortmund: Lensing

HEUERMANN, HARTMUT -1976- „Angloamerikanische Literatur und der deutsche Leser", *Neusprachliche Mitteilungen aus Wissenschaft und Praxis,* 193–199

HÖRMANN, HANS -1970- *Psychologie der Sprache,* Berlin und New York: Springer

HORSTMANN, ULRICH -1978- „Vom Abbau der Berührungsängste: Zum Verhältnis von Literaturwissenschaft und Literaturdidaktik", *Literatur im Englischunterricht,* Hans Hunfeld und Gottfried Schröder, (eds.), *(=Fremdsprachen – Theorie und Praxis ihrer Didaktik, 6),* Königstein: Scriptor, 3–17

HÜLLEN, WERNER -1969- „Sprachwissenschaft und Landeskunde", *Praxis des neusprachlichen Unterrichts,* 310–325

HÜLLEN, WERNER -1971- *Linguistik und Englischunterricht,* Heidelberg: Quelle & Meyer

HÜLLEN, WERNER -1973- (ed.) *Neusser Vorträge zur Fremdsprachendidaktik,* Berlin: Cornelsen-Velhagen & Klasing

HÜLLEN, WERNER -1976- *Linguistik und Englischunterricht 2,* Heidelberg: Quelle & Meyer

HÜLLEN, WERNER, ALBERT RAASCH und FRANZ-JOSEF ZAPP -1977- *Sprachminima und Abschlußprofile.* Beiträge zur Erarbeitung von Sprachinventaren für den modernen Fremdsprachenunterricht (= Schule und Forschung), Frankfurt: Diesterweg

HUNFELD, HANS -1978- „Der fingierte Lehrbuchtext im Englischunterricht: Ein Vorschlag zur textnahen Diskussion einiger Grundsatzfragen", *Literatur im Englischunterricht,* Hans Hunfeld und Gottfried Schröder (eds.), (= Fremdsprachen – Theorie und Praxis ihrer Didaktik, 6), Königstein/Ts.: Scriptor, 18–33

HUNFELD, HANS und KONRAD SCHRÖDER -1979- (eds.) *Grundkurs Didaktik Englisch,* Kronberg/Ts.: Scriptor

ICKLER, THEODOR -1977- *Vom Dichten und Denken,* Heidelberg: Schneider

JASPER, HANS-HENNING und WILLI ZEUMER -1978- „Probleme des Englischunterrichts an berufsbildenden Schulen und die besondere Situation des Fachlehrers", *Das Theorie-Praxis-Problem in der Zusammenarbeit von Schule und Hochschule im Fachbereich Englisch,* Landesinstitut für Curriculumentwicklung, Lehrerfortbildung und Weiterbildung, Düsseldorf, 84–94

JESPERSEN, OTTO -1924- *The philosophy of grammar,* London: Allen & Unwin

JUNGBLUT, GERTRUD -1973- „Zum Wissenschaftsverständnis von Fachdidaktik", *Neusprachliche Mitteilungen aus Wissenschaft und Praxis,* 65–71

KELLER, GOTTFRIED -1968- „Grundlegung der kulturkundlichen Didaktik durch ein sozialpsychologisches Modell der Völkerverständigung", *Die Neueren Sprachen,* 617–626

KELLY, LOUIS G. -1969- *25 centuries of language teaching,* Rowley/Mass.: Newbury House

KLAFKI, WOLFGANG -8/91967- *Studien zur Bildungstheorie und Didaktik,* Weinheim: Beltz

KLAFKI, WOLFGANG -1977- „Zum Verhältnis von Didaktik und Methodik", *Didaktik und Praxis,* Wolfgang Klafki, Gunter Otto und Wolfgang Schulz, (eds.), Weinheim und Basel: Beltz

KLAFKI, WOLFGANG, GUNTER OTTO und WOLFGANG SCHULZ -1977- (eds.), *Didaktik und Praxis,* Weinheim und Basel: Beltz

KLIPPEL, FRIEDERIKE -1979- *Das Lernspiel und seine Verwendung im Englischunterricht,* Diss., PH Dortmund

KNEPPER, HERBERT -1973- „Schulbuchgenehmigung und Lernmittelfreiheit im Vorfeld von Curriculumentwicklung und Medienverbund", *Das Schulbuch – Produkt und Faktor gesellschaftlicher Prozesse* (= Zur Sache Schulbuch, Band I), hrsg. von E. Horst Schallenberger (Schriftenreihe: Pädagogische Informationen – provokative Impulse), Ratingen: Henn

KÖHRING, KLAUS H. -1970- „Zur Beobachtung und Beurteilung von Englischunterricht", *Englisch,* 97-103

KÖHRING, KLAUS H. und RICHARD BEILHARZ -1973- ***Begriffswörterbuch Fremdsprachendidaktik und -methodik***, München: Hueber

KÖHRING, KLAUS H. und TUDOR MORRIS -31977- *Instant English 1,* Heidelberg: Quelle & Meyer (1. Auflage 1971)

KÖHRING, KLAUS H. und TUDOR MORRIS -21976- *Instant English 2,* Heidelberg: Quelle & Meyer (1. Auflage 1972)

KOHL, NORBERT und KONRAD SCHRÖDER -1972/1973- *Bibliographie für das Studium der Anglistik, III, Englische Fachdidaktik,* Bd. 1 und 2, Frankfurt: Athenäum

KRETER, HERBERT -1975- „Didaktik der englischen Sprache – Konturen einer Entwicklung", *Ausbildung und Fortbildung des Englischlehrers,* Karlheinz Hellwig (ed.), Hannover und Dortmund: Schroedel und Lensing, 7–13

KRUMM, HANS-JÜRGEN -1978- „Kommunikativer Fremdsprachenunterricht als Gegenstand der Sprachlehrforschung und der Lehreraus- und Lehrerfortbildung", *Der fremdsprachliche Unterricht,* Heft 47, 6–19

KRUMM, HANS-JÜRGEN -1979- „Lehrertraining in der Ausbildung und Fortbildung von Fremdsprachenlehrern", *Neusprachliche Mitteilungen aus Wissenschaft und Praxis,* 66–70

KRUMM, HANS-JÜRGEN und BERND MÜLLER -1976- *Praxis im Fremdsprachenstudium,* Bebenhausen: Rotsch

LADO, ROBERT -1967- *Moderner Sprachunterricht* (Amerik. Ausgabe: *Language Teaching,* 1964, übers. Reinhold Freudenstein), München: Hueber

LAMPRECHT, ADOLF -1970- *Grammatik der englischen Sprache,* Berlin: Cornelsen-Velhagen & Klasing

Landesinstitut für Curriculumentwicklung, Lehrerfortbildung und Weiterbildung NRW -1978- (ed.) *Das Theorie-Praxis-Problem in der Zusammenarbeit von Schule und Hochschule im Fachbereich Englisch,* Düsseldorf

LANGER, JÜRGEN und MANFRED SCHURIG -1972- „Politik im Fremdsprachenunterricht", *Praxis des neusprachlichen Unterrichts,* 5–13

LEISI, ERNST -²1960- *Das heutige Englisch.* Wesenszüge und Probleme, Heidelberg: Winter (1. Auflage 1955)

LEISINGER, FRITZ -1966- *Elemente des neusprachlichen Unterrichts,* Stuttgart: Klett

LEWIS, E.G. und C.E. MASSAD -1975- *The teaching of English as a foreign language in ten countries,* Stockholm und New York: Almquist & Wiksell und J. Wiley (=International Studies in Evaluation IV)

LORENZEN, KÄTE -³1977(a)- *Englischunterricht,* Bad Heilbrunn: Klinkhardt (1. Aufl. 1971)

LORENZEN, KÄTE -1977(b)- (ed.) *Theorie und Praxis des Englischunterrichts,* Bad Heilbrunn: Klinkhardt

MACHT, KONRAD -1977- „Möglichkeiten empirischen Arbeitens in der Fremdsprachendidaktik", *Informationen zur Didaktik des Englischunterrichts und der Anglistik* (IDEA) 13. Folge, Augsburg, 227–282

MACKEY, WILLIAM FRANCIS -1965- *Language teaching analysis,* London: Longman

MAINUSCH, HERBERT -1979- (ed.) *Literatur im Unterricht,* München: Fink

MAINUSCH, HERBERT, EDGAR MERTNER, SIEGFRIED SCHMIDT und KONRAD SCHRÖDER -1976- *Lehrerfortbildung und Lehrerweiterbildung in der Bundesrepublik Deutschland: Modell Anglistik,* Bern und Frankfurt: Lang

MANGOLD, MAX -1976- „Die Erlernbarkeit von Esperanto im Vergleich zu den Sprachen der EG", *Die Neueren Sprachen,* 327–332

MELENK, HARTMUT -1977- „Der didaktische Begriff der 'kommunikativen Kompetenz' – Kritische Bemerkungen", *Praxis des neusprachlichen Unterrichts,* 3–12

MEYER-INGWERSEN, JOHANNES, ROSEMARIE NEUMANN und MATTHIAS KUMMER -1977- *Zur Sprachentwicklung türkischer Schüler in der Bundesrepublik,* Bd. 1 und 2, Kronberg: Scriptor

MIHM, EMIL -1972- *Die Krise der neusprachlichen Didaktik.* Eine systeminterne Ortsbestimmung, Frankfurt: Hirschgraben

MINDT, DIETER -1975- *Moderne Linguistik,* Düsseldorf: Bagel, Bern und München: Francke

MINDT, DIETER -1977- „Forschungsansätze in der Fremdsprachendidaktik", *Neue Perspektiven der Fremdsprachendidaktik,* Hans Hunfeld (ed.), Kronberg: Scriptor, 119–130

MINDT, DIETER -1979- *Unterrichtsplanung Englisch für die Sekundarstufe I,* Klett: Stuttgart

MÜLLER, RICHARD MATTHIAS -1979(a)- „Zum Wissenschaftsverständnis der Fremdsprachendidaktik", *Dortmunder Diskussionen zur Fremdsprachendidaktik.* Kongreßdokumentation der 8. Arbeitstagung der Fremdsprachendidaktiker Dortmund 1978, H. Heuer, H. Kleineidam, E. Obendiek, H. Sauer (eds.), Dortmund: Lensing, 132-148

MÜLLER, RICHARD MATTHIAS -1979(b)- „Pragmadidaktik – ein neuer Weg?", *Neusprachliche Mitteilungen aus Wissenschaft und Praxis,* 22–28

NEHLS, DIETRICH -1974- *Synchron-diachrone Untersuchungen zur Expanded Form im Englischen,* München: Hueber

NEHLS, DIETRICH -1975- „Überlegungen zum Aufbau eines didaktischen Sprachmodells für den Fremdsprachenunterricht", *IRAL,* 51–68

NEHM, ULRICH -1976- *Microteaching als Ausbildungs- und Forschungsverfahren der Fremdsprachendidaktik,* Kronberg/Ts.: Scriptor

NEMSER, WILLIAM -1971- „Approximative systems of foreign language learners", *IRAL,* 115–123

NICKEL, GERHARD -1964- „Der Englischunterricht im Lichte der modernen Linguistik", *Praxis des neusprachlichen Unterrichts,* 29–35

NICKEL, GERHARD -1972- (ed.) *Fehlerkunde.* Beiträge zur Fehleranalyse, Fehlerbewertung und Fehlertherapie, Bielefeld: Cornelsen-Velhagen & Klasing

NISSEN, RUDOLF -1974- *Kritische Methodik des Englischunterrichts,* Heidelberg: Quelle & Meyer

NOLD, GÜNTER -1977- „Didaktische Analyse im Fremdsprachenunterricht – Probleme und Möglichkeiten", *Linguistik und Didaktik,* 126–136

NUHN, HANS-EBERHARD -1975- „Partner- und Gruppenarbeit im Fremdsprachenunterricht", *Die Neueren Sprachen,* 103–112

OGDEN, C.K. -1968- *Basic English: International second language,* New York: Harcourt, Brace & World
OLLER, JOHN W. -1971- „Dictation as a device for testing foreign-language proficiency", *English Language Teaching,* 254–259
OLLER, JOHN W. -1976- „Evidence for a general language proficiency factor: an expectancy grammar", *Die Neueren Sprachen,* 165–174
OSGOOD, CHARLES E. und THOMAS A. SEBEOK -1965- (eds.) *Psycholinguistics,* Bloomington: Indiana U.P.
Pädagogische Arbeitsstelle des Deutschen Volkshochschulverbandes (ed.) *Unterrichtsmediendienst.* Rezensionen, 6 000 Frankfurt, Holzhausen Str. 21
Pädagogische Arbeitsstelle des Deutschen Volkshochschulverbandes -1976- *Didaktische Planungsstrategien im Fachbereich Sprachen*
PARREREN, CAREL van -1963- „Psychologie und Fremdsprachenunterricht", *Praxis des neusprachlichen Unterrichts,* 6–10
PELZ, MANFRED -1977- (ed.) *Pragmatik und Lernzielbestimmung im Fremdsprachenunterricht,* Heidelberg: Quelle & Meyer
PIEPHO, HANS-EBERHARD -1962- „Möglichkeiten des Englischunterrichts in differenzierenden Fördersystemen einer neuen deutschen Schule", *Praxis des neusprachlichen Unterrichts,* 144–149
PIEPHO, HANS-EBERHARD -1974- *Kommunikative Kompetenz als übergeordnetes Lernziel im Englischunterricht,* Dornburg-Frickhofen: Frankonius
PIEPHO, HANS-EBERHARD -1976- *Einführung in die Didaktik des Englischen,* Heidelberg: Quelle & Meyer
PIEPHO, HANS-EBERHARD -1979- *Englischunterricht in Stundenskizzen,* Heidelberg: Quelle & Meyer
PLATE, HEINRICH -1850, [6]1859, [89]1912- *Vollständiger Lehrgang zur leichten, schnellen und gründlichen Erlernung der Englischen Sprache,* I, Elementarstufe, Hannover: Ehlermann (Weitere bibliographische Angaben zu Plate bei HEUER 1969: 371–380 und SCHRÖDER 1975: 205–208)
POHL, LOTHAR, GÜNTER SCHLECHT und SABINE UTHESS u.a. -1978- *Methodik Englisch- und Französischunterricht,* Berlin: Volk und Wissen
POTTER, SIMEON -1976- „English Language", *The New Encyclopaedia Britannica,* Bd. 6, 874–887
QUETZ, JÜRGEN -1974- „Inferenz und Interferenz bei Semantisierungsprozessen in einer Fremdsprache", *Neusprachliche Mitteilungen aus Wissenschaft und Praxis,* 65–73
QUETZ, JÜRGEN -1976- „Untersuchung zum Einfluß eines Lehrbuches auf die kommunikative Struktur des Englischunterrichts", *Zielsprache Englisch,* Heft 1, 20–28

QUIRK, RANDOLPH und SIDNEY GREENBAUM -1973- *A university grammar of English*, London: Longman

RADDATZ, VOLKER -1978- „Zur Geschichte und Kritik der Englandkunde an deutschen Schulen", *Landeskunde und Fremdsprachenunterricht*, Horst Arndt und Franz-Rudolf Weller (eds.) (= Schule und Forschung), Frankfurt: Diesterweg

RAUTENHAUS, HEIKE -1978- *Der lernschwache Englischschüler.* Die Ergebnisse eines Forschungsvorhabens, Berlin: Cornelsen-Velhagen & Klasing

REISENER, HELMUT -1972- „Die Praxis des Theorie-Praxis-Bezuges. Oder: Wie prüft man Didaktik?" *Die Deutsche Schule*, 794–798

RIVERS, WILGA und MARY S. TEMPERLEY -1978- *A practical guide to the teaching of English as a second or foreign language*, New York: Oxford University Press

ROBINSOHN, S. BENJAMIN -1967- *Bildungsreform als Revision des Curriculum*, Neuwied: Luchterhand

RÜLCKER, TOBIAS -1969- *Der Neusprachenunterricht an höheren Schulen*, Frankfurt: Diesterweg

SALISTRA, I. .D. -1962- *Methodik des neusprachlichen Unterrichts.* (Autorisierte Übersetzung aus dem Russischen. Deutsche Bearbeitung von Wolfgang Hübner), Berlin: Volk und Wissen

SANG, FRITZ und HELMUT I. VOLLMER - 1978- *Allgemeine Sprachfähigkeit und Fremdsprachenerwerb. Zur Struktur von Leistungsdimensionen und linguistischer Kompetenz des Fremdsprachenlernens*, Max-Planck-Institut für Bildungsforschung, Berlin

SAUER, HELMUT -1968- *Fremdsprachen in der Volksschule.* Untersuchung zur Begründung des Englischunterrichts für alle, Hannover: Schroedel

SAUER, HELMUT -1971- „Sequentialität als Ursache für Minderleistungen im Fremdsprachenunterricht", *Neusprachliche Mitteilungen aus Wissenschaft und Praxis*, 133–143

SAUER, HELMUT -1975(a)- (ed.) *Englisch auf der Primarstufe.* Texte und Informationen zum Frühbeginn des Fremdsprachenunterrichts, Paderborn: Schöningh

SAUER, HELMUT -1975(b)- „Fremdsprachenunterricht in der Grundschule – Aufriß der Forschungsmethodologie," *Englisch auf der Primarstufe*, Sauer, Helmut (ed.) Paderborn, Schöningh, 20–33

SCHAFFERT, KARL -1971- „Die Nacherzählung im Lichte der Lernpsychologie und der Informationstheorie", *Praxis des neusprachlichen Unterrichts*, 1–11

SCHIFFLER, LUDGER -1973- *Einführung in den audio-visuellen Fremdsprachenunterricht*, Heidelberg: Quelle & Meyer

SCHILDER, HANNO -1977- *Medien im neusprachlichen Unterricht seit 1880*, Kronberg: Scriptor

SCHRAND, HEINRICH -1978- *Der VHS-Kurs Englisch.* Methodische Hinweise zur Unterrichtsgestaltung, München: Hueber

SCHREY, HELMUT -1967- *Didaktik der Englandkunde an Hauptschulen,* Ratingen: Henn

SCHREY, HELMUT -1978- „Englischsprachige Literatur, Literaturwissenschaft und Literaturdidaktik in Schule und Hochschule", *anglistik & englischunterricht,* Bd. 5, 9–25

SCHRÖDER, KONRAD -1974- „Differenzierter oder nicht-differenzierter Fremdsprachenunterricht?" *Die Neueren Sprachen,* 393–410

SCHRÖDER, KONRAD -1975(a)- *Fremdsprachenunterricht in der Sekundarstufe II* (= Deutscher Bildungsrat. Gutachten und Studien der Bildungskommission, 41), Stuttgart: Klett

SCHRÖDER, KONRAD -1975(b)- *Lehrwerke für den Englischunterricht im deutschsprachigen Raum 1665–1900.* Einführung und Versuch einer Bibliographie, Darmstadt: Wissenschaftliche Buchgesellschaft

SCHRÖDER, KONRAD -1975(c)- „Fachdidaktik: Konsolidierung zwischen Krise und Hochkonjunktur", *Der fremdsprachliche Unterricht,* Heft 33, 22–26

SCHRÖDER, KONRAD -1976- (ed). *Die Neueren Sprachen,* Themenheft: *Fremdsprachenpolitik*

SCHRÖDER, KONRAD und FRANZ-RUDOLF WELLER -1975- „Erwägungen zum Begriffsfeld Methodik aus fremdsprachendidaktischer Sicht", *Die Neueren Sprachen,* (Themenheft: *Methodendiskussion,* Eckhard Rattunde, ed.), 210 – 223

SCHRÖDER, KONRAD und FRANZ JOSEF ZAPP -1976- „Protokoll des Werkstatt-Gesprächs Fremdsprachenplanung – Fremdsprachenpolitik im Rahmen des XII. FIPLV-Kongresses in Washington vom 25. und 26.11.1975", *Die Neueren Sprachen,* 306–319

SCHRÖDER, KONRAD und THOMAS FINKENSTAEDT -1977- (eds.) *Reallexikon der englischen Fachdidaktik,* Darmstadt: Wissenschaftliche Buchgesellschaft

SCHRÖDER, KONRAD und FRANZ-RUDOLF WELLER -1977- (eds.) *Literatur im Fremdsprachenunterricht.* Beiträge zur Theorie des Literaturunterrichts und zur Praxis der Literaturvermittlung im Fremdsprachenunterricht (=Schule und Forschung), Frankfurt: Diesterweg

SCHUBEL, FRIEDRICH -^{5}1971- *Methodik des Englischunterrichts für höhere Schulen,* Frankfurt: Diesterweg (1. Auflage 1958)

SCHÜLE, KLAUS und GERNOT KRANKENHAGEN -1974- (eds.) *Audiovisuelle Medien im Fremdsprachenunterricht,* Stuttgart: Klett

SCHWERDTFEGER, INGE CHRISTINE -1973- *Medien und Fremdsprachenunterricht.* Eine Analyse unter pragmatischem Aspekt (= Hamburger Phonetische Beiträge, 10), Hamburg: Buske

SCHWERDTFEGER, INGE CHRISTINE -1977- *Gruppenarbeit im Fremdsprachenunterricht.* Ein adaptives Konzept, Heidelberg: Quelle & Meyer

SCHWERDTFEGER, INGE CHRISTINE -1979- „Fremdsprachenunterricht für alle: Eine Trendanalyse", *Englisch-amerikanische Studien,* 30–38

SEGERMANN, KRISTA -1974- „Zur Überwindung des Methodenstreits in der fachdidaktischen Diskussion", *Praxis des neusprachlichen Unterrichts,* 339–353

SELINKER, LARRY -1972- „Interlanguage", *IRAL,* 209–231

SINCLAIR, JOHN MCH. und MALCOLM COULTHARD -1977- *Analyse der Unterrichtssprache.* Ansätze zu einer Diskursanalyse dargestellt am Sprachverhalten englischer Lehrer und Schüler. Übersetzt, bearbeitet und herausgegeben von Hans-Jürgen Krumm, Heidelberg: Quelle & Meyer

SOLMECKE, GERT -1973- *Psychologische Grundlagen des Fremdsprachenunterrichts.* Eine Einführung, Ratingen, Kastellaun, Düsseldorf: Henn

SOLMECKE, GERT -1976- (ed.) *Motivation im Fremdsprachenunterricht,* Paderborn: Schöningh

SONKA, AMY L. -1977- „The interview as an EFL teaching technique", *English Language Teaching Journal,* 49–54

SPEIGHT, STEPHEN -1973- „How English are the English books?", *Lehrwerkkritik – ein Neuansatz,* Helmut Heuer und Richard Matthias Müller (eds.), Dortmund: Lensing, 66–80

SPEIGHT, STEPHEN -1974- „Home thoughts from abroad: Landeskunde in textbooks for the Gymnasium", *Neusprachliche Mitteilungen aus Wissenschaft und Praxis,* 204–210

STEDTFELD, WOLFGANG -1976- *Die Praxisrelevanz der sprachlichen Lernziele des Englischunterrichts an Hauptschulen.* Ergebnisse einer empirischen Untersuchung (= Bielefelder Hochschulschriften, Bd. 14), Bielefeld: Pfeffer

TABBERT, REINBERT und DETLEF von ZIEGESAR -1977- *Landeskunde:* Deutsches Institut für Fernstudien an der Universität Tübingen (ed.) (Didaktik und Methodik des Englischunterrichts an der Sekundarstufe I) Berlin: Cornelsen – Velhagen & Klasing, Weinheim: Beltz

TESCHNER, WOLFGANG P. -1971- (ed.) *Differenzierung und Individualisierung des Unterrichts,* Göttingen: Vandenhoeck & Ruprecht

THIELKE, WILHELM, WALDEMAR BINDSEIL, FRIEDEL THIESEMANN und WOLFGANG RACHWALSKY -1976- *Differenzierung der Realschul-Oberstufe.* Fachleistungskurse in Englisch und Mathematik (= Ergebnisse aus der Arbeit der Niedersächsischen Lehrerfortbildung, 26), Hannover: Schroedel

UHLEMAYR, B. -1904- „Der fremdsprachliche Unterricht in seiner Beziehung zur Schulhygiene", *Die Neueren Sprachen,* 257–272

VAERTING, MATHILDE -1920- *Die fremden Sprachen in der neuen deutschen Schule,* Leipzig

van EK, JAN A. -1975- *Systems development in adult language learning. The threshold level in a European unit/credit system for modern language learning by adults,* Strasbourg: Council for Cultural Co-operation of the Council of Europe

VIËTOR, WILHELM -1882- *Der Sprachunterricht muß umkehren,* Heilbronn (zit. nach. Flechsig, *Neusprachlicher Unterricht I,* 1965, 155–172)

von FABER, HELM und OTTMAR HERTKORN -1976- *Mediothek- Anspruch und Wirklichkeit,* Werkstattgespräche, München: Goethe-Institut, Paderborn: FEOLL

von HENTIG, HARTMUT -1969- „Allgemeine Lernziele der Gesamtschule", *Lernziele der Gesamtschule* (= Deutscher Bildungsrat. Gutachten und Studien der Bildungskommission, 12), Stuttgart: Klett, 13–43

WACHTLER, KURT -1969- *Das Studium der englischen Sprache,* Stuttgart: Klett

WALMSLEY, JOHN BRIAN -1977- „Motivationsarten und Fremdsprachenunterricht", *Neusprachliche Mitteilungen aus Wissenschaft und Praxis,* 65–76

WALTER, GERTRUD -1978- „Unterhaltungen mit Schülern des 9. Schuljahrs – Studien zur Kommunikationsfähigkeit im Englischen", *Die Neueren Sprachen,* 164–176

WALTER, GERTRUD -1979- *Englisch für Hauptschüler,* Königstein/Ts.: Scriptor

WEBER, HANS -1969- „Von der didaktischen Interpretation zum Unterrichtsentwurf", *Praxis des neusprachlichen Unterrichts,* 1–12

WEBER, HORST -1976- (ed.) *Landeskunde im Fremdsprachenunterricht.* Kultur und Kommunikation als didaktisches Konzept, München: Kösel

WEINRICH, HARALD -1966- „Darf man Schulausgaben kürzen?" *Praxis des neusprachlichen Unterrichts,* 233–236

WEIS, ERICH -1965- *Grund- und Aufbauwortschatz Englisch,* Stuttgart: Klett

WELLER, FRANZ-RUDOLF und KONRAD SCHRÖDER -1977- „Auswahlbibliographie zur Landes- und Kulturkunde (Englisch/Französisch)", *Die Neueren Sprachen,* 327–343

WERLICH, EGON -1978- *Elementargrammatik Englisch,* für das 5. und 6. Schuljahr, Begleitgrammatik zum Lehrwerk GOOD ENGLISH, Hannover: Schroedel

WERLICH, EGON -1979- *Understanding short narratives from modern fiction* (Kursmaterialien Englisch Sekundarstufe II), Dortmund: Lensing

WEST, MICHAEL -1953- *A general service list of English words* with semantic frequencies and a supplementary word-list for the writing of popular science and technology, London: Longmans (1. Aufl. 1936, [9]1965)

WEST, MICHAEL -1960- *Teaching English in difficult circumstances,* London: Longman

WIERSCHEIM, WOLFGANG und ERIKA HAHN -1976- *Englisch.* Lehrplan – Vorbereitung – Unterricht (= Lehrerhandbuch, Bd. 8. Hermann Meyer, ed.), Weinheim und Basel: Beltz

WILDERMUTH, GERHARD -1978- „Stunden-abstract. Der didaktische Dialog in der Unterrichtswirklichkeit", *Praxis des neusprachlichen Unterrichts,* 153–160

WINKEL, RAINER -1978- „Zur Theorie und Praxis der Unterrichtsmethoden", *Die Deutsche Schule,* 669–683

WODE, HENNING -1974- „Natürliche Zweitsprachigkeit: Probleme, Aufgaben, Perspektiven", *Linguistische Berichte,* Heft 32, 15–36

YATES, ALFRED -1966- *Grouping in education.* A report sponsored by the Unesco Institute for Education, Hamburg: Unesco Institute

ZAPP, FRANZ JOSEF -1979- „Geplante Diversifikation im schulischen Fremdsprachenunterricht", *Dortmunder Diskussionen zur Fremdsprachendidaktik.* Kongreßdokumentation der 8. Arbeitstagung der Fremdsprachendidaktiker Dortmund 1978, H. HEUER, H. KLEINEIDAM, E. OBENDIEK, H. SAUER (eds.), Dortmund: Lensing, 41-43

ZIMMERMANN, GÜNTHER -1970- „Motivation und Fremdsprachenunterricht", *Der fremdsprachliche Unterricht,* Heft 16, 59–74

ZIMMERMANN, GÜNTHER -1977- *Grammatik im Fremdsprachenunterricht,* Frankfurt: Diesterweg

ZYDATISS, WOLFGANG -1976- „Learning problem expanded form – a performance analysis", *IRAL*, 351–371

Sachregister

(Das Register dient als Hinweis auf ausführliche Information im Antwortbereich des Buches. Es nennt die Seite, auf der die ausgewählten Begriffe definiert, inhaltlich erläutert oder an Beispielen konkretisiert werden.)

Autorenregister

Autoren mit längeren Zitaten: